ŒUVRES
DE FLORIAN,

DE L'ACADÉMIE FRANÇAISE.

Nouvelle Édition,

ORNÉE D'UN PORTRAIT ET DE VINGT-QUATRE GRAVURES.

TOME SEPTIÈME.

GONZALVE DE CORDOUE.

PARIS.
CHEZ MÉNARD, LIBRAIRE-ÉDITEUR,
PLACE SORBONNE, 3.

1838

ŒUVRES

DE FLORIAN.

OEUVRES
DE FLORIAN,

DE L'ACADÉMIE FRANÇAISE.

Nouvelle Édition,

ORNÉE D'UN PORTRAIT ET DE VINGT-QUATRE GRAVURES.

TOME SEPTIÈME.

—

GONZALVE DE CORDOUE.

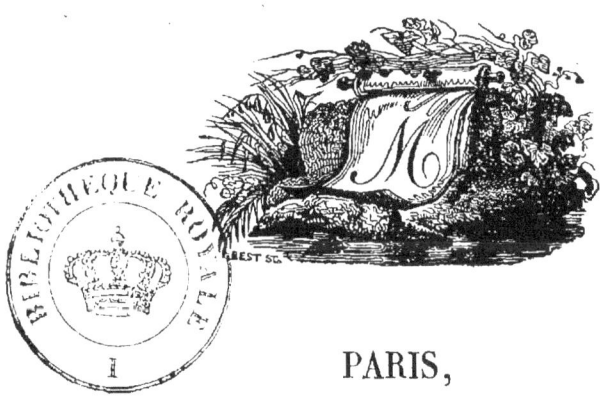

PARIS,

CHEZ MÉNARD, LIBRAIRE-ÉDITEUR,

PLACE SORBONNE, 3.

—

1838

GONZALVE

DE CORDOUE.

OU GRENADE RECONQUISE.

~~~~~~

LIVRE PREMIER.

Exposition du sujet. Hommage à la nation espagnole. Isabelle et Ferdinand assiégent Grenade. Peuples et héros qui les accompagnent. Caractères de Ferdinand et d'Isabelle. Portrait de Gonzalve. Il est ambassadeur à Fez. Amour de Gonzalve pour une inconnue. Amitié de Gonzalve et de Lara. Description de l'Afrique. Le roi de Fez trompe Gonzalve. Le héros lui fait signer la paix. Danger de Gonzalve. Il est sauvé par un vieux captif. Il s'échappe dans une barque. La barque est brisée par la tempête. Gonzalve gagne un vaisseau. Rencontre qu'il y fait. Combat et victoire du héros. Il est blessé. Il arrive à Malaga.

Chastes nymphes, vous qui baignez les tresses de vos longs cheveux dans les eaux limpides du Guadalquivir, vous qui, sous l'ombrage des orangers, cueillez des fleurs toujours renaissantes sur les verts gazons de l'Andalousie, venez m'inspirer aujourd'hui ; venez m'apprendre à célébrer les héros de vos rivages ; retracez-moi les sanglans combats livrés sous les murs de Grenade, et les victoires de Gonzalve, et ses amours, et ses mal-

heurs. Redites comment le courage d'Isabelle et la
prudence de Ferdinand délivrèrent enfin l'Espagne
de ses anciens usurpateurs, comment les discordes
civiles préparèrent la ruine des Maures. Animez
surtout vos récits de cette grâce noble et touchante,
de cette imagination féconde dont votre heureux
pays est la patrie ; cachez le front austère de la
vérité sous les guirlandes qui couronnent vos têtes :
mais en parlant aux âmes tendres des peines, des
plaisirs qu'elles ont éprouvés, rappelez à tous les
rois du monde que les seuls soutiens de leur trône
sont la justice et la vertu.

O vous, généreux Espagnols, peuple vaillant et
magnanime, dont les amans passionnés serviront
toujours de modèles aux cœurs sensibles et cons-
tans, vous, dont les guerriers indomptables ont
soumis assez de régions pour que le soleil étonné
ne cesse jamais d'éclairer vos conquêtes, je vous
consacre des récits où vous trouverez les deux sentimens idoles de vos grandes âmes, l'honneur sacré,
le brûlant amour. Ne dédaignez pas mon hommage ;
il est pur, il est le premier peut-être qu'un étranger, qu'un Français ait offert à votre nation, jadis
rivale de la nôtre, aujourd'hui sa fidèle amie.

Isabelle régnait en Castille, l'Aragon obéissait

à Ferdinand. Ces deux souverains, liés par un heureux hyménée, avaient uni leurs couronnes sans confondre leurs états. Tous deux à la fleur de l'âge, tous deux également pressés d'un ardent désir de gloire, voyaient avec indignation les plus beaux pays des Espagnes soumis encore aux Musulmans. Huit siècles de combats n'avaient pu suffire pour arracher aux enfans d'Ismaël toutes les conquêtes de leurs aïeux. Souvent vaincus, jamais terrassés, ils possédaient les délicieux rivages que baigne la mer d'Afrique, depuis les colonnes d'Alcide jusqu'au tombeau des Scipions. Grenade était leur capitale, et les seuls états de Grenade rendaient Boabdil un puissant monarque.

Mais le féroce Boabdil avait provoqué le courroux d'Isabelle. Des traités violés, des excursions dans l'Andalousie, avaient avancé le jour des vengeances; et la trompette guerrière s'était fait entendre de l'embouchure du Bétis jusqu'à la source de l'Ébre : toutes les Espagnes en furent émues. Ferdinand se pressa d'accourir avec ses fiers Aragonais : l'indocile Catalan, le fougueux Valencien, l'adroit Baléare, suivirent ses pas; les agrestes Asturiens descendirent de leurs montagnes; l'antique Léon rassembla ses phalanges; les fidèles Castilles volèrent aux armes; et les époux rois, maîtres bientôt de la plupart des places qui défendaient Grenade, assiégeaient enfin ses remparts.

Jamais tant d'illustres chefs ne menacèrent une seule ville ; jamais dans un même camp ne se réunirent tant de héros. Là, se distinguaient les Mendoze, les Nugnez et les Médina ; Gusman, l'orgueilleux Gusman, si fier de descendre des rois ; Aguilar, qui croit la vertu plus ancienne que la noblesse ; Fernand Cortez, à peine sorti de l'enfance, et maniant pour la première fois le fer qui doit soumettre le Mexique ; l'aimable prince de Portugal, Alphonse, gendre d'Isabelle ; Alphonse, qui doit coûter tant de pleurs à la malheureuse épouse condamnée à lui survivre ; et l'invincible Lara, l'ami, le soutien du faible opprimé, Lara, cher à sa patrie, dont il est l'honneur, plus cher encore à l'amitié, dont il est le touchant modèle ; et le vénérable Tellez, qui, sous ses cheveux blanchis, conserve un jeune courage, et conduit depuis cinquante ans l'escadron indompté des chevaliers de Calatrava ; une foule d'autres guerriers, la fleur, la gloire des Espagnes, qui tous ont reconnu pour chef l'heureux monarque époux d'Isabelle, qui tous ont juré de mourir ou de vaincre sous Ferdinand.

Ferdinand retient leur vaillance, et veut différer les assauts. Habile dans cet art profond de diviser pour régner, de préparer la victoire avant de marcher au combat, il a fomenté dans Grenade les dissensions qui l'ont déchirée ; il a pris soin d'affaiblir un peuple qu'il devait bientôt attaquer. Impénétrable dans ses desseins, constant à les suivre en silence, Ferdinand, par de longs circuits, s'avance toujours au succès. Les obstacles ne l'irritent point, sa prudence les a tous prévus : l'avenir ne peut le surprendre, sa sagesse l'a rendu certain. Actif, patient, infatigable, rival du plus brave à la guerre, sans rivaux dans les conseils, son bras fixerait la fortune ; mais son génie a su l'enchaîner.

La fière Isabelle ne veut que vaincre. Animée d'un ardent amour pour sa religion et pour son peuple, elle poursuit dans le Maure l'irréconciliable ennemi de sa nation et de sa foi. L'honneur lui dit de voler aux combats, l'honneur est sa seule prudence ; sa grande âme n'a jamais besoin de cacher un seul sentiment. Accoutumée à rendre compte à Dieu de ses plus secrètes pensées, elle craint peu les yeux des hommes ; elle marche le front levé, appuyée sur sa vertu. Généreuse, altière, sensible, sévère pour elle, juste pour tous, exemple, idole de ses sujets, son conseil est dans ses devoirs, sa force est dans son courage, son espoir dans l'Éternel.

Déjà le sang des deux partis avait rougi les campagnes ; déjà, depuis le commencement du siége, le soleil avait parcouru près de la moitié de son cours, et rien n'annonçait encore que Grenade fût affaiblie. Elle semblait, au contraire, reprendre de nouvelles forces depuis que le plus grand des Espagnols, le plus intrépide, le plus redouté, Gonzalve, n'était plus au camp ; Gonzalve, qui n'a pas atteint son cinquième lustre, et que les vieux capitaines consultent avec respect ; Gonzalve, dont le bras terrible n'a jamais trouvé d'adversaire qui fit balancer la victoire, et dont les vertus aimables se font adorer même des vaincus. Né dans Cordoue, élevé parmi les guerres éternelles de Grenade avec ses voisins, les combats ont été ses jeux, les dépouilles maures son héritage. Dès son enfance, il sut vaincre et plaire. La nature, pour lui prodigue, voulut le combler de ses dons. Couvert de l'acier, le front ceint du casque, sa taille haute, son air de grandeur, sa force au-dessus de l'humaine, son courage au-dessus de sa force, le rendent l'effroi des guerriers : désarmé, sa beauté, sa grâce, son regard pénétrant et doux, ses traits où semble se confondre la noblesse avec la bonté, attirent, entraînent les cœurs. Ses rivaux, loin de lui jaloux, n'osent plus l'être en sa présence ; et le désespoir de l'envie se change en besoin de l'aimer.

Gonzalve était alors victime de la plus basse des perfidies. Le monarque de Fez, Séid, sollicité par les Grenadins, avait menacé de ses armes les rivages de l'Andalousie. Les rois, pour n'être pas distraits de leur conquête, désiraient la paix avec l'Africain. Les conditions en furent offertes : mais instruit par la renommée, du nom, du grand nom de Gonzalve, Séid demanda que ce Castillan vînt comme ambassadeur à sa cour; Séid refusa de traiter avec tout autre que ce fameux guerrier. Isabelle hésita long-temps : la crainte d'un nouvel ennemi, l'assurance qu'un prompt retour lui rendrait bientôt son héros, la déterminèrent enfin. Gonzalve, instruit dès long-temps dans la langue, dans les mœurs arabes, fut chargé par ses souverains d'aller assurer leur repos. Un vaisseau le porta dans Fez, où le perfide Séid, à la prière de Boabdil, le retenait sous divers prétextes, différait de signer la paix, et faisait ainsi respirer Grenade.

Incapable de défiance, mais irrité de ces longs délais, Gonzalve se plaint d'un honneur qui rend oisif son courage. La gloire, dont il est avide, ne fait pas seule soupirer son cœur : une passion plus vive et moins heureuse l'occupe, le remplit tout entier : l'amour, le redoutable amour a subjugué cette âme si fière; et c'est au milieu des alarmes, au sein même de la victoire, que ce héros connut son pouvoir.

Peu de temps avant le siége, Gonzalve, vainqueur des Maures, arrive au pied de leurs remparts, triomphe de nouveau, pénètre dans leur ville, porte la terreur et la mort jusqu'au centre de Grenade. Tout tombe, tout fuit devant lui; un long ruisseau de sang marque sa course. Si ses Castillans eussent pu le suivre, c'en était fait, dans ce seul jour, et de Boabdil et de son empire; mais Zuléma, la sœur du roi, la fille du vertueux Mulei-Hassem, Zuléma, qui dès son aurore effaçait toutes les beautés de l'Afrique et de l'Ibérie, sort au milieu d'un peuple effrayé, demeure éperdue à l'aspect du carnage, et, tremblante, tombe à genoux sur les degrés du palais des rois. Les bras étendus vers le ciel, le visage baigné de larmes, elle invoque le Tout-Puissant, lui demande avec des sanglots d'éloigner ce guerrier terrible qui marche suivi du trépas. Au même instant Gonzalve paraît, le glaive à la main, tout couvert de sang, se frayant une large route à travers les victimes et les fuyards. Il court, vole, voit la princesse... et son épée reste suspendue, sa main arrête son coursier fougueux. Immobile d'admiration, il contemple ces traits ravissans que la douleur semble embellir encore, ces yeux dont le brillant azur attendrit et brûle à la fois; et ce front où la majesté s'unit à la pudeur timide, et ces longues tresses d'ébène, dont la moitié flotte en désordre, mêlée avec un voile de pourpre, dont l'autre, abreuvée de pleurs, tombe et repose sur le marbre. Toutes les grâces réunies, tous les attraits dont la nature se plaît à parer l'aimable vertu, ornaient la jeune Zuléma. Telle, et moins belle peut-être, parut la sensible Chimène, lorsqu'elle vint implorer son roi contre un héros qu'elle adorait.

Gonzalve, frappé d'un trait dont la blessure doit être éternelle, enivre ses yeux et son cœur des doux poisons de l'amour. Il tremble, il soupire, il brûle; il sent son âme toute entière pénétrée d'un feu dévorant. Oubliant à la fois Grenade, la guerre, les dangers qu'il court, il va descendre de son coursier, il va rassurer la princesse : mais les ennemis ralliés fondent sur lui de toutes parts. Mille coups redoublés sur ses armes l'arrachent à ses tendres pensées. Il revient à lui, veut combattre, et ne retrouve plus sa première ardeur. Il cède au nombre, il se retire en regardant toujours Zuléma, en repoussant d'une faible main les atteintes qui le menacent, en négligeant sa gloire et sa vie, pour jeter encore un coup d'œil à celle qu'il ne peut quitter, à celle de qui désormais vont dé-

pendre ses destinées. Il sort enfin, vaincu, subjugué, de cette ville où naguère on l'avait vu pénétrer comme un indomptable conquérant.

Depuis ce jour, le triste Gonzalve nourrit un
amour sans espoir dans les chagrins et dans l'a-
mertume. Il ignore le nom de celle qu'il aime : il
tremble qu'elle ne soit l'épouse ou l'amante de
quelque héros : et, quand sa crainte serait vaine,
peut-il se flatter de lui plaire, lui le plus terrible
ennemi de sa religion, de son peuple, lui le fléau
de Grenade, et qui s'est offert devant elle le bras
teint du sang de ses défenseurs? Il n'a pas levé sa
visière ; elle n'a pu lire dans ses regards son
amour, sa douleur profonde, le repentir de ses
exploits. A peine ose-t-il conserver l'espoir de la
revoir encore : mais, sans cesse avec son image, il
la porte partout avec lui : dans les combats, dans
le repos, dans le tumulte, dans la solitude, il voit
toujours cette image adorée ; il contemple cette
beauté céleste à genoux devant ce palais, élevant
ses mains, ses yeux vers le ciel ; il entend sa voix
gémissante, il distingue ses tendres accens, et croit
recueillir de ses lèvres les larmes qui couvraient
son visage.

Heureusement pour Gonzalve, la douce amitié
partage ses maux. Lara, le sensible Lara aime
Gonzalve plus que la vie, autant que la gloire.

Unis dès leur première enfance, élevés dans la même ville, ou plutôt dans les mêmes camps, ils apprirent ensemble à combattre, ils marchèrent d'un pas égal dans la carrière des héros. Jamais ils n'eurent un sentiment qui ne fût commun à tous deux ; toujours les intérêts, les désirs de l'un occupaient, tourmentaient son ami plus fortement que lui-même. Ils ne s'estimaient à leurs propres yeux que par les vertus de celui qu'ils aimaient. Si Lara connaissait l'orgueil, c'était en parlant de Gonzalve : si Gonzalve cessait d'être modeste, c'était en racontant les exploits de Lara. Leurs âmes se cherchaient sans cesse, elles ne possédaient toutes leurs facultés qu'après s'être rencontrées : jusqu'à cet heureux moment, rien ne pouvait les toucher ; et leurs plus secrètes pensées étaient un poids au-dessus de leurs forces, dont ils couraient se délivrer en se les communiquant. Ainsi deux peupliers nouveaux s'élancent de deux tiges voisines, croissent en unissant leurs branches, s'appuient l'un sur l'autre, s'élèvent ensemble, confondent leurs jeunes ombrages, et dominent les bois d'alentour.

Oh ! combien ils versèrent de larmes lorsqu'il fallut se séparer ! combien leurs adieux furent tendres ! Ils se pressaient mutuellement contre leur sein, se quittaient, revenaient s'embrasser encore. Leurs cœurs, que les plus terribles dangers n'avaient effrayés jamais, tremblaient pour les moindres hasards qui pouvaient menacer leur ami. Gonzalve demandait à Lara de ne point chercher les périls pendant l'absence de son frère ; Lara suppliait Gonzalve de modérer sa fierté naturelle à la cour d'un roi perfide et cruel. Tous deux invitaient Isabelle à consentir qu'ils partissent ensemble : mais l'armée, trop affaiblie, avait besoin d'un de ces héros. Gonzalve fut forcé de mettre à la voile. Depuis ce funeste moment, Lara, sans ardeur, sans courage, se croit seul au milieu du camp. Le son de la trompette ne l'excite plus : il ne désire plus de vaincre ; son ami n'en jouirait pas. Solitaire, sombre, farouche, il fuit ses rois, ses compagnons ; il cherche les lieux écartés ; il gravit les hautes montagnes pour jeter les yeux sur la mer d'Afrique. C'est là que Gonzalve respire ; c'est là que, plus à plaindre encore, exilé loin de sa patrie, loin de son ami, loin de son amante, Gonzalve soupire, s'irrite, compte les momens qu'il ne peut hâter, et déchire sans cesse un cœur dont le temps accroît la blessure.

Tout ce qu'il voit autour de lui vient ajouter à ses tourmens. Sur une terre aride et brûlante semée de quelques palmiers, se traîne un peuple d'esclaves soumis à un despote féroce. Le malheureux Africain arrose vainement de ses sueurs le sillon desséché qui doit nourrir sa famille; ses moissons jaunissent à peine, que des nuées de sauterelles viennent en un jour les dévorer. S'il échappe à ce fléau terrible, il ne peut échapper aux visirs, aux gouverneurs rois des provinces, qui, passant tour à tour et rapidement de leur trône à l'échafaud, du diadème au cordon, se hâtent de s'engraisser du sang des peuples, d'accumuler assez de trésors pour acheter l'impunité. Le souverain de ces nombreux tyrans s'endort dans l'indigne mollesse, s'abrutit dans des plaisirs infâmes, ou ne se souvient qu'il est roi que pour commander le meurtre. Ses désirs les plus effrénés, ses volontés les plus atroces, deviennent, en passant par sa bouche, les lois sacrées de l'empire. Ses sujets, voués au malheur, travaillent, meurent à son gré. Leurs biens, leurs femmes, leurs jours, lui appartiennent à tous les instans. Sur un indice, ils sont dépouillés; sur un soupçon, leurs têtes volent. Dans ces barbares régions le sang des hommes est moins cher que l'eau dont le ciel est avare; et le monarque remplit avec joie l'horrible fonction de bourreau.

Telle est la cour où le plus sensible, le plus généreux des mortels est forcé de passer des jours qu'il voudrait retrancher de sa vie. En vain il

s'indigne, il menace, il porte ses plaintes à Séid
lui-même avec cette liberté fière, premier besoin
de tous les grands cœurs. Séid, qui le craint,
échappe à sa vue, se cache au fond de son sérail.
Les visirs, accoutumés à l'astuce et au mensonge,
calment le héros par des hommages, trompent
l'ambassadeur par des sermens ; et l'invincible
Gonzalve, à qui tout cède dans les batailles, à qui
nul rempart ne peut résister, se voit le jouet de
vils ministres, et le captif d'un roi qu'il méprise.

Déjà la lune a renouvelé deux fois son croissant
depuis que Gonzalve aborda les rivages des Africains. Lassé de tant de parjures, il veut enfin
obliger Séid à rompre un silence offensant. Certain du jour où ce monarque doit se rendre à la
mosquée, il va seul l'attendre sur le chemin. Dès
qu'il le voit paraître, il s'avance : sa démarche,
son air, son audace, intimident la garde et la font
écarter. Il s'arrête devant Séid, tenant d'une main
le traité, de l'autre son épée nue.

Roi de Fez, s'écria-t-il d'une voix fière et tonnante, je t'apporte la guerre ou la paix : choisis
dans ce moment même. Cent mille glaives pareils
à celui qui brille à tes yeux, n'attendent qu'un
mot de ma bouche pour venir, dans des flots de
sang, renverser ton trône et tes murs. Vois-les

suspendus sur ta tête : si tu balances, ils vont frapper.

Séid interdit le regarde : il ne peut soutenir sa vue, il baisse son front pâlissant. Sa cour tremble, son peuple fuit, ses soldats sont prêts à l'abandonner. Ce roi d'esclaves, terrassé par l'aspect d'un homme libre, signe le traité sans répondre. Gonzalve satisfait, le quitte, et va préparer son départ.

Mais les visirs d'un despote trop souvent l'engagent au crime. Ceux de Séid, plus irrités que lui-même, lui persuadent qu'il doit se venger. Gonzalve a bravé sa puissance, Gonzalve a mérité la mort. En punissant un téméraire dont l'orgueil offensa le roi, Grenade sera délivrée, l'Espagne perdra son appui. La politique et la vengeance sont satisfaites à la fois : le trépas du héros est juste du moment qu'il devient utile; et ces horribles conseillers décident leur maître à l'assassinat.

Déjà tous les chemins que peut prendre Gonzalve sont secrètement investis. Mille hommes paraissent à peine suffire pour faire périr un seul guerrier. La ruse se joint à la force : on choisit le lieu de l'attaque, on ferme toutes les issues, on cache avec soin ces préparatifs; et ces barbares montrent plus d'adresse à disposer de vils assassins, qu'ils n'en ont jamais employée pour combattre leurs ennemis.

La nuit avait étendu ses voiles ; Gonzalve, sans défiance, devait sortir de Fez au point du jour. Tranquille dans son palais, il se livrait au doux espoir d'embrasser bientôt son ami, de verser dans son tendre cœur les tourmens que le sien a soufferts. L'idée de se rapprocher des lieux habités par celle qu'il aime, d'y pénétrer peut-être encore, de la retrouver près de ce palais, de défendre, de sauver sa vie, et de la forcer à la reconnaissance avant de l'instruire de son amour ; toutes ces chimères dont se nourrissent les amans, toutes les possibilités qu'ils regardent comme vraisemblables, occupaient seules Gonzalve, lorsque tout à coup, près de son palais, se fait entendre un luth espagnol. Ces sons si connus du héros lui rappellent sa chère patrie, captivent son attention. Il écoute ; une voix tremblante chante en castillan ces paroles :

> Braves guerriers, tendres amans,
> Ne dédaignez pas la prudence :
> Souvent la gloire et l'innocence
> Succombent aux traits des méchans ;
> La trahison suit en silence
> Les pas des héros triomphans.
> Braves guerriers, tendres amans,
> Ne dédaignez pas la prudence.

Tandis que, sous ces palmiers verts,
Du printemps le chantre volage
Ravit les échos du bocage
Par ses doux et brillans concerts,
Le milan, qui d'un roc s'élance,
L'immole au milieu de ses chants.
Braves guerriers, tendres amans,
Ne dédaignez pas la prudence.

J'ai vu le roi des animaux,
Poursuivant le chasseur timide,
Passer sur la fosse perfide
Qu'on a couverte de rameaux.
Il tombe, il périt sans défense,
Frappé par des vainqueurs tremblans.
Braves guerriers, tendres amans,
Ne dédaignez pas la prudence.

Gonzalve, surpris d'entendre sa langue, attentif au sens des paroles qui semblent s'adresser à lui, jette les yeux sur la place immense où son palais était élevé. Il découvre, à la clarté de la lune, un vieillard dont la barbe blanche descendait jusqu'à la ceinture, couvert d'un habit de captif, traînant la chaîne de l'esclave, et s'échappant du milieu des Maures que son luth avait attirés.

Intéressé pour ce vieillard, le héros descend dans la place, joint le captif, l'interroge, et lui demande en castillan si l'Espagne n'est pas son pays. Je suis

Espagnol, lui répond l'esclave. Mais on nous observe, je ne puis parler. Si Gonzalve aime sa patrie, s'il veut la sauver d'un affreux malheur, qu'il se rende sur l'heure au jardin des Palmes.

A ces mots, le vieillard le quitte et disparaît à ses yeux.

Gonzalve demeure immobile, incertain de ce à quoi il doit se résoudre. Il sait que le Maure est perfide : il est seul, désarmé, dans la nuit. Suivra-t-il un esclave inconnu? Peut-il croire que dans ses mains soit le salut de l'Espagne? Mais cet esclave est un vieillard, un Espagnol, un infortuné : ce seul sentiment décide Gonzalve. Confondu dans la foule du peuple, il marche au jardin des Palmes, lieu solitaire et désert, renfermé dans la ville même.

Le vieillard l'attendait à l'entrée. Dès qu'il aperçoit le héros, il court, et tombe à ses pieds.

O la gloire de ma patrie, dit-il, en respirant à peine! ô le vaillant fils de mon maître, je sauverai donc vos jours précieux! Ah! pardonnez à ma joie; souffrez que des pleurs de tendresse baignent vos triomphantes mains. Hélas! vous me considérez avec une froide surprise, et je m'enivre avec délices du bonheur de vous contempler! Vous ne pouvez pas me connaître; et je vous aime depuis si long-temps! Je suis Pédro, je suis l'an-

cien serviteur du noble comte votre père. Je l'ai
servi pendant quarante années ; je l'ai suivi dans
cent combats : je vous ai vu naître, Gonzalve, je
vous ai porté dans mes faibles bras ; mais vous
étiez encore au berceau lorsque je devins prisonnier des Maures. Vendu par eux au roi de Fez, je
suis esclave depuis vingt ans ; et dans cette longue
suite de jours douloureux, un seul ne s'est jamais
passé sans que Pédro donnât des larmes à la mémoire de votre père ; sans qu'il s'informât de son
digne fils aux Espagnols conduits dans nos prisons. Par eux j'appris tous vos succès ; ils me donnèrent la force de vivre. Je vous vois enfin, je vous
vois, j'embrasse les genoux de Gonzalve, je vais
l'arracher à la mort. Je te bénis, ô mon Dieu ! ce
seul bienfait est au-dessus de tous les maux que
j'ai soufferts.

Il saisit alors la main du héros, qu'il presse
contre ses lèvres. Gonzalve attendri l'embrasse,
donne de nouveaux regrets à son père, et demande
quel est ce péril dont Pédro le croit menacé.

Seigneur, ajoute le captif, je le tiens de leur
bouche même ; ces monstres ont trahi devant moi
leur détestable secret. Condamné au travail des
jardins, je me reposais sous un buisson de lianes.
Le roi, suivi de son visir, s'est arrêté près de ce
buisson. Es-tu certain, a dit le monarque, que ce

coupable Castillan n'échappera point à tes coups ? J'en jure par le prophète, a répondu l'atroce ministre : mille noirs sont déjà placés sur les deux routes de la Mamorre ; les portes de Fez sont gardées ; nul autre que ses serviteurs ne peut pénétrer dans son palais : la mort environne Gonzalve. Encore quelques instans, grand roi, j'apporte à tes pieds sa tête sanglante.

Tremblant à ces horribles paroles, mais enhardi par mon zèle, j'ai résolu de sauver mon héros. Dieu sans doute a conduit lui-même ma difficile entreprise. J'ai préparé votre fuite pendant le peu d'heures qui me restaient. Ne pouvant pénétrer jusqu'à vous, mes chants dans notre langue chérie vous ont attiré près de moi. Le reste est dans vos mains, seigneur : mais je vous demande, mais je vous conjure, au nom de notre patrie, au nom de votre auguste père, d'oublier un jour, un seul jour, cette indomptable valeur qui ne vous serait que fatale. Abandonnez-vous à ma foi, quelque parti que je vous propose : il n'en est aucun qui ne soit permis pour échapper à des assassins. Si vous refusez ma prière, si votre courage vous fait une loi d'affronter une mort certaine, inutile, funeste à vos frères, commencez par répandre ici le peu de sang qui reste dans mes veines ; vous m'épargnerez les affreux supplices que ces barbares

me feront souffrir, et la douleur plus sensible encore de vous survivre quelques instans.

Le héros, en le rassurant, jure de suivre ses
conseils. Alors le vieillard le conduit au fond d'un
bosquet écarté. Là, il découvre à ses yeux un turban, un habit maure, un cimeterre africain. Pardon, lui dit-il, pardon; mais ce vêtement peut
seul abuser les satellites qui veillent aux portes.
Environnés d'ennemis, éloignés de la mer de trois
journées, n'allons point chercher votre navire. Vos
serviteurs, qui seront respectés aussitôt qu'on vous
saura libre, gagneront l'Espagne sur ce vaisseau.
Pour vous, la ruse est nécessaire; et si elle répu-
gne à votre grand cœur, songez que je vous mène
à Grenade, où vous pourrez montrer Gonzalve
aux Maures et aux Castillans.

Malgré sa promesse, le héros hésite : il craint de
souiller son front en le couvrant d'un turban; il
lui semble qu'il s'avilit en se cachant sous un habit maure. Cependant, pressé par Pédro, certain
que tous les chemins sont fermés, et brûlant de
retourner dans sa patrie, il cède enfin en rougissant. Ses longs cheveux sont cachés sous le lin; il
prend cette robe africaine, qui ne lui ôte point de
son air guerrier; il s'arme de ce cimeterre dont il
examine la trempe; et précédé du captif qu'il a

délivré de sa chaîne, ils sortent ensemble du jardin des Palmes.

Sans être connus, sans être observés, ils marchent aux portes de Fez, et passent au milieu des gardes. Précipitant leurs pas dans la campagne, ils arrivent en peu d'instans sur les bords du fleuve Subur. Gonzalve y trouve une barque amarrée parmi les roseaux. Le bon Pédro qui la détache, l'a munie d'une forte voile, d'eau limpide, et de provisions. Le peu d'or qu'il avait amassé pendant vingt ans d'esclavage a suffi pour ces préparatifs. Le vieillard fait entrer Gonzalve dans ce navire si léger : il saisit tour à tour le gouvernail, la rame, et sent ses forces redoubler en regardant le héros. Un doux zéphyr le seconde; la barque vole sur les flots rapides. En douze heures ils sont arrivés à l'embouchure du fleuve : ils entrent avec lui dans la vaste mer; et dès qu'ils se voient éloignés de la terre, le captif se met à genoux, remercie le Tout-Puissant, et court se jeter aux pieds de son maître, qu'il baigne de larmes de joie.

Bientôt ils sont à la hauteur d'Elarraïs et des campagnes délicieuses où le Lixos arrosait autrefois les fameux jardins conquis par Hercule. Arzile, bâtie par les Phéniciens, brille et disparaît à leurs yeux. Ils doublent le cap Spartel, laissent à leur droite l'ancienne Tingis, où reposent les os d'Antée; et traversant le détroit, ils arrivent au milieu de la nuit vis-à-vis le mont de Calpé.

Le ciel était pur et semé d'étoiles; la lune répandait sur les flots une lumière d'argent : Gonzalve, assis sur la proue, découvre le premier les rives d'Espagne. A cette vue il se lève, il ne peut contenir son transport : O ma patrie, s'écrie-t-il, ô Lara, je vais vous revoir! Je vais respirer dans les mêmes lieux où respire celle que j'adore, parmi mes braves compagnons, près de mes rois, sous mes étendards! Amour, amitié, vertu, vous enflammez à la fois mon cœur à l'aspect de ces beaux rivages!

Comme il parlait, le vieillard effrayé lui montre l'annonce d'un affreux orage. Les étoiles ont disparu, la lune a perdu sa lumière, ses rayons ne percent qu'à peine le voile sombre qui l'environne. Des nuages amoncelés s'avancent du côté du midi, les ténèbres marchent avec eux ; un souffle léger et rapide ride la surface des eaux, les vents impétueux le suivent, une profonde nuit couvre les ondes, les éclairs déchirent la nue, le tonnerre mugit au loin. Son bruit redouble, la foudre approche, les flots s'élèvent en bouillonnant ; les aquilons sifflent, se heurtent ; les vagues montent jusqu'aux cieux, et la barque, tantôt suspendue sur une montagne écumante, tantôt précipitée dans l'abîme, touche au même instant les nuages et le sable profond des mers.

Tranquille au milieu des tempêtes, Gonzalve s'occupe du vieillard : il le rassure, l'encourage, lui parle d'une espérance qu'il n'a point, et le serre contre son sein. Pédro ne songe qu'à Gonzalve ; c'est sur lui seul qu'il verse des larmes. O mon maître, s'écrie-t-il, je n'ai pu vous sauver ! et toute la nature est conjurée pour faire périr un héros ! Ah ! s'il m'était encore permis... La terre ne peut être éloignée... Seigneur, attachez-vous à moi, je nagerai jusqu'au rivage ; Dieu me rendra mon ancienne force : je n'expirerai, je l'espère, qu'après vous avoir posé sur le sable ; j'expirerai trop heureux.

Dans ce moment, la faible barque descend du haut d'une vague avec la rapidité d'une flèche, et, parcourant un espace immense, va se heurter contre un navire, jouet, comme elle, de la tempête : elle se brise en éclats. Gonzalve et Pédro boivent l'onde amère ; mais, sans se quitter tous deux, tous deux reviennent sur les flots, saisissent un câble flottant, montent à l'aide de ce câble, et s'élancent dans le navire.

Quel spectacle s'offre à leur vue ! A la lueur des éclairs qui se succèdent sans relâche, Gonzalve aperçoit une femme liée fortement au mât. Son visage est baigné de pleurs, ses cheveux flottent au gré des vents. Environnée de soldats noirs qui lui présentent leurs glaives, elle ne peut lever ses mains que d'indignes liens retiennent ; mais elle élève sa voix gémissante, et la tête renversée, les yeux fixés vers le ciel, elle supplie le Tout-Puissant de la faire périr dans les ondes plutôt que de l'abandonner à la merci de ses ravisseurs.

A cette voix, à ces accens, qui retentissent au cœur de Gonzalve, à ces traits qu'un long éclair découvre, le héros, surpris, transporté, reconnaît celle qu'il adore, celle qu'il vit à Grenade, et dont l'image resta dans son âme. Doutant encore de son bonheur, il court, il vole vers elle, il est prêt à tomber à genoux : mais sa fureur étouffe sa joie ; il tire son cimeterre, brise les chaînes de Zuléma, la soutient, lui promet vengeance, et menace avec des yeux brûlans l'horrible troupe dont il est entouré.

Les barbares, d'abord interdits, se rassurent, grondent, s'irritent. Leur chef, farouche Éthiopien, dont un turban blanc couvre la tête hideuse, s'élance tout à coup sur Gonzalve, et le blesse de son poignard. Le héros d'un seul coup l'immole. Alors des cris se font entendre : soldats, matelots réunis, tous le blasphème à la bouche, tous munis d'armes différentes, fondent à la fois sur Gonzalve en remplissant l'air de leurs hurlemens. Ainsi l'on voit sur le Caucase une nuée d'affreux corbeaux attaquer en croassant un aigle qui brave seul leurs vaines fureurs.

Appuyé contre le grand mât, tenant d'une main la princesse, de l'autre son terrible glaive, le Castillan les attend sans crainte. Les premiers tombent à ses pieds, les autres se serrent et les remplacent. Gonzalve précipite ses coups : son cimeterre fait voler au loin les armes, les membres épars. Le sang ruisselle dans le navire ; les plaintes des blessés, les cris de Zuléma, les clameurs des assaillans, se mêlent et se confondent. Le tumulte, la mort, la terreur environnent partout le héros ; et les éclairs, les ténèbres, le mugissement des vents, le bruit redoublé de la foudre, ajoutent encore à l'horreur de ce nocturne carnage.

Gonzalve, entouré d'ennemis, ne peut repousser toutes les atteintes. Plus occupé de Zuléma que de lui-même, il se découvre pour la préserver ; il reçoit de profondes blessures, et ne songe pas à s'en garantir, lorsque le fidèle Pédro, en combattant auprès de son maître, est averti par la princesse d'aller délivrer plusieurs prisonniers qui gémissaient au fond du vaisseau. Le vieillard, sans être aperçu, court, descend, brise leurs liens : aussitôt les captifs armés volent au secours de Gon-

zalve. Pédro pénètre jusqu'à lui, se place devant
Zuléma ; et le Castillan, libre alors, s'élance, semblable au lion que sa chaîne ne retient plus. Il
frappe, immole, dissipe ce vil ramas d'assassins,
les poursuit jusqu'à la poupe, les presse entre son
glaive et les flots, leur présente partout la mort ;
et, secondé par les captifs, il force enfin le peu qui
reste de cette troupe de barbares à se précipiter
dans les ondes. Le héros, vainqueur, mais presque mourant, parcourt encore le navire, ne trouve
plus d'ennemis, revient auprès de la princesse,
veut parler, et tombe à ses pieds épuisé de sang et
d'efforts.

Cependant la mer s'est calmée, les vents n'agitent plus les flots, les nuages ont découvert le
brillant azur des cieux. La nuit s'envole avec les
étoiles ; et l'orient, coloré de pourpre, s'enflamme
des rayons du jour. Le navire désemparé se soutient encore sur les eaux : il n'a plus de voiles,
plus de gouvernail ; il reste immobile au milieu des
ondes.

Zuléma, le bon vieillard, les captifs qu'il a délivrés, se pressent autour de Gonzalve en le rappelant à la vie. Hélas ! leurs soins sont inutiles ;
Gonzalve sans mouvement demeure étendu près de
ses victimes. Une affreuse pâleur couvre son visage;
sa tête penchée tombe sur son sein, et ses yeux

semblent fermés par le sommeil de la mort. Pédro le soulève en pleurant ; les captifs à genoux le soutiennent. La princesse, à genoux comme eux, serre dans ses mains les mains du héros : elle arrache son voile de lin, elle étanche ses larges blessures, et contemple d'un œil attendri les traits inconnus de son libérateur.

Enfin, après de longs secours, Gonzalve rouvre la paupière : il la referme aussitôt. Un soupir sort de sa bouche, et Zuléma, Pédro, transportés, osent se livrer à l'espoir. On prépare un lit à la hâte ; on y porte le héros mourant ; on lui prodigue tous les soins que peuvent inventer le zèle, la reconnaissance, la douce amitié. Gonzalve a repris ses sens : il voit près de lui la princesse, il la voit, et pour lui parler il fait d'inutiles efforts. C'est vous... c'est vous... sont les seuls mots que puisse prononcer sa bouche. Zuléma le ranime par un breuvage, lui adresse de tendres discours ; et désirant que le sommeil répare ses forces éteintes, elle se retire avec le vieillard.

Alors les captifs délivrés, que Pédro reconnaît pour des Bérébères [1], s'occupent de l'état du navire ; ils visitent le gouvernail, dont ils ne trou-

----

[1] Peuples de l'Afrique, voisins de l'Atlas. Voyez le Précis historique, première époque.

vent que les débris. Les mâts sont dégarnis de voiles, les flots entrent dans le vaisseau. Mais Pédro, du haut du tillac, découvre la terre à peu de distance, et la montrant à Zuléma, il annonce qu'on peut aborder.

Hâtez-vous, lui dit la princesse : si mes yeux ne m'abusent point, nous sommes près de Malaga. Entrez dans la rade avec assurance, tout ici reconnaît mes lois : je suis la sœur du roi de Grenade, la fille de Mulei-Hassem ; et la demeure que j'habite est ce palais que vous découvrez au milieu de cette forêt. C'est là que je veux recevoir le héros à qui je dois la vie ; c'est là que j'espère acquitter une reconnaissance si chère à mon cœur. Mais satisfaites mon impatience. Quel est ce généreux guerrier ? Est-ce un prince, est-ce un roi d'Afrique ? Ah ! si j'en crois mes pressentimens, c'est le plus grand des mortels.

Le prudent vieillard qui l'écoute frémit des dangers que va courir son maître. Il voudrait fuir cette terre ennemie, où tout Castillan ne trouve que des fers, où le nom fameux de Gonzalve doit exciter à la vengeance un peuple qu'il vainquit tant de fois : mais le prompt secours nécessaire au héros, le triste état du navire, la présence de ces Bérébères devenus libres par ses soins, tout lui fait une loi d'obéir. Il hésite, il réfléchit sur ce qu'il doit répondre à la princesse ; et rougissant de l'abuser :

Vous ne vous trompez point, dit-il, ce héros venait de l'Afrique. La plus illustre naissance n'est que la dernière de ses qualités. Jaloux des exploits de tant de guerriers qui se signalent au siége de Grenade, il volait vers cette ville pour les vaincre ou les effacer. La tempête a brisé son vaisseau, le vôtre nous a servi d'asile. Vous savez le reste ; et votre cœur sensible vous dira mieux que moi, sans doute, quels devoirs il vous reste à remplir.

Il se tait. Zuléma soupire : elle croit entendre que cet inconnu vient au secours de sa patrie ; elle aime à sentir s'augmenter sa reconnaissance envers lui. Son imagination va plus loin : elle pense qu'un pareil guerrier sera le sauveur de Grenade, qu'il peut la défendre elle-même contre ses persécuteurs. Les exploits qu'il a faits pour elle, le peu de mots qu'il a prononcés, cette main qui pressait la sienne pendant le terrible combat ; tout se retrace à sa mémoire et lui cause une secrète joie. Elle tombe dans la rêverie, elle éprouve un sentiment doux qu'elle ne peut encore expliquer ; et sans oser former aucun vœu, elle conçoit une douce espérance.

Pendant ce temps, le vaisseau brisé approche et mouille dans la rade. Le peuple, accouru sur le port, reconnaît sa jeune princesse, la salue par des acclamations. Tandis qu'on descend le héros blessé, Zuléma ne le quitte point, et fait appeler deux vieillards célèbres dans l'art de guérir les blessures. Elle leur confie son libérateur; elle l'environne des prisonniers que délivra son courage, et, le faisant porter par des esclaves, guide elle-même leur marche vers son palais solitaire.

FIN DU LIVRE PREMIER.

LIVRE SECOND.

Tendres sentimens de Zuléma pour Gonzalve, qu'elle croit un prince africain. Secours donnés à ce héros. Zuléma lui raconte l'origine des malheurs de Grenade. Elle décrit cette superbe ville, le pays enchanté qui l'environne, les mœurs, la galanterie des Maures, le règne de Mulei-Hassem. Description de l'Alhambra, du Généralif. Caractères des Abencerrages et des Zégris. Divisions entre ces deux tribus. Mulei-Hassem aime une captive. Portrait d'Almanzor et de Boabdil. Hymen d'Almanzor et de Moraïme. Fêtes à Grenade. Jeux des Maures. Trahison des Zégris. Boabdil est proclamé roi. Fidélité des Abencerrages. Mulei-Hassem cède la couronne à son fils.

Oh ! qu'il est doux pour un cœur bien né d'être obligé d'aimer ce qu'il aime, de pouvoir satisfaire à la fois et sa tendresse et sa vertu ! La seule reconnaissance, si chère pour les belles âmes, suffit à leur félicité ; mais quand l'objet qui la fait naître nous attire encore par d'autres liens ; quand le bienfaiteur est aimable, et qu'un charme secret vient se joindre à l'impression tendre que laissent les bienfaits, nul bonheur ne peut égaler celui que procurent ces deux sentimens ; nulle jouissance ne peut valoir l'heureux accord d'un plaisir pur avec un devoir sacré.

Zuléma goûtait ce bonheur. Elle est arrivée

avec le héros à sa retraite paisible ; elle a pris soin
de le placer dans le plus beau de ses appartemens.
Sans cesse occupée de cet inconnu, sans cesse in-
terrogeant les deux vieillards, elle va chercher
elle-même les simples qu'ils lui indiquent ; elle les
prépare de ses mains. Gonzalve, trop faible, ne
peut exprimer l'émotion qui remplit son âme ;
mais des larmes de joie coulent sur ses joues : il
chérit, il bénit ses blessures, et fait des vœux au
fond de son cœur pour qu'elles ne guérissent de
long-temps.

Déjà les savans vieillards ont levé le premier
appareil. Zuléma respirant à peine, les yeux fixés
sur leurs yeux, la crainte et l'espoir sur le front,
n'ose les presser de parler. Elle brûle cependant,
elle tremble d'être instruite. Rassurée sur les jours
du héros, elle ne contient plus sa joie. Présens,
promesses, bienfaits, tout est prodigué par elle.
Pénétrée d'un sentiment qu'elle croit de la reconnaissance, elle se livre sans réserve à des transports qu'elle peut avouer.

Ranimé par ces tendres soins, surtout par la
présence de ce qu'il aime, Gonzalve peut enfin lui
parler. Il la regarde d'un œil attendri ; et levant
vers elle ses deux mains tremblantes : O vous, lui
dit-il d'une faible voix, vous qui daignez sauver mes
jours, s'il ne doit pas m'être permis de les con-

sacrer à vous seule, ah, laissez, laissez-moi mourir !

Il n'ose en dire davantage : mais la princesse entend son silence, rougit, et détourne les yeux. S'apercevant de son propre trouble, elle s'efforce de le cacher ; elle sourit doucement au héros, lui parle de sa vaillance, le nomme son libérateur, et se presse de rappeler ce qu'elle lui doit, pour se justifier ce qu'elle éprouve.

Le bon Pédro ne quitte pas son maître. Il l'instruit en secret du nom, du rang de celle qu'il a sauvée des lieux qu'il habite avec elle, et de l'erreur de Zuléma, qui croit Gonzalve un prince africain. Le héros le blâme de ce mystère. Son âme ne peut supporter un mensonge ; il est prêt à tout découvrir : mais Pédro le conjure, le presse de ne pas s'exposer mourant à la fureur d'un peuple ennemi dont Zuléma ne serait pas maîtresse. Il ne parvient pas à l'intimider par les dangers qui menacent sa tête ; il le fléchit en lui parlant des tourmens qu'on ferait souffrir à son fidèle et vieux serviteur.

Après quelques jours donnés seulement aux soins, aux secours des vieillards, la princesse entretient Gonzalve de l'état où se trouve Grenade, des troubles qui l'ont déchirée, des crimes du roi Boabdil. Assise près du lit du héros, qu'elle croit né loin de l'Espagne, elle propose de lui raconter

les divisions et les malheurs dont elle fut le triste
témoin. Gonzalve, avec un doux sourire, ose demander un récit où Zuléma doit être intéressée.
La jeune Maure le commence aussitôt.

Vous n'ignorez pas, lui dit-elle à quel point de
grandeur et de gloire fut porté, presque à sa naissance, l'empire des Arabes en Espagne. Vaincus
par nos braves aïeux, pressés par leurs armées
triomphantes, les Chrétiens ne trouvèrent d'asile
que dans les rochers asturiens. Ils s'y cachèrent
pendant plusieurs siècles ; mais le malheur dou-
bla leur courage, la prospérité nous amollit ; nos
rois devinrent des tyrans, les rois Espagnols furent des héros. Bientôt ils sortirent de leurs retraites, osèrent attaquer leurs vainqueurs ; et,
profitant des guerres intestines de nos différens
monarques, ne laissèrent aux anciens conquérans
que les seuls états de Grenade.

Cette célèbre capitale, bâtie au pied des montagnes de neige, s'élève sur deux collines, au milieu
d'un pays enchanté. Le Darro, dont les flots rapides roulent de l'or dans leur sein, traverse la
ville dans son étendue. Le Xénil, dont les eaux
salubres rendent aux troupeaux la santé, baigne
ses hautes murailles. Une campagne délicieuse,
où croissent presque sans culture des moissons
abondantes, des forêts d'orangers, des oliviers

mariés à la vigne, des palmiers mêlés avec des
chênes, l'environne de toutes parts. Des carrières
inépuisables de marbre, de jaspe, d'albâtre, ont
orné les palais superbes, les magnifiques édifices
qu'on a multipliés dans la ville. Partout des eaux
jaillissantes rafraîchissent l'air qu'on respire, em-
bellissent les places immenses où vient s'exercer
chaque jour une belliqueuse jeunesse; et des jardins couverts de fleurs, ombragés, dans tous les
temps, de grenadiers, de myrtes, de cédrats, font
de la plus charmante des villes la plus grande cité
des Espagnes.

Là, semblaient s'être réunies toutes les forces,
toute la puissance des Maures; là, s'était élevé le
temple de nos sciences et de nos arts. Des extrémités de l'Asie, des bords du Nil, du pied de l'Atlas, les rois, les guerriers, les savans, venaient
puiser à Grenade des exemples et des lumières.
Nos fréquentes guerres avec une nation brave,
loyale, généreuse, établissaient entre l'Arabe et
l'Espagnol une continuelle émulation de gloire.
Nos jeunes Maures, naturellement portés à l'a-
mour, avaient oublié les maximes barbares de
l'Orient pour prendre de leurs ennemis ce respect
profond, cette vénération si tendre, cette constance
éternelle, qui remplissent le cœur d'un amant espagnol, lui présentent l'objet aimé comme le dieu

de ses destinées, l'élèvent au-dessus de lui-même, et lui donnent toutes les vertus, devenues faciles par l'espoir de plaire. Nos femmes, fières de leur empire, le méritaient pour le conserver : ennoblies à leurs propres yeux par l'hommage pur qu'on rendait à leurs charmes, elles s'efforçaient de se rendre dignes du tribut précieux qu'on leur apportait. Incapables d'une faiblesse qui leur eût coûté le bonheur, elles étaient chastes pour se voir aimées, et fidèles pour rester heureuses.

Telle était cette cour brillante, asile charmant de l'amour, des beaux-arts, de la politesse, lorsque mon père, Mulei-Hassem, parvint, jeune encore, à l'empire.

Doué de toutes les vertus, le nouveau roi, par son exemple, les rendit encore plus communes, plus chères à sa nation. Déjà fameux par sa valeur, il prit la ville de Jaën, et força l'altier Castillan à signer une paix durable. Alors tous ses soins furent pour son peuple. Notre gouvernement despotique, si funeste sous tant de monarques, devint pour mon père un moyen de plus de rendre ses sujets heureux. Les grands de l'empire connurent enfin qu'ils étaient soumis à sa justice, qu'elle était la même pour tous. Le cultivateur, opprimé jusqu'alors, recueillit en paix ses moissons; les troupeaux couvrirent nos vertes montagnes; les arbres,

les plantes utiles se multiplièrent dans nos champs;
la terre, si féconde dans nos climats, étala partout
ses trésors; et le royaume de Grenade, favorisé
par la nature, gouverné par un prince sage, cul-
tivé par des mains laborieuses, semblait être un
vaste jardin dont une famille innombrable pouvait
à peine consommer tous les fruits.

Après avoir assuré la félicité de ses peuples,
mon père, enrichi lui-même de l'abondance de ses
sujets, voulut se délasser avec les arts et les employer à sa gloire. Les mosquées revêtues de marbre, les acquéducs de granit, s'élevèrent de toutes
parts. Le fameux palais de l'Alhambra, commencé
par l'*Emir el-Mumenin*, fut achevé par Mulei-
Hassem; et ce monument de magnificence l'emporte même sur les prodiges qu'enfante l'imagination. Là, des milliers de colonnes d'albâtre
soutiennent des voûtes immenses, dont les murs,
couverts de porphyre, éclatent d'or et d'azur. Là,
des eaux vives et jaillissantes forment, au milieu
des appartements, des cascades d'argent liquide,
vont remplir des canaux de jaspe, et serpentent
dans les galeries. Partout le doux parfum des fleurs
se mêle à celui des aromates, qui, brûlant toujours
dans les souterrains, s'exhalent du pied des colonnes, et viennent embaumer l'air qu'on respire.
Des jours ménagés sur la ville, sur les bords en-

chantés des deux fleuves, sur les montagnes de
neige, présentent à l'œil étonné des tableaux
variés sans cesse. Tout ce qui flatte les sens, tout
ce que l'art et la nature, la magnificence et le
goût, peuvent réunir pour la volupté, se trouve
joint dans ce beau séjour aux chefs-d'œuvre qui
charment l'esprit. A côté des eaux bondissantes,
au milieu des riches sculptures, vis-à-vis des superbes vues, on a gravé sur le porphyre les vers
de nos poètes arabes. Dans le parvis de la salle
immense où le roi rend la justice, on lit sur la
porte cette inscription :

> Crime, pâlis d'effroi, crains mon regard sévère :
> Le ciel, lent à punir, tonne et frappe à la fin.
>   Rassure-toi, triste orphelin,
>   Ici tu vas trouver un père.

A l'entrée de l'appartement où la reine rassemble les beautés de sa cour et les guerriers de notre
armée, on a tracé ces vers en lettres d'or :

>   Ici la beauté, la pudeur,
>   Les jeux, les ris, la politesse,
>   Font naître et couronnent sans cesse
>   La gloire, l'amour et l'honneur.
>   Ici la plus chère faveur
>   Ne coûte rien à la sagesse ;
>   L'amour est exempt de faiblesse,
>   Et le courage de fureur.

Vaincre suffit à la valeur,
Plaire suffit à la tendresse.,

Ce lieu de délices est environné d'un jardin plus
délicieux encore, dont la touchante simplicité con-
traste avec le luxe du palais : c'est le fameux Généralif, célèbre dans l'Afrique et l'Asie, l'objet de
l'envie des puissans califes, qui, dans le Caire,
dans Bagdad, ont vainement tenté de l'égaler.

En y pénétrant, on n'est point surpris ; les yeux
satisfaits ne rencontrent point ces efforts de l'art,
ces brillans prodiges, qui plaisent moins qu'ils
n'étonnent, et rappellent seulement l'idée de la
richesse ou du pouvoir : tout y présente, au contraire, l'image de ces biens faciles qu'on n'admire
point, mais dont on jouit. Des bois d'orangers et
de myrtes coupent des plaines de verdure arrosées
par des eaux limpides. Ces bois, plantés avec adresse,
cachent, découvrent tour à tour les perspectives
lointaines, les rians villages, les champs cultivés,
les glaces accumulées sur les monts, les palais,
les monumens de Grenade. A chaque instant des
coteaux fertiles vous offrent la vigne, l'olivier sauvage, les lilas, les grenadiers, entrelaçant leurs
fruits et leurs fleurs. Tantôt une cascade bruyante
se précipite du haut d'un rocher ; tantôt un ruisseau tranquille sort en murmurant d'une touffe de

roses. Là c'est une grotte écartée où filtrent plusieurs sources d'eau vive ; ici un bocage sombre où voltigent mille rossignols ; partout enfin un aspect différent, une jouissance nouvelle, font éprouver à chaque pas un sentiment doux ou un plaisir pur.

C'est dans cet aimable et superbe asile que mon père, Mulei-Hassem, a régné long-temps heureux. Mais la haine de deux tribus puissantes a rempli ses jours d'amertume, a fini par mettre l'empire sur le penchant de sa ruine.

Vous savez, seigneur, que nos Maures, quoique rassemblés en corps de nation, ont conservé les mœurs patriarcales de nos ancêtres les Arabes. Nos familles ne se confondent point : chacune d'elles forme une tribu plus ou moins forte par le nombre, par les esclaves, par les richesses, mais dont tous les membres unis se regardent comme des frères, se soutiennent mutuellement, marchent ensemble à la guerre, et ne séparent jamais leur fortune, leurs intérêts, leurs ressentimens.

Parmi ces tribus, la plus belliqueuse, la plus illustre, la plus chérie, est celle des Abencerrages, descendus des antiques rois qui régnèrent sur l'Yémen. Leurs qualités sont au-dessus de cette noble origine : invincibles dans les combats, doux et clémens après la victoire, leurs grâces, leurs talens aimables font le charme de notre cour. Respectés des fiers Espagnols , ils ont su mériter leur amour par les bontés , par les bienfaits dont ils comblent les Chrétiens captifs. De tout temps leur richesse immense fut le patrimoine du pauvre ; de tout temps , dans les batailles , dans les tournois , dans nos jeux , le prix de la valeur et de l'adresse appartint aux Abencerrages. Jamais il ne fut un lâche dans cette célèbre tribu ; jamais un infidèle ami , un époux volage , un perfide amant , n'ont terni la gloire de cette famille.

Leurs seuls rivaux en grandeur , en richesses , peut-être en courage , sont les trop fameux Zégris, issus des monarques de Fez. Quels que soient mes justes ressentimens contre cette tribu coupable , je ne prétends point cacher à vos yeux l'éclat des actions qui l'ont distinguée. Leur indomptable valeur a cent fois porté le fer et la flamme sur les terres des Castillans ; cent fois leurs mains victorieuses ornèrent nos mosquées de drapeaux ennemis. Mais la fureur , la soif du sang , déshonora de si beaux exploits. Jamais un Zégri n'a fait de captif ; tout vaincu périt sous son sabre : jamais l'amitié , l'amour , n'ont adouci leur férocité. Remplis d'un orgueilleux dédain pour ces qualités aimables, ces grâces, ces talens de l'esprit, que l'on chérit dans notre cour , ils regardent comme faiblesse la douce sensibilité. Superbes, turbulens, farouches,

ils ne se plaisent qu'aux champs de la mort ; ils
ne savent que combattre et vaincre ; ils méprisent
tous les autres arts.

La plus violente jalousie les animait depuis long-
temps contre les généreux Abencerrages. Souvent
ces deux tribus vaillantes furent sur le point d'en
venir aux mains. L'autorité de Mulei-Hassem avait
pu seul les arrêter. Mais leur haine était publique ;
et les principales familles de Grenade avaient em-
brassé l'un ou l'autre parti. Les Almorades, les Alabez, soutenaient la cause des Abencerrages ; les Gomèles , les Vanégas , défendaient celle des Zégris.
Les autres tribus , plus obscures , avaient imité cet
exemple ; la cour et la ville étaient divisées , et
mon père tremblait chaque jour de voir le sang
inonder Grenade.

L'âme noble et tendre de Mulei-Hassem n'avait
pu demeurer incertaine sur le parti qu'il devait
protéger ; ses propres vertus , malgré lui , l'entraî-
naient vers les Abencerrages. Cette préférence,
qu'il ne pouvait cacher , était un nouvel aliment à
la haine de leurs ennemis. Mulei le sentit ; et, pour
apaiser par une faveur signalée le mécontente-
ment des Zégris , il prit une épouse dans leur tribu. Aïxa, fille d'Almadan, devint la reine de Grenade.
Mais Aïxa n'était que belle : l'insensibilité, l'orgueil,
héréditaires dans sa famille , ternissaient l'éclat de

ses charmes. Mon père, qui ne put l'aimer, se vit contraint de la répudier après avoir obtenu d'elle un héritier de son trône. Ce prince est le fougueux Boabdil, qui règne à présent sur les Maures, et dont vous connaîtrez bientôt le redoutable caractère.

Le roi, malheureux par l'hymen, ne voulut plus en serrer les nœuds : l'amour dont il brûlait depuis long-temps pour une captive espagnole lui rendait impossible tout autre lien. La belle Léonor avait soumis son cœur. Fidèle au culte de ses pè-res, sans espoir comme sans désir de régner sur les Musulmans, Léonor aimait dans Mulei ses qua-lités et non sa puissance. Elle pleurait souvent avec lui les malheurs attachés à son rang ; elle le con-solait des ennuis du trône, de la fatigue des hom-mages, du vide de la grandeur, et calmait ses peines secrètes, ses chagrins si cuisans pour les rois condamnés à n'avoir point d'amis.

Le premier fruit de leurs amours fut ce généreux Almanzor qui défend aujourd'hui Grenade, et dont les exploits renommés ont peut-être été jusqu'à vous...

Oui, répond vivement Gonzalve, oui, je connais ce vaillant guerrier. Eh ! dans quels lieux ignore-t-on que le fameux Almanzor est le plus ferme appui de votre empire, la gloire, le modèle de votre cour ? Qui ne sait que ce jeune prince, si redoutable dans les batailles, commande même à ses ennemis cette admiration, ce respect, liens éternels qui, malgré la guerre, unissent toutes les grandes âmes ? Mon cœur est pénétré pour lui d'un sentiment de vénération : parmi vos Maures, c'est de lui seul que je désire être l'émule, c'est lui seul que je voudrais égaler ; le surpasser est impossible.

Il dit. La princesse écoute avec ravissement l'éloge d'un frère qu'elle adore. Elle remercie Gonzalve d'un sourire, et continue son récit.

Je fus le dernier gage d'amour que le roi reçut de sa Léonor. Jamais une mère plus tendre n'a tant fait pour sa fille chérie : elle me nourrit de son lait ; elle ne voulut confier à personne les soins de ma première enfance ; elle présida seule à mon éducation. Je sens mes larmes couler en songeant aux paisibles jours passés dans le sein de ma mère. Mon frère Almanzor ne nous quittait point : plus âgé que moi de quelques années, il m'expliquait les leçons que ma faiblesse ne pouvait comprendre ; il m'enseignait ce qu'il avait appris. Je l'écoutais avec reconnaissance ; je me sentais déjà pour lui ce tendre et confiant respect dont mon cœur a gardé l'habitude.

Mulei venait souvent se mêler à nos jeux ; il oubliait près de nous les chagrins que lui donnait Boabdil ;

et la meilleure des mères croyait voir les cieux entr'ouverts lorsque le roi, qu'elle adorait, la visitait
dans sa retraite, et pressait ses enfans chéris entre
ses bras paternels.

Hélas! ces temps trop heureux ne furent pas de
longue durée. L'Espagnol attaqua nos frontières.
Mon frère, appelé par la gloire, nous quitta pour
voler au combat. Sa valeur, ses brillans exploits,
ne nous consolaient point de son absence. Il revenait toujours triomphant porter ses lauriers à sa
mère; mais il repartait aussitôt. Forcé moi-même
de paraître à la cour, d'y vivre au milieu du tumulte, je regrettais ces années tranquilles consa-
crées à la seule tendresse. Bientôt des regrets plus
amers vinrent me préparer au malheur.

Ma mère me fut ravie. Après de longues souffrances, elle expira dans mes bras. O ma bonne
et digne mère! ta perte m'est toujours récente; les
derniers mots que tu m'as dits retentissent toujours à mon cœur. Veille sur moi du haut du ciel,
ô la plus tendre des mères! Je n'ai point trahi les
sermens que j'ai prononcés à ton lit de mort :
rends-moi de même fidèle aux devoirs que tu
m'enseignas, et fais descendre dans cette âme
pleine de toi les vertus dont tu me donnas l'exemple.

A ces mots, Zuléma s'arrête; les pleurs étouf-

fent sa voix ; elle cache de ses belles mains son
visage baigné de larmes. Gonzalve, ému presque
autant qu'elle, la contemple avec des yeux attendris; il respecte trop sa douleur pour interrompre
ce pieux silence. Enfin la princesse reprend son
récit d'un accent qu'elle affermit avec peine.

Le roi fut inconsolable, et ne survécut à sa
Léonor que pour mon frère et pour moi. Almanzor était à l'armée : il revint, accablé de douleur,
mêler ses larmes à celles d'un père qui ne lui permit plus de le quitter. Boabdil, occupé depuis
long-temps de ses criminels projets, sut profiter de
cette absence pour gagner le cœur des soldats.
Boabdil pouvait éblouir les yeux : aux avantages de
la nature il joint cette valeur brillante qui plaît
surtout dans un jeune prince, et cette prodigalité
si vantée par les courtisans. Que ne puis-je avoir à
louer d'autres vertus dans Boabdil ! Mais les perfides flatteurs ont corrompu sa jeunesse. Égaré de
bonne heure par leurs conseils, il ne connut de
devoirs que ceux des autres hommes envers son
rang; il se crut au-dessus des lois parce qu'il était
au-dessus de leurs peines : il ne pensa pas que le
plus terrible des châtimens, la haine, le mépris
public, sont le supplice des grands que les lois ne
peuvent atteindre. A force de satisfaire ses pas-

sions, ses passions devinrent des vices. Il perdit bientôt le remords, ce dernier ami des vertus, et passa rapidement des plaisirs aux excès, des excès aux crimes : triste destinée des jeunes princes, dont la vie entière dépend toujours du choix de leurs premiers amis !

Livré sans réserve aux Zégris, qui brûlaient de voir sur le trône un monarque issu de leur sang, Boabdil cherchait à renouveler ces exemples, trop communs parmi nous, de pères détrônés par leurs fils, de rois déposés par leurs sujets. Il voulait s'assurer l'armée ; et ses desseins impies ne trouvèrent d'obstacles que dans les seuls Abencerrages. Ces fidèles guerriers avertirent Mulei. Mon père partit aussitôt, alla se montrer aux soldats, et sa présence rétablit l'ordre. Mais le mal avait jeté des racines trop profondes ; la moindre étincelle devait tout à coup produire un grand embrasement. Le roi, se défiant toujours d'un fils dénaturé qu'il n'osait punir, conclut une trève avec l'Espagnol, et déconcerta les Zégris en licenciant son armée.

De retour dans la capitale, Mulei espéra calmer les esprits, détourner sa cour des factions, en donnant un aliment plus noble à cette inquiétude fougueuse, à cette éternelle inconstance, qui de tout temps ont caractérisé le Maure. Les fêtes, les

tournois, les jeux, jadis si communs à Grenade,
se, renouvelèrent par son ordre. En proie à sa
douleur profonde, pleurant toujours sa chère
Léonor, il était peu capable d'y prendre part, mais
sa sagesse voulait occuper une belliqueuse jeunesse, et prévenir une guerre civile, dont la seule
idée faisait frissonner son cœur sensible et paternel.

L'hymen de mon frère amena ces fêtes. Depuis
long-temps le brave Almanzor brûlait pour la
belle Moraïme, de la tribu des Abencerrages.
Moraïme aimait Almanzor. Eh ! qui n'aurait pas
accepté l'hommage du plus vaillant, du plus vertueux des princes? La jeune Abencerrage consulta
sa mère, lui confia le secret de son cœur ; et sa
mère lui permit de l'avouer à son amant. Depuis
ce jour, la tendre Moraïme ne vivait, ne respirait
plus que pour le héros maître de son âme. Jamais
le moindre soupçon, jamais la plus légère querelle
n'avaient troublé leurs constantes amours. Sûrs
l'un de l'autre, pénétrés tous deux d'une passion
fondée sur la parfaite estime, certains que l'univers se serait détruit plutôt que l'un des deux pût
changer, ils attendaient leur hyménée avec cette
douce impatience que tempère le bonheur présent.
Ils n'ignoraient pas qu'ils seraient plus heureux :
mais ils l'étaient assez de cette espérance ; ils l'é-
taient assez de se voir tous les jours, de se parler

de leur tendresse, de s'encourager mutuellement à de nouvelles vertus. C'était pour eux des plaisirs si doux, que leurs âmes pures et chastes n'en imaginaient aucun qui jamais pût les surpasser.

Le roi voulut les unir, et déployer à cet hyménée toute sa magnificence. Moraïme, couverte d'un voile enrichi de perles, vêtue d'une étoffe d'or brodée de pierreries, fut promenée dans la ville, selon l'usage de notre nation, sur un superbe coursier qu'accompagnait une troupe de femmes. Les joueurs d'instrumens la précédaient. Elle était suivie d'une foule d'esclaves portant dans des corbeilles ornées de fleurs les tissus de Perse, les voiles indiens, les riches parures de la jeune épouse. C'est ainsi qu'elle se rendit à la mosquée, où l'attendaient les Abencerrages. Almanzor y vint, conduit par mon père, entouré d'une brillante cour, dont il effaçait les plus beaux guerriers par sa taille, par sa figure, par cet air de grandeur, de bonté, signe touchant du calme heureux dont jouit une belle âme.

L'iman invoqua le prophète; le peuple répondit par des vœux en faveur des nouveaux époux. Ils furent ensuite conduits, au son des cistres et des cymbales, dans le palais de l'Alhambra. Les parfums les plus exquis brûlaient autour d'eux pendant la marche. Douze jeunes vierges vêtues de

blanc précédaient la belle Moraïme ; douze jeunes
garçons couronnés de roses s'avançaient devant
Almanzor. Ces deux troupes jetaient des fleurs sur
le chemin des époux, et chantaient alternativement
ces paroles :

Présens du ciel, bienfaits charmans,
Tendre amour, aimable hyménée,
Vous seul de nos plus doux momens
Serrez la chaîne fortunée.

Qu'il est doux pour un jeune cœur
De vivre sous votre puissance !
L'amour lui donne le bonheur,
L'hymen lui donne l'innocence.

Des biens jusqu'alors inconnus
Viennent doubler ses jouissances ;
Tous ses plaisirs sont des vertus,
Tous ses devoirs des récompenses.

Puissent les sermens de ce jour,
Gardés, chéris toute la vie,
Donner des belles à l'amour,
Et des héros à la patrie !

Heureux époux, vos descendans
Seront dignes de leurs modèles :
Les fils du lion sont vaillans,
Ceux de la colombe fidèles.

Le lendemain de ce beau jour, Mulei-Hassem
avait indiqué des courses de bagues et de cannes [1],

_____

[1] Ce jeu de cannes, tel qu'il est ici décrit, est encore le jeu

jeux chéris de notre nation. Tous nos guerriers s'y préparèrent, tous prodiguèrent leurs trésors pour se distinguer par de riches armures, par de magnifiques coursiers. Les jeunes beautés de la cour, tremblant que leurs amans ne fussent pas vainqueurs, s'empressèrent de leur envoyer des nœuds, des rubans, des devises. Plusieurs, pour la première fois, leur témoignèrent un tendre retour, et, dans l'espoir d'augmenter leur courage, sacrifièrent leur propre orgueil.

A peine le soleil avait doré le sommet des palais de Grenade, qu'un peuple immense, mêlé d'étrangers attirés par le bruit de la fête, vint occuper mille gradins rangés dans la place de Vivaramla. Au milieu de cette vaste enceinte, qui peut aisément contenir vingt mille guerriers en bataille, on vit s'élever un brillant palmier, chef-d'œuvre de sculpture et de richesse. Sa tige était de bronze et son feuillage d'or. Sur une de ses longues feuilles, une colombe d'argent, qui la faisait pencher par son poids, soutenait, en se balançant, la bague qu'il fallait conquérir. Quand cette bague était enlevée, une nouvelle, par l'art de l'ouvrier, sortait du bec de la colombe, et se présentait d'elle-

favori des Mamelucks d'Égypte. Voyez le *Voyage d'Égypte*, par Savary, de Volney, etc.

même. Au pied du palmier on voyait une enceinte réservée aux juges des prix, aux timbales, aux instrumens qui devaient annoncer la victoire. Des balcons couverts d'étoffes précieuses, surmontés de dais magnifiques, étaient destinés au roi, à sa famille, à sa cour ; et mille fenêtres ornées de guirlandes, occupées par les plus belles de nos jeunes Maures, formaient autour de la place un spectacle superbe et charmant.

Déjà les juges ont pris leurs places ; déjà Mulei est arrivé dans toute la pompe du trône, tenant par la main Moraïme, resplendissante de diamans. Le peuple, séduit en secret par les perfides Zégris, ne fit pas éclater, en voyant son monarque, ces transports de joie et d'amour qu'il lui témoignait autrefois. L'âme de Mulei en fut pénétrée, des larmes coulèrent de ses yeux ; et se retournant vers mon frère, qui le suivait avec moi : Mon fils, lui dit-il, j'ai trop vécu, ils ont cessé de m'aimer. Nous prîmes aussitôt ses mains que nous serrâmes avec tendresse. Il s'assit au milieu de nous ; sa cour l'environna, les balcons se remplirent ; et, des quatre barrières de la place, le bruit des trompettes qui se répondaient, nous annonça les combattans.

Ils entrent par différens côtés, divisés en quatre quadrilles. Les Abencerrages forment la première.

Vêtus de tuniques bleues brodées d'argent et de perles, montés sur des coursiers blancs, dont les harnais sont couverts de saphirs, ils portent à leur turban l'aigrette bleue, couleur affectée aux Abencerrages, et sur leurs boucliers un lion enchaîné par une bergère, avec ces mots : *Doux et terrible*, devise célèbre de leur tribu. Tous à la fleur de l'âge, beaux, brillans, remplis d'espoir et de cette noble fierté que tempère la politesse, ils s'avancent d'un pas léger sous la conduite d'Abenhamet, d'Abenhamet dont les malheurs feront bientôt couler vos larmes, mais qui n'était alors occupé que de vaincre devant Zoraïde.

Les Zégris forment la seconde quadrille. Leurs tuniques vertes sont brodées d'or. L'aigrette noire, couleur sinistre de leur famille, se distingue sur leurs turbans. De longues housses enrichies d'émeraudes couvrent le dos de leurs noirs coursiers. La tête haute, l'œil menaçant, ils suivent d'un pas tranquille Ali, le redoutable Ali, chef de cette tribu terrible ; Ali, que quarante ans de victoires ont fait surnommer l'*Épée de Dieu*, et qui porte sur son large bouclier, ainsi que tous ses compagnons, un cimeterre dégouttant de sang, avec ces mots : *Voilà ma loi*.

Les Alabez et les Gomèles marchent aux deux dernières quadrilles. Les Alabez, vêtus d'incarnat

brodé d'argent, montés sur des chevaux isabelles,
ont pris le turban des Abencerrages. Les Gomèles,
liés aux Zégris, ont des tuniques pourpre et or,
des coursiers bais, et l'aigrette noire.

Ces quatre troupes, l'une après l'autre, viennent saluer le roi, font ensuite des évolutions, et
vont occuper les quatre faces.

Le prince Boabdil parut alors, monté, sur un
coursier d'Afrique qui semblait jeter du feu par
les naseaux. Le peuple, à son aspect, jette des cris
de joie. Boabdil, passant d'un air dédaigneux devant les Abencerrages, va se placer parmi les Zégris, qui le reçoivent avec des transports. Ali veut
lui céder le commandement, mais le prince le refuse ; et le roi donne l'ordre aux juges de faire
distribuer des lances égales à ceux qui veulent
disputer les prix.

Chacune des différentes quadrilles devait nommer douze cavaliers pour courir ensemble les bagues. Il suffisait d'en manquer une seule pour
perdre le droit d'une nouvelle course. Une superbe aigrette de diamans était réservée au vainqueur ; d'autres présens moins magnifiques devaient consoler les vaincus.

Le signal se donne ; et le premier qui s'élance
est le charmant Abenhamet. Il part comme un
trait de l'escadron bleu ; il enlève la première

bague. Ali Zégri veut lui ravir la seconde ; mais
Boabdil le prévient. Troublé par sa haine pour
Abenhamet, il vole, manque la bague, brise sa
lance de fureur, et va se cacher parmi les Zégris.
Ali se présente alors, Ali emporte la seconde.
Abenhamet, prompt comme l'éclair, est déjà maître de la troisième. La quatrième est à la lance
d'Ali. La place retentit d'applaudissemens. L'A-
bencerrage se précipite de nouveau, mais son fer
touche la colombe, et fait voler la bague dans l'air.
L'adroit Abenhamet d'un second coup l'enlève
avant qu'elle tombe à terre. Le peuple fait éclater
des transports. Ali n'ose rentrer en lice. Les Zégris,
les Gomèles, les Alabez se succèdent inutilement.
Les plus heureux vont jusqu'à cinq bagues ; Abenhamet en a conquis vingt. Mille fanfares annoncent sa victoire ; les juges lui décernent le prix.
Il vient le recevoir à genoux de la main de Moraïme, et court le déposer aux pieds de Zoraïde,
dont le cœur a fait des vœux pour lui.

Aussitôt les quatre escadrons se préparent au
jeu de cannes. Tous, armés de légers roseaux,
courent les uns contre les autres, les brisent sur
leurs boucliers, les jettent à la fois dans l'air, les
reprennent sans descendre à terre. Maniant avec
dextérité des coursiers plus rapides que l'air, ils
s'attaquent, fuient, reviennent, se forment, se dis-

persent, s'arrêtent, se rallient précipitamment, et trompent toujours les yeux étonnés qui ne peuvent suivre leurs mouvemens divers.

Ainsi dans la mer d'Almérie, on voit les dauphins rassemblés fendre la plaine liquide, se mêler, s'entrelacer dans leurs circuits, dans leurs détours, se poursuivre sans jamais s'atteindre, et bondir à la fois sur les ondes.

Mais la plus noire trahison devait ensanglanter la fête. Les coupables Zégris, sous leurs habits dorés, portaient leurs cottes de mailles. Au milieu du tumulte des jeux, plusieurs changèrent leurs roseaux contre de véritables lances. Abenhamet fut le premier frappé. A la vue de son sang qui coule, il jette un cri de fureur, et s'élance, le sabre en main, sur le Zégri qui l'a blessé : il l'immole au milieu des siens, qui sur-le-champ tirent leurs cimeterres. Les Abencerrages, instruits de l'attentat, volent au secours de leur chef. Les Alabez se déclarent pour eux ; les Gomèles pour les Zégris. Les quatre escadrons se chargent avec une égale animosité. Les noms de traître, de perfide, sont prononcés par tous les partis. Le sang ruisselle dans la place. Le peuple effrayé prend la fuite ; et la haine, la mort, la vengeance, se rassasient de carnage.

Le roi, les juges, mon frère, font d'inutiles

efforts pour apaiser leur furie. La voix d'Almanzor
est méconnue, l'autorité de Mulei méprisée ; les
juges du camp sont foulés aux pieds. Les malheureux Abencerrages, dont les glaives sont repoussés
par l'armure de leurs ennemis, s'aperçoivent de
la trahison ; ils veulent aller prendre leurs cui-
rasses, ils se précipitent vers les barrières ; mais
les Zégris les poursuivent, les pressent, les immolent dans l'étroit passage. C'en était fait, dans ce
jour affreux, de cette vaillante famille, si mon
frère, qui s'était armé, n'avait tout à coup paru
dans la place, et, soutenant seul l'effort des vainqueurs, n'eût favorisé les Abencerrages. Les Zégris s'échappent par une autre issue, se répandent
par toute la ville, criant : Aux armes ! aux armes !
Vive notre roi Boabdil ! Mulei-Hassem cesse de
régner ! Le peuple, acheté par eux, grossit leur
troupe rebelle ; Grenade se soulève en un moment.
Les portes des maisons se ferment, cent mille lances brillent dans les rues, des cris affreux remplissent les airs. Boabdil, au milieu des Zégris, attise
le feu de la révolte ; il est proclamé roi par les
factieux, et marche au même instant à l'Alhambra,
suivi d'une troupe innombrable.

Mulei-Hassem s'était retiré dans ce palais, presque seul avec sa famille. Nous le pressions dans
nos faibles bras, nous cherchions à le rassurer,

tandis qu'un effroi mortel nous ôtait la voix et les forces. Ce bon roi, sans crainte pour lui-même, n'était occupé que de ses sujets ; c'était pour eux seuls qu'il versait des larmes et qu'il implorait l'Éternel : O Allah ! s'écriait-il, en élevant ses bras tremblans, brise mon sceptre, mais sauve mon peuple : pardonne-lui ses fureurs ; on le trompé, on l'entraîne au crime : ne le punis pas, ô Dieu de bonté !

Almanzor songe à nous défendre : il rassemble les gardes épars, donne des armes aux esclaves, fait fermer les portes de l'Alhambra, dispose des archers sur les tours, et lui-même, au-dessus de la plate-forme, se montre appuyé sur cette lance qui fait trembler les Zégris.

Bientôt il voit arriver les braves Abencerrages, couverts de l'acier brillant, transportés de fureur et d'indignation. Les Almorades, les Alabez, d'autres tribus fidèles à leur roi, viennent mourir ou le défendre ; et, dédaignant d'attendre l'ennemi derrière les murs du palais, ils se rangent devant les portes. Almanzor vole au milieu d'eux : mille cris s'élèvent en voyant ce héros. D'autres cris aussitôt leur répondent ; et les Zégris, les Vanégas, les Gomèles, avec Boabdil, paraissent, suivis d'un peuple effréné.

L'aspect d'Almanzor les arrête. Un profond silence succède au tumulte : ils hésitent à porter leurs mains sur le héros de Grenade, sur le digne objet de leur admiration. Mais, ranimés par Boabdil, ils serrent leurs rangs, ils baissent leurs lances ; et les trompettes de part et d'autre vont donner l'horrible signal, lorsqu'on voit s'ouvrir tout à coup les portes de l'Alhambra. Mulei-Hassem, tenant dans ses mains le sceptre avec la couronne, s'avance entre les deux armées.

Arrêtez, s'écria-t-il, et n'attirez pas le courroux du ciel en répandant le sang de vos frères : ménagez ce sang précieux dont vous aurez besoin contre l'Espagnol. Abencerrages, Zégris, tremblez de vous forger des chaines ; oubliez vos fatales discordes, et réservez votre valeur contre vos communs ennemis. Vous êtes offensés, dites-vous : ne le suis-je pas moi-même ? Apprenez comment on se venge.

Peuple de Grenade, mon règne t'a lassé, il est fini dès cet instant. Tu m'as repris ton amour, je ne veux plus de ta couronne. Viens la recevoir, Boabdil ; viens prendre ce sceptre que tu désires, et que peut-être tu trouveras pesant. Approche, mon fils, approche, et cesse de t'étonner. Regarde ces cheveux blancs : as-tu pensé que pour ce peu de jours qu'il me restait encore à régner, je ferais égorger mon peuple ? Ah ! Boabdil, Boabdil, mon cœur jamais ne te fut connu. Tu l'as trop souvent déchiré ; mais ton père te pardonne tout, si tu rends heureux tes nouveaux sujets, si ta justice et ta bienfaisance les empêchent de se repentir de ce qu'ils font aujourd'hui pour toi.

En prononçant ces paroles, l'auguste vieillard présente à son fils et la couronne et le sceptre. Boabdil, terrassé par son crime, demeure immobile et les yeux baissés. Il n'ose envisager son père, il ne peut faire un seul pas vers lui. Mulei le prévient, s'avance, pose sur son front, qui rougit, ce diadème, objet de ses vœux. Ensuite, se retournant vers les deux troupes interdites : Abencerrages, dit-il, saluez le roi de Grenade ; et vous, Zégris, jurez la paix à vos généreux ennemis.

A ces mots, le peuple enivré crie : Vive le roi Boabdil ! vivent les Abencerrages, les Zégris et Mulei-Hassem ! Boabdil est conduit en pompe dans le palais de l'Alhambra. Mon père, suivi d'Almanzor, de Moraïme et de moi, se retire dans l'Albayzin, ancienne demeure des premiers rois maures.

FIN DU LIVRE SECOND.

LIVRE TROISIÈME.

Zuléma raconte les changemens arrivés à Grenade sous le règne de Boabdil. Corruption de la cour et du roi. Amours d'Abenhamet et de Zoraïde. Captivité d'Ibrahim. Abenhamet va le délivrer. Boabdil devient son rival. Il s'oppose à l'hymen des deux amans. Il envoie Abenhamet contre les Espagnols. Abenhamet est vaincu par Gonzalve. Ce héros pénètre jusque dans Grenade. Les lois condamnent Abenhamet à la mort. Zoraïde, pour le sauver, épouse le roi Boabdil. Almanzor conduit Abenhamet loin de Grenade. Abenhamet le trompe et revient. Il trouve Zoraïde dans le Généralif. Entretien des deux amans. Quatre Zégris les découvrent : ils avertissent le roi. Fureur de Boabdil. Mort d'Abenhamet. Meurtre des Abencerrages. Un enfant sauve la tribu. Combat dans le palais. Les Abencerrages quittent Grenade.

Le plus grand, le plus heureux des rois, celui que la victoire et la fortune ont comblé de leurs faveurs, celui qui rassemble autour de son trône tout l'éclat, toutes les jouissances de la gloire, manque du bonheur le plus pur, le plus cher pour une âme tendre, de la certitude d'être aimé. Les hommages qu'on lui prodigue, les louanges dont on l'accable, la fidélité même qu'on lui témoigne, espèrent une récompense : ce n'est pas à lui, c'est à son rang que l'intérêt adresse des vœux. Cette seule idée vient flétrir son âme ; une juste défiance se mêle aux sentimens doux de son cœur; malheureux de pouvoir tout payer, il doit penser qu'on ne lui donne rien.

Mais Mulei descendu du trône, Mulei remis dans le rang des hommes, rentra dans le droit le plus beau, le plus précieux de l'humanité, celui de trouver des amis. La nombreuse cour disparut, les Abencerrages lui restèrent. Cette vertueuse tribu le regarda toujours comme son roi, lui rendit d'autant plus de respects que mon père avait moins de puissance. Almanzor, son épouse et moi, nous nous disputions les soins pieux qui pouvaient consoler sa vieillesse. Satisfaits de consacrer nos jours à des devoirs si chers à nos âmes, nous n'osions nous plaindre d'un crime qui nous avait donné le bonheur, qui nous avait réunis dans le sein du meilleur des pères. Si nous regrettions sa couronne, c'était pour son peuple et pour lui; s'il soupirait de l'avoir perdue, c'était pour ses sujets et pour ses enfans.

Pendant ce temps, le nouveau roi changeait la face de Grenade. Les anciens visirs furent révoqués; de jeunes courtisans les remplacèrent. Les chefs de l'armée, blanchis sous le fer, se virent payés, par l'exil, de leurs travaux et de leurs blessures : des enfans, seulement connus par leurs vices ou par leur faveur, vinrent commander à de vieux soldats, jadis compagnons de leurs pères.

Cette discipline antique, mère de la valeur et des victoires, fut oubliée en un moment : l'armée devint un ramas de mercenaires sans frein, hardis contre leurs capitaines, lâches contre les ennemis. Nos frontières, presque inconnues à des gouverneurs qui vivaient à la cour, furent surprises, envahies par les vigilans Espagnols ; et, pour comble de calamité, ce fut à cette époque fatale que le ciel suscita contre nous ce terrible ennemi des Maures, ce redoutable Castillan dont le nom sans doute a dû pénétrer jusque dans vos lointains climats, le fier Gonzalve de Cordoue.

Ses exploits, ses succès rapides, ne purent réveiller Boabdil de sa honteuse léthargie. Conduit, égaré chaque jour davantage par les criminels Zégris, le monarque n'était occupé que de ces plaisirs bruyans dont les flatteurs entourent leur maître, de peur qu'il n'entende les cris de son peuple. Aux superbes jeux, aux fêtes publiques, établies par Mulei-Hassem, avaient succédé, sous le jeune roi, des assemblées mystérieuses, des danses efféminées, de longs festins d'où la pudeur, la tempérance, étaient bannies : l'amour tendre, respectueux, était devenu l'objet d'une raillerie insolente; et la galanterie grenadine, si célèbre chez toutes les nations, était remplacée par la licence.

Au milieu de tant de vices qui nous présa-

geaient nos malheurs, une passion que dès long-
temps la résistance semblait avoir éteinte, se ral-
luma tout à coup dans l'âme féroce de Boabdil.
L'objet de ce funeste amour était la belle Zoraïde,
fille du vieillard Ibrahim.

Zoraïde était Africaine. Dès les premiers jours
de sa vie elle avait connu l'infortune : elle perdit sa
mère au berceau ; son père, premier visir du monarque de Trémécen, vit détrôner son malheureux
maître, fut lui-même proscrit, dépouillé de ses
biens, et, s'échappant avec sa fille, vint implorer
à Grenade la pitié de Mulei-Hassem. Mon père le
reçut à sa cour, lui donna le gouvernement de
l'importante ville de Jaën, et voulut que Zoraïde
fût élevée dans son palais.

Elle sortait à peine de l'enfance. Bientôt ses attraits naissans enflammèrent nos jeunes guerriers.
Abenhamet, cet aimable chef des Abencerrages,
qui remporta le prix des courses le jour du crime
des Zégris, Abenhamet, enfant comme Zoraïde,
ne l'eut pas plus tôt connue, qu'il la choisit, l'a-
dopta pour sa sœur : il n'était heureux qu'auprès
d'elle ; il lui répétait mille fois le serment de l'aimer toujours. La jeune et naïve Africaine lui faisait
les mêmes promesses, lui déclarait ingénument
qu'elle ne voulait aimer que lui seul : doux privi-
lége de cet heureux âge, à qui les hommes par-

donnent encore la franchise et la candeur !

Lorsque Zoraïde approcha de trois lustres, elle devint plus réservée ; Abenhamet fut plus timide. Il n'osait plus, comme autrefois, venir à toute heure à son appartement ; il perdit jusqu'à la hardiesse de lui parler même d'amitié : mais, plus que jamais épris de ses charmes, éprouvant la force de ce premier amour, si vif et si pur dans les belles âmes, il s'occupait sans cesse de la suivre, de l'attendre, de la chercher. Dans le palais, à la mosquée, au jardin du Généralif, il était toujours sur ses pas ; il ne pouvait se passer de sa vue, il n'existait plus dès qu'il la perdait ; et lorsqu'ils se trouvaient ensemble, leurs yeux se baissaient vers la terre, une rougeur modeste couvrait leurs fronts, leurs langues balbutiaient des paroles sans suite, sans ordre ; leur esprit, ailleurs si présent, les abandonnait tous les deux.

Ce fut alors que Gonzalve, entrant sur nos terres avec une armée, parut tout à coup devant Jaën, où commandait le vieux Ibrahim. Jaën fut emporté d'assaut après une longue défense ; le père de Zoraïde resta prisonnier.

Sa fille, baignée de pleurs, vint embrasser les genoux du roi : Rendez-moi mon père, dit-elle, et reprenez tous les bienfaits dont vous comblez ma jeunesse : une chaumière me suffit avec l'auteur de mes jours; ou si Gonzalve est inflexible, obtenez du moins que je puisse aller partager les fers de mon père, et consacrer à le servir une vie que je lui dois.

Mulei, touché de sa douleur, lui promit d'écrire à Gonzalve, lui jura que le premier article de la paix serait la liberté d'Ibrahim; il consola sa fille désolée; il redoubla de bontés, de soins, pour rendre son sort plus heureux.

Mais Abenhamet, témoin de ses larmes, Abenhamet qui les sentait tomber sur son cœur, résolut de les tarir. Craignant qu'une paix incertaine ne retînt long-temps Ibrahim captif, ne pouvant disposer encore des biens immenses qu'il devait posséder, il part, il va trouver Gonzalve; et l'abordant avec la confiance de la jeunesse et de l'amour :

Magnanime guerrier, lui dit-il, je suis le chef des Abencerrages. Mon âge ne m'a pas permis de m'éprouver contre toi; cet heureux temps viendra, je l'espère. Tu connais ma noble famille; tu juges que ses trésors te seront prodigués pour ma rançon. Le brave Ibrahim est sans fortune; échange ce vieillard avec moi; rends ce malheureux père à sa fille, qui n'a que des larmes à t'offrir, et reçois à sa place, pour ton prisonnier, le plus riche des Grenadins.

Il se tait. Gonzalve est ému : Abencerrage, répond-il, tu ne seras point mon captif; je veux ton estime, non tes richesses : retourne à Grenade avec Ibrahim. C'est à ta vertu seule que je l'accorde; et si ce léger bienfait excite ta reconnaissance, évite-moi dans les combats.

Oh! quelle fut la joie de Zoraïde lorsqu'Abenhamet de retour lui présenta son père adoré! Doutant encore de son bonheur, elle se jette au cou du vieillard, elle le presse avec des sanglots. Ibrahim se hâte de lui raconter tout ce qu'il doit à l'Abencerrage; et, joignant les mains des deux jeunes amans, il jure par le nom d'Allah que dans peu de jours ils seront unis.

On ne parla dans Grenade que de l'action d'Abenhamet; on exalta son courage; on fit des vœux pour son amour. La magnanimité de Gonzalve fut admirée; et je dois l'avouer, seigneur, quoique ce superbe Espagnol soit le fléau de ma patrie, quoique le sang de mes frères ait cent fois rougi son bras invincible, sa noble franchise à la guerre, sa douce clémence après le combat, le font révérer de notre nation. Tout guerrier reconnaît son courage, tout captif son humanité. Les Abencerrages surtout, voulant honorer ses vertus, délivrèrent douze Chrétiens prisonniers, choisirent douze coursiers d'Afrique, et les envoyèrent au héros

castillan comme un faible hommage de leur reconnaissance.

Mulei-Hassem avait approuvé l'hymen d'Abenhamet et de son amante; il décida qu'il s'accom-
plirait après celui d'Almanzor. Mais le fougueux
Boabdil devint épris de Zoraïde; croyant l'éblouir
par son rang, il osa prétendre à sa main. Sans
s'écarter des égards dus à l'héritier du trône, la
fille d'Ibrahim rejeta ses vœux. Elle se croyait
oubliée d'un cœur si peu fait pour aimer, lorsque
mon père perdit sa couronne; et le premier usage
que fit Boabdil de son pouvoir usurpé, fut de défendre au vieux Ibrahim de choisir Abenhamet
pour gendre.

Ibrahim au désespoir espéra fléchir le monarque.
Il va se jeter à ses pieds, suivi du tendre Abenhamet; il lui demande, pour unique prix de sa fidélité, de ses longs services, qu'il lui permette la
reconnaissance; qu'il ne le force pas, à quatre-
vingts ans, de manquer à l'honneur pour la première fois. Boabdil ne l'écoute point. Abenhamet,
qui, dans le silence, attendait l'arrêt de sa vie, fait
relever Ibrahim avec un mouvement de fureur; et
fixant sur le roi des yeux brûlans :

Zoraïde est à moi, dit-il, par la volonté de son
père, par la sienne, par tous les droits de l'amour

et de l'amitié : voilà mes titres. Quels sont tes motifs pour m'ôter le bien que j'ai mérité ?

Je ne rends point compte de mes desseins, répond le monarque d'un ton farouche ; et mes sujets ne méritent jamais que ce que ma bonté leur donne.

Boabdil, s'écrie Abenhamet, tes sujets ont appris des Zégris à détrôner un monarque juste ; tremble qu'ils n'apprennent des Abencerrages comment on punit un tyran.

Le roi saisit son cimeterre... Ibrahim se jette à genoux : C'est moi, c'est moi qu'il faut frapper ; c'est moi qui lui donnai ma fille. Tant que je jouirai du jour, Zoraïde appartient à mon libérateur. Tranche ma vie, Boabdil, afin de dégager ma foi.

Alors le vieillard découvre son sein, tout couvert de cicatrices, et le présente au fer du monarque. Ceux qui l'environnent, les Zégris eux-mêmes, témoignent de la compassion. Abenhamet, la main sur son poignard, est prêt à défendre son père ; et le roi, sombre, les yeux baissés, médite ce qu'il doit résoudre. Il redoute les Abencerrages ; il craint qu'un acte de barbarie ne renverse un trône mal affermi : mais, instruit dès long-temps à la perfidie, il retarde son crime pour mieux l'assurer.

Enfin, composant son visage, feignant de dompter un juste courroux : Ibrahim, dit-il, tes vertus ont rappelé ma clémence. Je fais grâce, pour l'amour d'elles, à l'imprudent Abenhamet. Quant à ta fille, elle est d'un prix qu'une seule action de courage ne peut avoir mérité. Je vais fournir moi-même à son amant l'occasion de s'en montrer digne. Jaën, conquis par Gonzalve, était la clef de mes états ; qu'Abenhamet reprenne Jaën, Zoraïde est sa récompense.

L'Abencerrage pousse un cri de joie et tombe aux pieds de Boabdil : Tu me rends invincible, ô roi de Grenade ; tout mon sang répandu pour toi peut seul expier les paroles échappées à ma jeunesse.

Le monarque le relève avec une bonté feinte, proclame Abenhamet son général, et décide que dans trois jours l'armée partira pour Jaën.

Pendant ces trois siècles d'attente, le brave et tendre Abenhamet prépare ses coursiers, ses armes. Ibrahim veut l'accompagner ; le vieux Ibrahim se fait un honneur de servir sous son jeune ami. Mon frère doit suivre leurs pas. Les Abencerrages s'apprêtent. Le jeune amant, transporté de joie, court aux genoux de Zoraïde lui demander d'orner sa lance d'un ruban, d'un voile qu'elle ait porté. Zoraïde cherche à lui cacher la profonde tristesse qui l'accable : elle lui donne une écharpe blanche où sa main broda leurs noms enlacés, où le mot charmant de *toujours* se lit sous leurs chiffres unis. Zoraïde le revêt, en pleurant, de cette magnifique écharpe. Elle n'ose exiger de lui qu'il ménagera ses jours, mais elle prie son amant de veiller sur ceux de son père, et demande en secret à son père de retenir le courage de son amant.

Le moment du départ est arrivé : l'armée est en bataille sur la place. Les Abencerrages sont à l'aile droite ; la gauche est fermée par les Zégris. Abenhamet paraît bientôt, couvert sous sa tunique bleue d'une cuirasse forgée dans Fez, ornée de l'écharpe de Zoraïde ; son turban, doublé d'acier, porte l'aigrette de sa famille ; à son côté pend un cimeterre enrichi de diamans ; et sa main gauche tient une lance maure, armée à ses deux bouts d'un fer aigu. Il s'avance sur un coursier blanc, dont la crinière tombe jusqu'à terre. Il promène sur son armée des yeux remplis de courage et d'amour, confie la droite au brave Almanzor, la gauche au prudent Ibrahim, et va donner le dernier signal.

Le roi paraît alors dans la place avec l'étendard de l'empire. Cette enseigne si révérée, où l'on voyait sur un champ d'or une grenade de rubis, ne sortait de la mosquée que dans les grandes oc-

casions. Boabdil la remet lui-même entre les mains
d'Abenhamet.

Abencerrage, lui dit-il, sois digne de ma confiance, et songe aux devoirs que t'impose la présence du drapeau sacré.

Abenhamet, enivré d'ardeur, saisit cette enseigne d'une main avide, jure au monarque de
mourir plutôt que de l'abandonner. Il appelle le
brave Octaïr, le plus vaillant de ses frères; il lui
donne le saint étendard. Octaïr, fier de cet honneur, se range auprès de son général, qu'il ne doit
plus quitter d'un seul pas; les trompettes sonnent
la marche.

Hélas! l'aveugle Abenhamet courait, sans le savoir, à sa perte. Les Zégris l'avaient préparée avec
le perfide roi. L'étendard de Grenade assurait leur
complot. Nos lois condamnent à la mort tout général qui revient sans ce gage de notre gloire[1] :
c'était dans ce cruel espoir que Boabdil le confiait
à son rival.

Abenhamet n'est occupé que de l'espoir d'obtenir Zoraïde. Il marche d'un air triomphant à la
tête de ses guerriers; il ne peut contenir ses trans-

---

[1] Cette loi existait chez les premiers Arabes. On peut voir
les efforts incroyables que fit Jaffar, à la bataille de Mouta,
pour sauver l'étendard de l'islamisme. (Savary. *Vie de Ma-
homet*, page 151.)

ports; et, suivant l'usage de notre nation, lorsqu'elle va chercher les combats, il chante ces
paroles guerrières, au bruit des cymbales et des
triangles :

> La trompette appelle aux alarmes,
> Ses sons excitent la valeur ;
> Jeunes amans, c'est de nos armes
> Que dépendra notre bonheur.
> Le jour qui suit une victoire
> Est encore un plus heureux jour :
> L'amour récompense la gloire,
> Et la gloire embellit l'amour.
>
> Souvent l'amant le plus fidèle
> Déplaît aux yeux qui l'ont charmé ;
> Pour un vainqueur point de cruelle,
> Celui qu'on admire est aimé.
> Aux belles un héros fait croire
> Qu'il doit les soumettre à son tour ;
> Et la beauté cède à la gloire
> Ce qu'elle dispute à l'amour.
>
> Amour, honneur, dieux de nos âmes,
> Décidez seuls de notre sort ;
> A des cœurs brûlés de vos flammes
> Donnez le triomphe ou la mort.
> Périssons dignes de mémoire,
> Ou qu'on dise, à notre retour :
> L'amour a tout fait pour la gloire,
> La gloire obtient tout de l'amour.

Mais les Zégris, par un avis secret, avaient

averti Gonzalve. Ce héros était dans Jaën avec Lara, son fidèle ami, Lara, le plus fameux des Castillans après Gonzalve, et presque aussi fatal à ma patrie que cet indomptable guerrier.

Quoique leurs troupes fussent peu nombreuses, les deux Espagnols n'attendent pas les Maures ; ils viennent au-devant d'eux. Par une marche savante, ils attaquent tout à coup notre armée avant qu'elle soit sur leur territoire. Nos soldats surpris prennent l'épouvante. Abenhamet, malgré ses efforts, ne peut ranimer leur valeur. Il court, cherche, appelle Gonzalve, le joint, l'arrête quelques instans ; il blesse même le héros ; mais Gonzalve, d'un coup plus sûr, le renverse sur la poussière. De là, joignant Octaïr, il fait voler d'un seul revers la main qui porte l'étendard. Octaïr le reprend de l'autre ; elle est coupée par Gonzalve. Alors le fidèle Octaïr, avec le reste de ses bras, saisit encore l'enseigne sacrée, et la serre contre sa poitrine. C'est ainsi qu'il reçoit la mort ; et le terrible Castillan s'empare du fameux drapeau.

Almanzor vole pour le reprendre, à la tête des Abencerrages ; mais Lara, vainqueur des Zégris, revient les envelopper. Le combat n'est plus qu'un carnage. Ibrahim, baigné dans son sang, meurt en appelant Zoraïde. Almanzor blessé se soutient à peine. Les Abencerrages, trahis, abandonnés de toute l'armée, tombent, expirent sous le fer, sans qu'aucun d'eux demande à se rendre, sans qu'ils veulent s'éloigner d'un pas du corps d'Abenhamet mourant.

Gonzalve, qui les admire, cesse le premier de frapper. Il commande à ses Espagnols de leur ouvrir un passage : il facilite la retraite à des ennemis qu'il estime, qu'il veut vaincre, et non massacrer. Almanzor enlève Abenhamet sanglant, le fait porter au milieu de ses frères, et se retire, mais sans fuir, sans désordre comme sans crainte, et retournant vers le vainqueur ce front tant de fois triomphant.

Déjà les Zégris, arrivés les premiers, avaient répandu dans Grenade la nouvelle de la défaite. Les mères, les épouses, tremblantes, attendaient, aux portes de la ville, le retour des Abencerrages. Zoraïde surtout, Zoraïde redemande son père et son amant à tous ceux qui revenaient du combat. Elle aperçoit la vaillante famille réduite à un escadron peu nombreux, teinte de sang, couverte de blessures, portant Abenhamet expirant. A cette vue, elle jette un cri, vole, s'élance vers Almanzor : Mon père ! mon père ! dit-elle... Ai-je tout perdu dans ce jour affreux ? Almanzor répond par des larmes. Zoraïde cherche Ibrahim avec des yeux égarés ; elle les fixe sur le visage pâle de son amant, elle regarde le muet Almanzor, n'entend que trop son silence, et tombe sans couleur, sans vie, entre les pieds des chevaux.

On la secourt, on l'emporte. Almanzor marche à l'Alhambra pour avertir le coupable roi des dangers qui menacent Grenade. Les Abencerrages, au milieu des pleurs, vont déposer dans sa maison le malheureux Abenhamet.

Ses blessures sont visitées : elles sont terribles et nombreuses. On espère pourtant l'arracher à la mort. On arrête le peu de sang qui reste encore dans ses veines ; on panse ses larges plaies avec le baume précieux que l'Arabie nous fournit. Abenhamet reprend ses sens. Mais à peine il se reconnaît, que repoussant ceux qui l'environnent : Je suis vaincu ! s'écrie-t-il ; je suis vaincu ! je l'ai perdue ! je l'ai perdue pour jamais !...

En disant ces mots, il déchire les voiles dont on vient de bander ses blessures ; il fait couler de nouveau son sang, et retombe dans l'état affreux d'où les secours l'avaient tiré.

Zoraïde, dans le palais, nous donne les mêmes alarmes. Accablée d'une douleur morne, qui lui ôte la faculté de pleurer, elle nous contemple avec des yeux farouches, prononce sans cesse les noms d'Ibrahim et d'Abenhamet, regarde ensuite la terre en répétant ces noms si chers ; et tout à coup d'hor-

ribles cris, des mouvemens convulsifs, succèdent
à ce calme apparent. Une fièvre ardente s'empare
d'elle ; le plus effrayant délire la transporte au milieu des combats : elle y venge la mort de son père,
elle y défend son époux. Les soins, les remèdes
sont inutiles ; on désespère de ses jours.

Tandis que chaque famille est ainsi plongée dans
la douleur, Gonzalve victorieux paraît sous les murs
de Grenade. Mon frère, qui l'avait prévu, mon
frère, notre seul espoir, appelle nos guerriers aux
armes. Boabdil lui-même, avec les Zégris, sort
contre les Espagnols. Almanzor, suivi des Abencerrages, repousse Lara loin de nos remparts. Mais
le roi, pressé par Gonzalve, prend la fuite devant
ce guerrier ; il regagne précipitamment la ville.
L'intrépide Castillan le poursuit au sein de nos
murs : abandonné de tous les siens, il vole, il pénètre jusqu'à l'Alhambra. Je l'ai vu, seigneur, je
l'ai vu ; cette image m'est encore présente, et me
fait frissonner d'effroi. Ah ! puissiez-vous, malgré
votre valeur, ne vous mesurer jamais avec ce héros
si terrible ! Seul, au milieu de notre capitale, bravant un peuple d'ennemis, renversant tout sur son
passage, il parvint non loin de moi. Là, sans doute,
s'apercevant qu'aucun des siens ne l'accompagnait,
il s'arrête, demeure immobile, reprend ensuite
lentement le chemin qu'il a semé de victimes ; et,

sans songer à se défendre contre la foule qui l'attaquait, il semble examiner les lieux qui doivent être
sa conquête.

Après cette vive alarme, nous retournons aux
tendres soins si nécessaires aux malheureux amans.
Abenhamet et Zoraïde désirent en vain le trépas ;
leur force, leur jeunesse repoussent la mort. L'espérance de se revoir, le besoin de pleurer ensemble, les attachent encore à la vie, et leur font enfin
surmonter leurs maux.

Boabdil attendait ce moment ; il se rend seul
chez Zoraïde. L'infortunée ignorait son crime, elle
le reçut sans horreur. Le perfide donna des larmes
à la mémoire d'Ibrahim, prodigua des éloges à son
courage ; et lorsqu'il eut feint pendant quelques
jours de partager la douleur de sa fille, il parla
d'honorer la cendre de l'infortuné vieillard par un
témoignage public d'estime, de reconnaissance ;
il offrit un hymen auguste, comme pouvant seul,
disait-il, l'acquitter envers Ibrahim.

Seigneur, répondit Zoraïde trop malheureuse
pour dissimuler, mon cœur est loin de mériter un
si brillant hyménée. Ce cœur ne peut aimer qu'une
fois ; et c'est Abenhamet qu'il aime. Si les services
de mon père, si son sang répandu pour vous, sont
de quelque prix à vos yeux, si vous voulez consoler son ombre, accomplissez son dernier désir ;

unissez sa fille à celui qu'Ibrahim avait choisi pour
gendre. Il le saura dans le ciel qu'il habite, et
s'applaudira d'avoir donné sa vie pour un roi qui
daigne le remplacer.

Boabdil, à ce discours, ne peut retenir sa colère : Zoraïde, s'écrie-t-il, vous abusez de mon
funeste amour ! Ce n'est plus à votre main qu'A-
benhamet doit prétendre ; nos lois le livrent à la
mort. Seul je pourrais lui faire grâce, cette grâce
dépendra de vous.

Il la quitte alors d'un air sombre. Trop instruit
que l'Abencerrage commençait à reprendre ses
forces, il lui donne sur-le-champ des gardes, et
nomme des vieillards pour le juger.

La loi prononçait son trépas. Abenhamet avait
perdu l'étendard sacré de l'empire, Abenhamet
devait mourir. Les juges, en pleurant, signent
l'arrêt; le roi le porte à Zoraïde.

Choisissez, dit-il en le lui présentant, et choisissez à l'heure même ; ce seul instant vous est
accordé. Abenhamet va périr, ou vous allez monter
sur le trône. L'autel et l'échafaud sont prêts.

Terrassée par ces paroles, Zoraïde demeure interdite. Son premier mouvement est de saisir son
poignard pour se délivrer elle-même de l'horrible
choix qu'on lui propose : mais le trépas d'Abenhamet suivra le sien ; cette certitude l'arrête. Elle

a perdu tout espoir de fléchir le despote féroce.
Elle balance; elle tremble. Boabdil la presse de
répondre. Mécontent de son silence, il ordonne
qu'on aille chercher la tête de son rival... Arrêtez!
s'écrie Zoraïde; arrêtez! je m'immole à lui; voilà
ma main; marchons au temple... O mon père tu
l'ordonnerais!

Elle dit. L'inflexible roi l'entraîne aussitôt à la
mosquée. Tout était préparé pour ce triste hymen.
Zoraïde, pâle, mourante, parait au milieu d'un
peuple aveugle qui fait des vœux pour sa nouvelle
reine; qui lui souhaite une longue durée du bonheur dont elle va jouir. Elle prononce d'une voix
éteinte le serment d'être infortunée. Mille acclamations lui répondent, mille cris de joie mêlés
au son des cistres étouffent ses gémissemens;
et les fêtes les plus brillantes célèbrent ce jour de
douleur.

Le roi fut cependant fidèle à sa promesse : le
lendemain du funeste hyménée, il déclara que la
jeunesse d'Abenhamet, sa valeur, celle de sa famille,
le sollicitaient d'adoucir la sévérité des juges; mais
que, voulant accorder son inviolable respect pour
les lois avec les égards dus aux Abencerrages, il
convertissait en un simple exil la peine portée contre leur chef.

Nul ne pouvait murmurer : le monarque paraissait clément. De vils flatteurs applaudirent à sa perfide bonté.

Almanzor, dont l'œil clairvoyant perçait cet horrible mystère, voulut prévenir les premiers effets du désespoir d'Abenhamet : il se rendit à sa prison ; et le pressant contre son sein : Ami, lui dit-il, tu vivras ; le roi t'exile seulement de Grenade : mais Zoraïde... Zoraïde... — Elle n'est plus ! s'écrie Abenhamet. — Elle serait moins à plaindre. Apprends l'affreuse vérité ; rappelle ton courage pour la soutenir, et songe surtout, ami, qu'en succombant à ta douleur, tu donnes la mort à Zoraïde : elle est l'épouse de Boabdil.

En disant ces paroles, il serre de nouveau l'infortuné sur son cœur. Il voulait l'empêcher d'attenter à ses jours ; mais, hélas ! Abenhamet reste évanoui dans ses bras. Mon frère profite de sa faiblesse ; il le saisit, l'emporte sur un char qu'il avait fait préparer, et s'occupe de le rendre à la vie en le conduisant dans un de ses châteaux peu éloigné de Grenade.

Là, le généreux Almanzor, toujours les yeux sur son jeune ami, cherche à pénétrer dans les siens les mouvemens de son âme. Il n'essaie point de consolation ; il se tait, le suit, l'examine, le veille comme un insensé. Abenhamet garde un morne silence : aucune larme ne sort de ses yeux ;

sa tête est baissée sur sa poitrine ; ses sourcils rap-
prochés rident sont front ; ses dents sont serrées
par une force invincible, et ses sinistres regards
se tournent à la dérobée sur Almanzor, dont la
présence le fatigue et s'oppose à ses desseins.

Trois jours se passèrent ainsi, sans que mon
frère le quittât d'un instant, sans qu'il osât
l'entretenir d'une amitié trop impuissante contre
des maux si cruels. Enfin Abenhamet rompit ce
silence.

Almanzor, dit-il d'un air calme, cessez de craindre ma douleur. Je connais l'âme de... celle qui
mérita de moi tant d'amour ; je la connais : c'est
pour sauver ma vie que l'infortunée a pu se résoudre... Il s'arrêta, leva les yeux au ciel, fit un
effort sur lui-même ; et continuant avec un sourire
amer : Elle s'est bien abusée... N'importe, je le
lui pardonne. Mon parti est pris irrévocablement.
Je veux mettre entre elle et moi une barrière éternelle ; je veux aller chercher des climats où le funeste nom de Grenade, où l'exécrable nom de
Boabdil, ne puissent jamais frapper mon oreille.
Je partirai demain pour l'Afrique ; je trouverai
dans ses déserts la solitude qu'il faut au malheur ;
je trouverai dans ses lions plus de pitié que dans
nos tyrans. Vous daignerez me conduire jusqu'au
port d'Almérie ; c'est le dernier service que j'at-

tends , que je demande à votre amitié. Je n'ose
vous parler de ma reconnaissance , vous n'en doutez pas , et n'y pensez point.

Mon frère fut trompé par ces paroles : il crut le
courage d'Abenhamet au-dessus de son malheur.
Il le fortifia dans son projet ; et , dès ce jour même,
tous deux prennent la route d'Almérie , où plusieurs vaisseaux destinés pour Tunis n'attendaient
qu'un vent favorable. Abenhamet paraissait tranquille : le nom de Zoraïde ne sortait point de sa
bouche. Toujours pensif, mais toujours doux , il
chargeait Almanzor de ses volontés, lui prescrivait
le partage qu'il devait faire de ses biens , les récompenses de ses esclaves. Dans le pays que je vais
habiter , ajoutait-il , on n'a pas besoin d'être riche :
ce que j'emporte doit me suffire ; et mes parens ,
mes serviteurs , penseront plus souvent à moi en
jouissant d'une félicité que je leur ai procurée. Le
brave Almanzor ne m'oubliera point ; ses bienfaits
envers moi m'en répondent. Mais je me reproche
de le retenir loin de sa famille et de son épouse.
Mulei-Hassem, Zuléma , vous attendent ; Moraïme
soupire de votre absence : retournez auprès d'eux,
mon digne ami ; retournez jouir du bonheur si rare
d'être l'époux de sa bien-aimée : elle a peut-être
besoin de vos soins ; sûrement elle a besoin de votre
présence. Les vents peuvent tarder encore ; nos

adieux en se prolongeant n'en seront que plus douloureux : d'ailleurs il faut m'accoutumer à me
passer de tout ce que j'aime.

Almanzor pleurait en l'écoutant ; Abenhamet
ne versait point de larmes. Il presse de nouveau
mon frère de partir. Mon frère qui ne pouvait supporter d'être éloigné de Moraïme , cède à ses vives
instances : il lui dit adieu , l'embrasse , promet
d'exécuter ses volontés , et , le cœur déchiré de
regrets , mais sans inquiétude sur la vie du malheureux Abencerrage, il se hâte de nous rejoindre.

Depuis long-temps Abenhamet soupirait après
ce départ. A peine il est libre , qu'il se prépare au
dessein terrible qu'il a médité. Il prend un habit
d'esclave ; un turban d'Asie change ses traits déjà
défigurés par la douleur ; il s'arme d'un poignard,
sort d'Almérie , et retourne aussitôt à Grenade.

Il arrive , monte à l'Alhambra. Il erre dans les
vastes cours de cet immense édifice , pénètre dans
le Généralif, s'avance d'un pas téméraire vers l'appartement de la reine.

La nuit commençait à noircir la terre. Zoraïde ,
seule dans le jardin , pleurait Abenhamet sous un
rosier. Elle n'avait rien appris de son sort ; elle n'avait
point prononcé son nom depuis le fatal hymen ;
mais , chaque soir , elle venait gémir au pied de ce
même rosier où jadis , dans des temps plus heu-

reux, elle s'était souvent assise avec son amant.
Là, seule avec ses souvenirs, avec sa douleur, avec
son amour, elle croyait revoir encore l'objet dont
l'image était dans son cœur. Tout ce qu'Abenhamet avait fait pour elle, toutes les paroles qu'il avait
dites, tout, jusqu'au moindre sourire, jusqu'à la
moindre circonstance qui les avait accompagnées, se
retraçait à sa mémoire. Elle était moins infortunée
pendant ces courts instans d'illusion : mais bientôt
rendue au malheur, elle versait des larmes amères.

Tout à coup la reine surprise voit marcher vers
elle un esclave. Elle l'envisage, elle le reconnaît :
elle est prête à pousser un cri ; mais le danger que
court Abenhamet, celui qui la menace elle-même,
le douloureux et prompt souvenir de ce qu'elle fut
et de ce qu'elle est, ferment sa bouche entr'ouverte :
Abenhamet, dit-elle d'une voix basse, Abenhamet,
est-ce vous ?... Oui, c'est moi qui vous ai perdue,
interrompt l'Abencerrage, moi qui ne puis vivre
sans vous, moi dont vous avez acheté les tristes jours
par le plus funeste des sacrifices, et qui viens vous
rendre l'horrible présent que votre pitié m'a fait.

A ces mots, tirant son poignard, il lève le bras
pour se frapper. Zoraïde se précipite : elle se saisit
du poignard : Ingrat, lui dit-elle, ingrat, tu ne
me crois pas assez malheureuse ! Je n'ai donc pas
encore assez fait de m'être condamnée pour toi au

plus cruel de tous les supplices ! Ta tête allait tomber sous le fer d'un bourreau ; une main infâme
allait trancher ta vie, si Zoraïde...

Eh ! plût à Dieu, s'écrie Abenhamet égaré, plût
à Dieu que tous les tourmens que peut inventer
Boabdil eussent épuisé goutte à goutte ce sang qui
bouillonne dans mes veines ! J'aurais béni mes douleurs, elles auraient eu des charmes pour moi ;
je serais mort dans les délices, en songeant que tu
m'étais fidèle, en répétant, à chaque souffrance,
que j'emportais au tombeau ton amour. Eh ! qu'es-
pérais-tu de ta faiblesse ? Pensais-tu que j'irais
trainer des jours affreux qui ne pouvaient plus
être à toi ; que la joie d'échapper à la mort étouffe-
rait cet amour extrême, cet amour passionné,
brûlant, qui dès les premiers jours de ma vie a
rempli, pénétré mon cœur, qui seul a fait mon
existence, qui seul me donna des vertus ? Non,
Zoraïde, tu t'es trompée ; tu n'as que retardé mon
trépas, tu l'as rendu plus douloureux. J'ai voulu
t'en faire témoin, pour expier ton crime envers
l'amour, pour te le pardonner à mon dernier soupir ; pour te dire, te jurer encore, qu'en perdant
le droit de t'aimer, jai perdu le pouvoir de vivre.

Écoute, reprit Zoraïde, je ne crains pas la mort
plus que toi ; et si j'avais pu te voir, te parler un
seul instant, je t'aurais porté ce poignard, je t'au-

rais dit : Mourons ensemble ; commence par ouvrir ce cœur où nos sermens sont si bien gravés,
et délivre-toi par un second coup de la honte qu'on
te prépare. Mais j'étais devant Boabdil, entre le
tyran et ton échafaud ; l'ordre d'aller chercher ta
tête fut prononcé par le barbare : déjà l'esclave
était en marche... Abenhamet, ce que j'ai fait, tu
l'aurais fait à ma place. Je n'ai plus qu'un mot à
te dire : l'honneur me défend de te voir ; l'honneur est tout ce qui me reste, je ne le trahirai
jamais. Il m'ordonne de ne plus t'aimer ; Dieu
m'en refuse la puissance : mais si tu renonces à
la vie, si tu oses attenter à des jours qui m'ont,
hélas ! coûté si cher, je jure par toi, par mon
père, que cette main qui te fut promise saura punir mon lâche cœur d'un sacrifice si douloureux,
que ta cruauté veut rendre inutile, et qui n'est
plus qu'une perfidie s'il n'a pas sauvé mon amant.

Alors Zoraïde lui rend le poignard. Abenhamet
n'a plus la force de le reprendre : il la regarde,
la contemple ; et se précipitant à ses pieds :

Ange du ciel, s'écrie-t-il, quelle est donc sur
moi ta puissance ? Un mot, un seul mot de ta
bouche, un coup d'œil, le son de ta voix renverse
à ton gré mes desseins, me fait changer en un instant de pensée et d'existence. Je vivrai, puisque
tu le veux ; je vivrai, je te le promets ; je souffri-

rai, je traînerai mon infortune, tant que ta volonté suprême m'ordonnera d'être malheureux. Je ne te re-
verrai jamais : ah ! je te connais, je t'aime trop bien
pour espérer, pour désirer de te revoir : mais prends
pitié de ma douleur , c'est la dernière fois qu'elle
t'implore ; dis-moi , dis-moi , Zoraïde , daigne
me dire seulement qu'Abenhamet t'est toujours
cher , qu'il sera toujours dans ton cœur ; que le
temps, que rien n'en effacera ce premier, ce doux
sentiment qui remplissait autrefois ton âme. Si tu
veux me le répéter , je vivrai ; oui , je te le jure ,
je prendrai soin de mes jours ; ils ne me seront
plus odieux , ils ne me seront plus horribles : l'i-
dée , la certitude d'être aimé de toi va calmer mon
désespoir.

A ces mots , il saisit avec force et quitte aussitôt la main de Zoraïde. L'infortunée détourne la
tête ; elle veut lui cacher ses larmes : Va-t-en ,
dit-elle, Abenhamet, va-t-en de ce lieu terrible.
Songe au serment que tu m'as fait ; et , sans demander un inutile aveu , que mon devoir me défend , regarde, reconnais ce rosier... tous les soirs
Zoraïde y pleure.

En achevant ces paroles , elle croit entendre du
bruit derrière le buisson de roses. Elle se lève ef-
frayée, oblige Abenhamet de s'éloigner, s'échappe
elle-même d'un pas rapide et gagne son apparte-

ment. Elle monte sur un balcon , d'où l'on découvre le Généralif. Là, tremblante, respirant à peine, elle regarde aux rayons de la lune , elle écoute d'une oreille attentive. Rassurée par le silence qui règne dans les jardins , elle calme sa vive frayeur , arrête ses yeux sur le rosier chéri , qu'elle distingue de loin , et s'abandonne à ses tristes pensées.

Mais le bruit qu'elle avait entendu n'annonçait que trop de malheurs. Tandis qu'auprès de Zoraïde l'imprudent Abencerrage oubliait les périls qui l'environnaient , quatre Zégris avaient passé derrière le bosquet de roses. Reconnaissant la voix d'Abenhamet, ils s'arrêtent , observent à travers le feuillage, et voient l'objet de leur haine, celui dont ils avaient juré la perte , à genoux devant la reine , devant l'épouse de Boabdil. Surpris à cet aspect , mais pleins de joie , ils méditent le plus grand des crimes. Emportés par leur fureur , ils vont à l'instant trouver le monarque.

Roi de Grenade , lui dit Mofarix , pardonne à des sujets fidèles de venir affliger ton âme. Il s'agit de ta couronne, de ta vie et de ton honneur. Les Abencerrages conspirent ; Abenhamet, rappelé par eux , a déjà revu ses frères coupables. Nous-mêmes venons à l'instant , sous un rosier du Généralif , de reconnaitre ce perfide aux genoux de ta coupable

épouse; dans ses mains brillait le poignard qui doit
percer le cœur de son roi.

A ces mots, Boabdil demeure comme frappé de
la foudre. Sa surprise fait bientôt place à la plus
terrible colère : Ils périront tous , s'écrie-t-il ; il
n'en restera pas un seul de cette odieuse race ; et
sur leur corps expirans mon infidèle épouse rece-
vra la mort.

Venge-toi, répond Mofarix ; mais que la prudence assure tes coups. Si tu éclates, Grenade est
en armes : les amis des Abencerrages les défen-
dront contre toi. Suis un avis dicté par le zèle :
que tes gardes courent arrêter Abenhamet dans le
Généralif. Pendant ce temps , qu'un ordre secret
appelle séparément chacun des Abencerrages, et
qu'à mesure qu'ils entreront dans l'Alhambra,
leurs têtes volent sous le fer.

Boabdil adopte ce conseil horrible. Déjà ses gardes parcourent les jardins ; déjà des envoyés
du roi sont allés porter à chaque Abencerrage
l'ordre de venir au palais. Les Zégris s'y rendent
en armes. Les issues du Généralif sont occupées
par des soldats. Des bourreaux placés dans la cour
des lions attendent, le glaive à la main, Abenhamet et ses frères.

Le malheureux Abenhamet, plus occupé de
Zoraïde que de lui-même, fuyait en pleurant sous

les sombres bosquets, lorsque les satellites du roi l'aperçoivent et le saisissent. Il veut se défendre, il est terrassé : on l'enchaîne malgré ses efforts, on le traîne devant le monarque.

Traître, lui dit Boabdil, dont la rage trouble les paroles, c'est ici que tu vas payer et ta fourbe abominable et tes détestables amours. L'infâme Zoraïde te suivra dans peu ; dans peu, selon vos désirs, vous serez tous deux réunis, et vous pourrez juger dans les enfers si je sais punir les perfides.

Tyran, répond l'Abencerrage, la mort était le seul bienfait que je désirasse de toi. Viens t'abreuver de mon sang, rassasie tes yeux féroces d'un spectacle si digne d'eux. Mais Zoraïde est innocente ; je le jure à la face du ciel, à la face de ce Dieu devant qui je vais paraître ; jamais la chaste...

Il ne peut achever, sa tête tombe sous le sabre, et bondit trois fois sur le marbre en murmurant le nom de Zoraïde.

Gonzalve, à ces mots, jette un cri d'effroi. Ah! seigneur, reprit la princesse, cette mort ne fut qu'un prélude des fureurs de Boabdil. A peine Abenhamet venait d'expirer, que les Abencerrages, sans défiance, arrivent de divers côtés. On les introduit un à un dans la fatale cour des lions. Dès qu'ils paraissent, ils sont saisis, traînés auprès

de la cuve d'albâtre. Là, sans daigner leur parler
du crime dont on les accuse, sans répondre à leurs
demandes, sans leur annoncer la mort, leur tête
vole, et va rougir les eaux de cette fontaine devenue célèbre par leur trépas [1].

Ma bouche se refuse à finir cet épouvantable
récit : mes sens se glacent d'horreur au souvenir
de tant de crimes. Grand Dieu ! jusqu'où la colère et les funestes conseils peuvent conduire les
rois ! Boabdil, seigneur, Boabdil, le fils de mon
vertueux père, fit ainsi massacrer à ses yeux trente-
six jeunes héros, l'espoir, la force de Grenade, qui
venaient de prodiguer leur sang pour sauver sa
capitale, et qui n'étaient coupables d'autre crime
que d'être frères d'Abenhamet.

Toute la noble famille périssait dans cette nuit
affreuse sans un enfant, un faible enfant élevé par
les soins d'Yézid. Cet enfant ne quittait pas son
maître : il voulut le suivre au palais. Profitant de
l'obscurité, du trouble, compagnon des crimes,
il entre, pénètre avec Yésid jusque dans la cour
des lions. A peine y a-t-il jeté les yeux sur le sang

---

[1] Cette horrible trahison du roi Boabdil et ce massacre des
Abencerrages passent à Grenade pour des faits véritables. L'on
montre encore, sur la cuve de la fontaine des lions, la trace
du sang des Abencerrages. (Duperron, Swinburne, etc.,
Voyage d'Espagne.)

dont elle est inondée, qu'il voit donner la mort à son maître. Saisi de terreur, il retient ses cris ; il sort précipitamment, égaré, baigné de larmes ; se croyant poursuivi par le glaive. Il court, vole, et se réfugie au milieu d'une troupe d'Abencerrages qui se rendaient à l'ordre du roi.

N'approchez pas, leur crie-t-il, n'approchez pas frères d'Yésid ! Mon maître Yésid, mon cher maître... ils l'ont égorgé devant moi. Voyez son sang dont je suis couvert... Le roi, les Zégris, les bourreaux, vous attendent auprès de la cuve. Plus de trente de vos frères sont étendus morts à leurs pieds... N'approchez pas, bons Abencerrages ; ils ont tué mon maître Yésid.

Les Abencerrages surpris interrogent ce témoin fidèle. A travers ses cris, à travers ses pleurs, ils découvrent la trahison. Volant aussitôt au devant de leurs frères, qui arrivaient de toutes parts, ils les instruisent de l'attentat, se rassemblent, courent aux armes ; et, forcenés de douleur, reviennent, la flamme à la main pour réduire en cendres l'Alhambra.

Les premières portes sont brisées, les gardes tombent égorgés. Semblables à des tigres furieux à qui l'on a ravi leurs petits, les Abencerrages s'élancent, arrivent à la cour fatale... Quel spectacle ! trente-six des leurs couchés sur le marbre ; le roi, les Zégris, au milieu des bourreaux, demandant encore des victimes; et les têtes des malheureux frères, amoncelées dans la cuve, où elles s'agitent au gré de l'onde dans des flots d'écume et de sang !

Immobiles d'horreur, les Abencerrages se regardent, et, tout à coup poussant des cris, ils fondent sur Boabdil. Les Zégris se jettent au devant du monarque. Supérieurs en nombre, égaux en valeur, les Zégris immolent et sont immolés. L'alarme se répand dans la ville; les Gomèles, amis des Zégris, appellent le peuple au secours du roi. Trente mille Maures arrivent en armes. Ils voient leur monarque pressé par la redoutable famille; ils ignorent son crime, veulent le défendre, et se réunissent aux Zégris.

Les malheureux Abencerrages ne peuvent soutenir tant d'assaillans. Malgré leurs exploits, malgré leur courage, ils sont, après un long combat, forcés de quitter le palais. Couverts de blessures, épuisés de sang, poursuivis par des vainqueurs dont le nombre augmente sans cesse, ils sont poussés hors de la ville; et, détestant l'ingrate patrie qui traite ainsi ses défenseurs, ils s'en éloignent au moment même, en jurant de n'y jamais rentrer.

Ainsi nous perdîmes cette tribu vaillante; ainsi cette nuit effroyable, en déshonorant à jamais

Grenade, prépara peut-être sa captivité. Mais l'implacable Boabdil n'était occupé que de sa vengeance. Son épouse vivait encore, son épouse devait éprouver ses fureurs. J'ai besoin de reprendre des forces pour continuer ce récit, et je veux laisser à votre repos le peu d'heures qui restent du jour.

Zuléma se tait, et, malgré les prières de Gonzalve, elle remet au lendemain l'histoire des malheurs de la reine, qu'elle reprit en ces termes.

DU TROISIÈME LIVRE.

LIVRE QUATRIÈME.

ZULÉMA continue son récit. La reine comparaît devant le peuple. Les quatre Zégris l'accusent. Elle est condamnée à périr dans les flammes, si nul guerrier ne prend sa défense. État horrible de Zoraïde. Son entretien avec Inès. Elle écrit à Gonzalve. Réponse de Lara. Magnanimité d'Almanzor. Piété, tendresse de la reine. Elle va au supplice. Elle attend ses défenseurs. Arrivée de quatre Turcs. Combat des Turcs et des Zégris. La reine est justifiée. Elle refuse de retourner avec Boabdil ; elle quitte Grenade. Les Espagnols approchent de la ville. Mulei-Hassem va tenter de fléchir les Abencerrages. Réponse de cette tribu. L'Afrique envoie des secours aux Grenadins. Portrait d'Alamar. Il aime et veut épouser Zuléma. Fuite de cette princesse. Elle est prise par les Africains et délivrée par Gonzalve. Fin du récit de Zuléma.

Quelle est à plaindre l'infortunée qui, victime d'un devoir cruel, immola le doux sentiment, espoir et soutien de sa vie ! Après un sacrifice si douloureux, elle avait pensé que le temps viendrait secourir sa faiblesse, soulager peut-être ses maux. Vaine illusion ! le temps s'est arrêté pour elle à l'époque de son malheur. Si, dans le tumulte du monde, elle va chercher un moment à distraire ses longues peines, tout ce qu'elle voit les augmente ; deux époux heureux font couler ses larmes ; une mère avec ses enfans oppresse son cœur de sanglots. Si, dans le silence de la retraite, elle veut

tenter de nouveaux efforts pour arracher le trait
qui la blesse, elle accroît inutilement, elle déchire
sa plaie profonde : la dangereuse solitude la livre
toute entière à ses souvenirs. Elle n'a d'asile que
dans sa vertu : cette vertu même est son ennemie,
c'est elle qui lui fait aimer l'objet chéri qu'elle
regrette ; c'est elle qui murmure encore d'avoir
pu manquer à ses premiers sermens.

Telles étaient les tristes réflexions dont s'occupait Zoraïde au moment même où les Zégris osaient
l'accuser près de Boabdil. Ignorant les affreux
malheurs qui bientôt allaient l'accabler, solitaire
sur le balcon d'où l'on découvrait le Généralif,
elle pensait qu'Abenhamet avait eu le temps de
prendre la fuite ; elle en remerciait le ciel ; et ne
pouvant détacher sa vue de ce rosier toujours témoin de leurs entretiens innocens, elle lui adres-
sait ces paroles :

> Rosier, rosier, jadis charmant,
> Quand je venais sous ton ombrage
> Entendre et faire le serment
> D'aimer chaque jour davantage !
>
> Qu'elles étaient belles tes fleurs
> Quand sa main les avait cueillies !
> Maintenant leurs tristes couleurs
> A mes yeux paraissent ternies.
>
> A t'apporter de claires eaux
> Nous trouvions tous deux mille charmes ;

Aujourd'hui tes frêles rameaux
Ne sont baignés que de mes larmes.

Rosier, rosier, tu vas périr !
Plus que toi mon âme est flétrie :
Mais je souffre et ne puis mourir ;
Rosier, que je te porte envie !

Comme elle achevait ces mots, elle entend au loin du tumulte, et voit accourir son esclave Inès, Inès, jeune captive espagnole, attachée dès long-temps à Zoraïde, la confidente de ses peines, la plus tendre amie qu'elle eût à sa cour.

On s'égorge dans l'Alhambra, lui dit Inès d'une voix troublée ; les Abencerrages en armes attaquent, brûlent le palais. J'ai voulu me précipiter jusqu'aux lieux où le combat se livre : mais des gardes inexorables assiégent votre appartement ; nul ne peut entrer ni sortir. Quels nouveaux malheurs nous menacent ? Ah ! du moins, ma chère maîtresse, c'est auprès de vous que je périrai.

Elle dit, et le bruit augmente. On entend le choc des guerriers, les cris des Abencerrages, les hurlemens de leurs ennemis. La reine, pâle, glacée, tombe demi-morte dans les bras d'Inès ; elle a perdu la parole et les forces ; elle ne peut que pleurer et frémir. La nuit s'écoule dans ces horreurs ; et dès que les rayons du jour semblent avoir ramené le calme, des satellites de Boabdil

paraissent devant Zoraïde. Leur chef porte l'ordre
du roi qu'elle se rende au moment même devant
le peuple assemblé.

Interdite, épouvantée, elle interroge cet envoyé;
le dur ministre garde le silence. La reine obéit
aussitôt : elle s'enveloppe d'un voile, s'appuie sur
sa chère Inès, et, conduite par les soldats, marche
vers la place d'un pas tremblant.

Elle arrive à travers le peuple, attendri par son
seul aspect; elle s'avance en cherchant le roi,
qu'elle découvre au milieu des Zégris, lève son
voile, et, d'une voix timide, demande à son barbare époux de quel crime on veut la punir.

Tu vas l'apprendre, répond Boabdil avec un
accent terrible; et se retournant vers le peuple,
qui l'écoute attentivement :

Musulmans, s'écrie-t-il, dans cette nuit mémo-
rable, vous avez pensé ne sauver que ma vie, et
vous avez sauvé l'état. Apprenez les desseins perfides de ces coupables Abencerrages que vous venez
de chasser de vos murs. Un honteux traité les lie
aux Espagnols; ils leur avaient promis ma tête.
Vous les avez vus m'attaquer jusqu'au milieu de
mon palais; après m'avoir percé le cœur, c'était
Grenade qu'aurait embrasée la flamme qu'ils portaient dans leurs mains.

La patrie vous doit son salut; votre roi veut

vous devoir l'honneur. Abenhamet, cet ingrat que ma bonté daigna laisser vivre, était le digne assassin que ses frères avaient choisi. Ma criminelle épouse était complice. Cette nuit même, dans le Généralif, où l'a surprise avec Abenhamet. Ma rougeur m'empêche de dire le reste. Musulmans, c'est devant vous que j'accuse Zoraïde; c'est vous qui vengerez l'outrage fait à la religion, à nos lois, à votre monarque.

Il se tait. Zoraïde reste muette, accablée de surprise et d'horreur. Le peuple témoigne par un long murmure qu'il ne peut la croire coupable. Alors s'avancent Mofarix, Ali, Sahal, Moctader, les plus vaillans des Zégris. Tous quatre déclarent qu'ils ont vu la reine entre les bras d'Abenhamet, sous un rosier du Généralif; tous quatre l'affirment par serment, et tirant leurs cimeterres, s'engagent à soutenir leur témoignage. Zoraïde les écoute, fixe sur eux des yeux d'indignation, les élève ensuite vers le ciel, et tombe sans connaissance.

On la secourt, on l'emporte au palais, où son appartement devient sa prison. Dix juges sont aussitôt nommés. Le roi fait exposer devant eux la tête d'Abenhamet, le poignard trouvé dans son sein, l'habit d'esclave qui le déguisait. Tant de funestes indices, joints à l'attaque du palais, à la

fuite des Abencerrages, au témoignage des re-
doutés Zégris, persuadent ou intimident. Nul
n'ose plus embrasser la défense de Zoraïde : la
pitié fugitive du peuple s'évanouit comme elle
était née. Les juges, pressés par la loi, par les témoins, par les preuves du crime, prononcent enfin le terrible arrêt qui bannit à jamais de Grenade
la tribu des Abencerrages, et condamnent la reine
à périr dans les flammes, si dans trois jours elle
ne trouve des guerriers qui triomphent de ses
accusateurs.

Le palais de l'Albayzin, où mon père habitait
avec sa famille, est au sommet d'une haute colline
éloignée de l'Alhambra. Nous fûmes les derniers
instruits de tant de malheurs. Almanzor, à cette
nouvelle, se reprochant le malheur d'Abenhamet,
vole à la prison de la reine, et demande à l'entretenir. Boabdil, dont on va chercher l'ordre, n'ose
refuser Almanzor. Mulei-Hassem, Moraïme et
moi, nous suivons de près mon frère, nous arrivons
à l'instant où l'infortunée Zoraïde apprenait à la
fois l'arrêt de ses juges et le trépas d'Abenhamet.

Non, seigneur, je ne tente point de vous dé-
peindre son état horrible. Étendue sur le marbre,
les yeux égarés, les cheveux épars, elle poussait
des cris sourds, des sons mal articulés, qui n'a-
vaient plus rien de la voix humaine. Ses mains, ses

pieds, tout son corps était agité d'un affreux trem-
blement. Son visage n'avait presque plus aucun de
ses traits. Sa fidèle Inès, noyée de pleurs, était
assise près d'elle, soutenait sur son sein cette tête
décolorée, la couvrait de baisers, de larmes, et
s'efforçait de tenir ses mains, que les convulsions
lui arrachaient sans cesse.

Nous nous précipitons vers elle; à peine elle
nous reconnaît. Sans nous répondre, sans repousser nos embrassemens, elle se laisse porter sur
une estrade, où, nous pressant autour d'elle, nous
la soutenons dans nos bras. Le vénérable Mulei
fait reposer sur ses cheveux blancs le visage de
Zoraïde : Almanzor debout, les mains jointes, la
contemple dans le silence, demeure immobile et
pensif.

Le jour entier s'écoula sans qu'elle pût nous
entendre. Sa jeune esclave nous demandait de la
laisser en repos. Mon frère, résolu d'accomplir le
généreux dessein qu'il avait médité, nous quitte
pour aller chercher dans la fatale cour des lions les
restes sanglans des Abencerrages. Il les fait transporter hors de la ville dans un vallon écarté, leur
rend les derniers devoirs, et cache dans un bois
touffu la tombe qu'il creuse pour Abenhamet.

Pendant qu'il s'acquitte de ces tristes soins,
Mulei-Hassem regagne son palais avec la sage

Moraïme. Malgré les instances d'Inès, je demeure avec Zoraïde ; je ne veux plus la quitter un instant. Alors Inès se jette à mes pieds :

O vous ! me dit-elle avec un transport dont j'ignorais encore la cause, vous qui semblez prendre un si vif intérêt au sort affreux de ma maîtresse, vous qui me seconderiez sans doute si je pouvais sauver ses jours, jurez-moi par tout ce qui vous est cher, de ne point trahir le secret que je vais confier à votre foi.

Je la relève, je la rassure, je lui promets un éternel silence. Aussitôt elle prend ma main, la joint à celle de la reine, et les pressant toutes deux sur son cœur :

Écoutez-moi, nous dit-elle, et puissiez-vous approuver ce que m'inspire le ciel ! Zoraïde n'a plus que deux jours pour trouver quatre guerriers qui la défendent. Ses détestables accusateurs sont la terreur de Grenade et les favoris du roi ; nul Maure n'osera les combattre ; les plus vaillans redouteraient la colère de Boabdil autant que la force de leurs adversaires : Zoraïde périt, si c'est des Grenadins que nous attendons son salut.

Je suis Espagnole et chrétienne : je connais les chevaliers de ma nation ; je connais surtout ce Gonzalve dont le seul nom fait trembler vos armées, dont les vertus, l'humanité, surpassent peut-être la valeur. Que la reine écrive à Gonzalve, qu'elle prenne le ciel à témoin de la justice de sa cause, et qu'elle la remette en ses mains : vous verrez bientôt arriver Gonzalve, seul ou suivi d'autres héros ; vous le verrez triompher, et rendre à ma digne maîtresse la vie et l'honneur qu'on veut lui ravir.

Ainsi parle l'aimable Inès. Zoraïde à peine l'écoute : Laissez-moi mourir, répond-elle ; je souhaite, je demande la mort. C'est moi qui causai le trépas du plus vertueux, du plus tendre des hommes : Abenhamet a péri pour moi ; je désire, je veux le suivre ; je dois...

Vous devez sauver votre gloire, interrompit la jeune captive ; vous devez descendre au cercueil pure et honorée comme vous vécûtes. Voulez-vous que votre mémoire reste tachée du soupçon d'un crime? Voulez-vous que l'ignominie accompagne vos derniers momens, que l'horrible nom d'adultère souille la pierre de votre tombe? Fille d'Ibrahim, vos jours sont à vous ; mais votre honneur est à Dieu, et vous en devez compte aux hommes. Qu'ils reconnaissent votre innocence, qu'ils la publient, qu'ils la respectent ; alors vous pourrez mourir.

Frappée de ces paroles, prononcées d'un accent élevé, la reine embrasse sa captive, et s'abandonne

à ses conseils. La crainte du déshonneur lui rend
la force qu'elle avait perdue. Elle examine avec
moi le hardi projet d'Inès ; nous en pesons les diffi-
cultés. La guerre était déclarée ; Isabelle et Ferdinand s'avançaient pour nous assiéger. Gonzalve
ne pouvait, sans un péril extrême, tenter de paraître dans nos murs ; son bras, quelque terrible
qu'il fût, ne suffisait pas contre quatre Zégris.
Trois compagnons lui devenaient nécessaires, et la
crainte de déplaire à leur roi devait retenir tous
les Castillans. Malgré ces tristes réflexions, malgré
le peu d'espoir du succès, la reine approuve ce
parti. Les momens étaient précieux ; elle écrit ces
mots à Gonzalve :

« Vous êtes l'ennemi des Maures : je suis leur
« reine infortunée, et je viens implorer votre ap-
« pui. On m'a condamnée à la mort. J'atteste le
« Dieu que j'adore et le Dieu que vous adorez, que
« je ne fus jamais coupable. Dans deux jours j'ex-
« pire dans les flammes. Je ne puis éviter mon
« sort que par la victoire de quatre guerriers sur
« les quatre plus vaillans des Zégris. J'ai choisi
« Gonzalve pour mon défenseur : si ce héros, pour
« la première fois, refuse son secours à l'innocence,
« je croirai que le ciel veut ma perte, et je la su-
« birai sans me plaindre.

         « ZORAÏDE, reine de Grenade. »

Dès que cette lettre est scellée, je vais chercher dans les prisons un captif espagnol que mon or délivre. Je ne demande à sa reconnaissance que de porter la lettre à Gonzalve ; je redouble son zèle en lui confiant l'importance du message, en l'instruisant de ce qu'il doit dire pour intéresser le Castillan. Dans cette nuit même je le conduis jusqu'aux portes de la ville, où l'attend, par mon ordre, un coursier de mon frère ; et je ne le quitte qu'après l'avoir vu prendre la route du camp des chrétiens.

Plus tranquille, mais toujours plus tremblante, je reviens auprès de la reine lui rendre compte de ce que j'ai fait. Elle m'embrasse en pleurant. Sa jeune esclave la console, lui prodigue de tendres caresses, rappelle son courage éteint : elle calcule cent fois le temps nécessaire au courrier, celui qu'il faut à Gonzalve ; et, certaine qu'aucun obstacle n'arrête jamais ce héros, elle nous annonce, elle nous assure que nous le reverrons dans Grenade au commencement du troisième jour.

Cependant l'Espagnol fidèle arrive au camp dès l'aurore : il demande à grands cris Gonzalve. Quelle est sa douleur ! Gonzalve est parti ; Gonzalve, ambassadeur à Fez, vogue déjà sur la mer d'Afrique. L'Espagnol en verse des larmes ; il se plaint au ciel de son sort. Un soldat sensible à sa

peine l'exhorte à s'adresser au compagnon, au frère
d'armes du héros qu'il cherche, au brave et généreux Lara. L'envoyé court aussitôt à la tente de
ce capitaine ; il obtient un entretien secret, lui
confie ce qu'il dut dire à Gonzalve, et présente
la lettre qu'il apportait.

Lara l'ouvre sans hésiter. En la lisant, ses traits
s'animent, son front se colore, ses yeux s'enflamment. Ami, dit-il à l'Espagnol, retourne à l'instant
vers la reine ; dis-lui que Gonzalve est absent,
mais qu'il a laissé un autre Gonzalve. Demain je
serai dans Grenade avec trois de mes compagnons.
Mon ami me lègue toujours tout le bien qu'il ne
peut faire ; et si son cœur connaissait l'envie ce
serait quand je le remplace pour défendre les
opprimés.

A cet endroit du récit de Zuléma, le héros, fortement ému, laisse échapper un cri d'admiration.
Des larmes coulent sur ses joues : ces larmes sont
pour l'amitié. Gonzalve s'en excuse auprès de la
princesse ; et Zuléma pardonne aisément tout ce
qui sert à lui prouver que le héros est sensible.

Notre envoyé, reprend-elle, revient nous porter
sur-le-champ la réponse de Lara. Rassurez-vous,
s'écrie Inès ; vos accusateurs sont vaincus. Lara

égale presque Gonzalve ; Lara serait son rival de gloire, s'il n'était son plus tendre ami. Demain, demain, ma digne maîtresse, votre innocence doit éclater ; demain le sang des Abencerrages obtiendra sa juste vengeance.

Elle dit, et la tendre captive se livre aux plus doux transports : elle baise les mains de la reine ; elle se hâte de nous raconter tous les exploits de Lara, tous les hauts faits d'armes qui ont illustré les chevaliers de sa nation. L'espoir qui remplit son cœur se communique à Zoraïde ; ses larmes cessent ; son âme calmée éprouve un moment de repos ; nous voyons briller dans ses yeux une joie faible et fugitive.

Le lendemain était marqué pour le combat. Toute la ville pleurait Zoraïde : mais aucun guerrier n'osait la défendre. Depuis le départ des Abencerrages, les infortunés étaient sans appui. Almanzor se rend près de nous avant le lever de l'aurore.

Reine de Grenade, dit-il, le jour fatal est arrivé. Malgré mes soins, malgré mon zèle, je n'ai pu vous trouver des défenseurs. J'en rougis pour ma patrie. Je n'en ferai pas moins ce que je dois : seul je combattrai les quatre Zégris ; seul je dois suffire pour vous sauver, si, comme le croit mon cœur, le Dieu du ciel prend soin de l'innocence.

Venez, reine, venez déclarer que vous me remettez votre cause. Et vous, ma sœur, si je succombe, c'est à vous que je recommande Moraïme et Mulei-Hassem.

A ces paroles, prononcées avec le calme d'une grande âme qui pense remplir un simple devoir, Zoraïde presse les mains de mon frère magnanime : O le plus généreux des hommes, dit-elle avec des sanglots, j'attendais de vous cette noble marque et d'héroïsme et de bonté : mais je mériterais mon sort, si pour sauver mes tristes jours, j'exposais ceux du soutien de Grenade, du seul fils de Mulei-Hassem, du tendre époux de Moraïme, du héros de qui les vertus désarment encore l'Éternel prêt à punir cette ville coupable. Non, seigneur, non, mon digne appui. J'ai dû chercher des guerriers qui pussent braver après leur victoire la vengeance de Boabdil ; je les ai trouvés ; ils arriveront. Je vous demande, je vous conjure, par cette touchante sensibilité que vous témoignez à mes maux, par cet amour de la justice qui toujours guida vos actions, de veiller avec vos amis, avec les miens, s'il m'en reste encore, à la sûreté de mes défenseurs : qu'ils n'aient à craindre aucune embûche ; que la loyauté préside au combat. Pardonnez mes soupçons, seigneur ; il est permis à Zoraïde de redouter les Zégris.

Almanzor surpris me regarde ; et respectant le secret de la reine, ne l'interroge point sur son choix. Il lui promet de garder la lice, d'être lui-même le juge du camp ; il court s'y préparer au moment même.

Zoraïde alors, qui voit s'avancer l'heure, se recueille quelques instans. A genoux devant l'É-ternel, elle prononce une prière fervente, l'im-plore pour ses défenseurs, et se dispose à paraître devant lui, si telle est sa volonté. Bientôt se rele-vant d'un air tranquille, elle vient me rendre grâces des soins qu'elle a reçus de moi, me parle de sa reconnaissance, fait des vœux pour que je vive plus heureuse qu'elle n'a vécu.

Tandis que j'essuyais mes pleurs, elle se retourne vers sa captive ; et lui présentant une cassette où étaient ses pierreries : Ma meilleure amie, dit-elle, reçois devant Zuléma la liberté que je te donne, et ces tristes présens, seuls restes de ma grandeur ; accepte-les, ma fidèle Inès, comme le dernier gage de ma tendresse, comme l'unique bienfait dont ta reine puisse disposer. Si le ciel a résolu ma mort, ils te rappelleront Zoraïde ; ils pourront te procurer dans ta patrie une retraite paisible où tu songeras quelquefois à moi. Surtout modère ta douleur : je ne conserve de pouvoir sur toi que pour te commander de me survivre, pour t'ordonner de te

souvenir que c'est à ton zèle tendre, à ton attentive amitié, que j'ai dû mes seuls doux momens.

En disant ces mots, elle embrasse Inès. Inès,
tombant à ses pieds, presse ses genoux, repousse
la cassette, et baigne sa maîtresse de ses pleurs.
Malgré mes sanglots, je les séparai. Je fis cesser
cette scène trop tendre, qui sans doute aurait épuisé
les forces dont nous avions besoin. Zoraïde pénètre ma pensée ; elle l'approuve par un regard,
s'arrache des bras d'Inès, qui la suit en se traînant
sur la terre, et va revêtir un habit de deuil. Un
voile de crêpe cache son visage ; un long manteau
noir la couvre toute entière. Sa captive et moi, ré-
solues de l'accompagner au lieu du combat, nous
prenons aussi cet habit lugubre, et nous attendons en silence que les gardes viennent nous
chercher.

Ils arrivent précédés des juges. La reine les reçoit avec respect, sans affecter une assurance qui
pouvait ressembler à l'orgueil, sans témoigner un
abattement qui ne convient qu'à des coupables.
Elle les suit, monte dans le char qu'ils ont amené :
je m'assieds à côté d'elle ; Inès se place à ses pieds.
Six coursiers couverts de voiles funèbres nous conduisent lentement vers la place, déjà remplie d'un
peuple immense.

Dans cette place était préparée une grande lice,

fermée par des barrières : un échafaud tendu de noir était auprès ; plus loin l'on voyait un bûcher. A cet aspect, la reine tremblante fut prête à défaillir dans mes bras : mais, soutenue par Inès, et rappelant toutes ses forces, elle parvient sur l'échafaud, où des siéges noirs l'attendaient. Elle s'assied en me serrant la main, en me suppliant à voix basse de ne pas l'abandonner. Je ne pouvais lui répondre ; les pleurs étouffaient ma voix. Je me tiens à côté d'elle ; Inès demeure à ses genoux.

Les juges lisent la sentence : le peuple répond par des gémissemens. Un bruit de trompettes se fait entendre, et l'on voit paraître le terrible Ali, Mofarix, Sahal, Moctader, montés sur de puissans coursiers, revêtus d'armes étincelantes. Ils s'avancent, traversent la foule en promenant des regards farouches : mais, arrivés devant la reine, ils détournent ou baissent les yeux. Zoraïde, en les regardant, s'approche de moi davantage. Les quatre Zégris entrent dans la lice. Mon frère se présente alors, couvert d'une brillante cuirasse, suivi d'une troupe d'Alabez armés. Il ferme aussitôt la barrière : on le proclame le garde du camp.

Les imans, le peuple, les juges, observent un profond silence. Dans cette foule innombrable, nul n'ose se faire entendre. Immobiles à leur place, les yeux fixés sur Zoraïde, sur les Zégris, sur le bû-

cher, tous attendent, tous désirent de voir venir
les défenseurs de celle qu'ils plaignent et qu'ils
laissent périr. La reine compte les instants, tourne
souvent la tête vers la porte d'Espagne ; et, ne
voyant rien paraître, elle regarde Inès en soupirant.
Inès, pâle, attentive, tremblante, commence à
craindre que quelque malheur n'ait retenu le
brave Lara. Le temps se prolonge, les heures sonnent. Chaque fois que l'airain frappé retentit en
les annonçant, les juges se lèvent, s'avancent aux
quatre côtés de la place, et demandent à haute
voix où sont les guerriers de la reine accusée. Ils
vont se rasseoir au milieu du silence : leur demande,
cinq fois répétée, reste cinq fois sans réponse. Almanzor me jette des regards d'effroi. Il va, revient,
marche, s'agite ; il fait amener son coursier ; bientôt il demande sa lance : trois fois il saisit la barrière pour se l'ouvrir à lui-même, trois fois il s'arrête, il écoute, et me montre des yeux le soleil qui
déjà penche vers l'horizon.

Enfin, après la cinquième heure, à l'extrémité
de la place, opposée à la porte d'Espagne, on entend un bruit de chevaux, et le peuple jette des
cris. La foule s'ouvre : on voit arriver quatre
guerriers vêtus à la turque, portant l'habit et les
armes d'Asie, montés sur des coursiers superbes,
dont ils pressent les flancs poudreux. L'un d'eux

paraissait à peine entrer dans l'adolescence ; les deux autres étaient à la fleur de l'âge ; et le dernier, dont la moustache blanche annonçait les longues années, soutenait un bouclier immense qui ne semblait pas lui peser. Ils s'arrêtent devant Zoraïde, qu'ils saluent avec respect. Celui qui paraissait leur chef s'élance légèrement à terre, et demande aux juges, en langue turque, la permission de parler à la reine. Almanzor, qui l'observe attentivement, lui dit de s'expliquer en arabe. Le guerrier parle dans cette langue, et mon frère, par l'ordre des juges, le conduit lui-même sur l'échafaud. Alors l'étranger, à genoux devant Zoraïde surprise, élève la voix, et dit ces paroles :

Reine, nous sommes sujets de l'invincible monarque qui commande aux murs de Stambol[1]. Nous allons porter à Tunis les ordres de sa hautesse. Une tempête nous a jetés sur ces rivages, où nous apprenons par la renommée que, victime de la calomnie, tu vas subir un affreux trépas. Accepte le secours que le ciel t'envoie ; daigne nous confier ta cause : tout notre sang versé pour toi prouvera peut-être à Grenade que les Asiatiques savent mourir et vaincre pour la vertu.

En disant ces mots, qui sont applaudis, le guer-

---

[1] Les Turcs appellent ainsi Constantinople.

rier d'Orient s'incline jusqu'à terre, croise ses
mains sur sa poitrine, et laisse tomber aux pieds
de la reine la lettre qu'elle écrivit à Gonzalve. Inès
saisit le papier, le reconnaît aussitôt, et, maîtresse
à peine de son transport, elle se presse de dire à
voix basse : C'est Lara, ce sont nos amis. Lara
l'entend, lui lance un coup d'œil, et achève ainsi
de convaincre la reine, qui dissimulant sa joie :

Oui, répond-elle, je vous accepte : je vous regarde comme envoyés par Dieu même : et je demande à ce Dieu vengeur de me faire expirer à
l'instant, si c'est une coupable que vous défendez.

Le guerrier se relève à ces mots. Mon frère le
reconduit, et fait ouvrir la barrière. Le Turc,
monté sur son coursier, agite sa lance d'un air
terrible. Suivi de ses trois compagnons, il entre dans
la lice, qu'Almanzor referme.

Ces quatre braves chevaliers étaient l'invincible
Lara, le jeune Fernand Cortez, digne élève de
Gonzalve, le vaillant Aguilar, parent de ce héros,
et le vénérable Tellez, grand-maître de Calatrava.
Lara les avait choisis pour les associer à sa noble
entreprise. Tous quatre, craignant un refus de la
part de Ferdinand, avaient quitté l'armée sans l'en
instruire. D'après le conseil de Tellez, ils avaient
paru déguisés en Turcs dans une ville ennemie
qui pouvait, par le droit de la guerre, les retenir

prisonniers. Le temps nécessaire à ces apprêts, le détour qu'ils avaient fait ensuite pour arriver du côté de Murcie, avaient causé leur retardement.

Aussitôt que les huit guerriers sont dans la lice, ils se mesurent des yeux, s'examinent quelques instans, afin de choisir leurs adversaires. Lara se place devant Ali, qu'il juge le plus redoutable ; le vieux Tellez devant Mofarix, l'auteur du détestable complot ; Aguilar s'oppose à Sahal, et le jeune Cortez à Moctader. Bientôt le signal est donné, les huit combattans s'élancent.

Dans ce premier choc, dont aucun d'eux n'est renversé, le seul coursier de Cortez reçoit une blessure mortelle. Cortez le sent défaillir, et se jette promptement à terre : couvert de son écu, le fer à la main, il attend son ennemi, qui, profitant de sa fortune, revient sur lui pour le fouler aux pieds. Le léger Cortez l'évite au passage, et plonge son glaive dans le flanc du coursier. Moctader tombe ; il se relève ; mais Cortez l'a déjà blessé ; son sang coule ; sa fureur augmente. Le jeune Espagnol, moins fort que le Maure, s'occupe d'éviter ses coups ; il recule, il semble fuir, pour que Moctader, en le poursuivant, s'épuise, perde ses forces, et lui livre enfin la victoire.

Pendant ce temps, le brave Aguilar a partagé la tête de Sahal. Tranquille auprès de sa victime, il jette les yeux sur ses compagnons ; il voit le vénérable Tellez, affaibli par deux larges blessures, poussé, pressé par Mofarix, qui lève le sabre pour le frapper. Aguilar jette un cri terrible ; Mofarix se retourne à ce cri : Tellez profite de ce mouvement, et, d'un coup de cimeterre, atteint Mofarix au-dessous du bras. Le Zégri tombe ; le vieillard se précipite sur lui, le blesse encore, le désarme, et lui laisse à dessein un reste de vie.

Cortez, dans le même instant, s'arrête devant Moctader, présente à son front le tranchant du glaive, et lui porte aux entrailles un coup de pointe qui ferme ses yeux d'un sommeil de mort.

Mais le redoutable Ali rendait le combat plus égal contre le magnanime Lara. Les premiers coups qu'ils se sont portés ont fait voler par pièces leur armure. Blessés tous deux, leur colère s'enflamme. Ne pouvant, sur leurs légers coursiers, s'atteindre à leur gré d'assez près, ils s'élancent à terre en même temps, s'attaquent avec plus de fureur. La victoire balançait encore ; le peuple gardait un profond silence. Zoraïde, Inès et moi-même, nous les contemplions en frémissant, lorsqu'Ali, troublé par la vue de ses compagnons immolés, sent diminuer son courage. Lara redouble d'ardeur ; il s'indigne d'être le dernier à triompher ; et, parant avec son sabre les coups qui menacent sa tête, il tire son poignard de la main gauche, s'abandonne sur son ennemi, le saisit, le presse dans ses bras nerveux, lui plonge deux fois son acier dans le flanc, et le jette sur la poussière.

Le peuple fait éclater des cris de joie; la reine s'évanouit dans nos bras. Nous la rappelons à la vie, tandis que le brave Almanzor court embrasser les quatre vainqueurs et leur offrir son palais pour retraite.

Prince, lui dit le vieux Tellez, en lui montrant Mofarix expirant, qu'on traîne ce Zégri devant les juges : touché peut-être de repentir, il confessera son crime, il rendra hommage à la vérité. Mofarix l'entend, et rouvre la paupière; les juges s'approchent de lui.

J'ai mérité mon sort, dit Mofarix : Zoraïde était innocente; Abenhamet ne voulait que s'immoler à ses pieds. Leur funeste entretien n'eut rien de criminel. Que le Dieu du ciel me pardonne! et que les Zégris, profitant du terrible exemple...

Il n'achève pas; l'impitoyable mort le saisit. Les juges publient son dernier aveu.

Cependant les quatre vainqueurs veulent repartir à l'instant. Malgré leurs blessures, malgré les prières d'Almanzor, ils vont saluer la reine, qui ne peut trouver que des larmes pour leur expri-

mer sa reconnaissance. Couverts de sang et de
gloire, admirés, bénis par le peuple, ils reprennent
leur premier chemin. Almanzor et les Alabez les
accompagnent jusqu'aux portes. Là, les quatre
Espagnols les quittent, et vont gagner l'épaisse
forêt où leur suite les attendait.

Boabdil, instruit de l'événement et de l'aveu
tardif du Zégri, se hâte de se rendre à la place. Il
monte sur l'échafaud où Zoraïde était encore : en
l'apercevant, elle frissonne, détourne la vue, tombe
dans nos bras. Boabdil, à genoux devant elle, implore le pardon de tant d'outrages, lui jure de les
réparer par un respect éternel, la supplie de revenir à l'Alhambra régner sur son peuple et sur
lui-même.

A ce mot, l'indignation rend à Zoraïde toute
sa force. Qu'oses-tu proposer ? dit-elle. Ah! j'en
prends à témoin Dieu et ce peuple, tu m'as livrée
à la honte, tu m'as condamnée à la mort. Le ciel
a dévoilé mon innocence ; la honte n'est plus à
craindre pour moi ; mais, s'il faut vivre sous ton
pouvoir, s'il faut retourner près de mon bourreau,
mon choix est fait ; que ce bûcher s'allume, je re-
nonce au triste bienfait que je dois à des étrangers. Grenadins qu'on me livre aux flammes, ou
qu'on m'arrache à ce tyran.

Elle dit, et de toutes parts on crie à la fois qu'elle

est libre , que les nœuds de son hymen sont rom-
pus. Les juges , les imans s'avancent ; ils déclarent à Boabdil que Zoraïde, arrachée au supplice,
n'en est pas moins morte pour son époux. Ce monstre garde le silence , il n'ose irriter ses sujets ; il
craint de braver ces lois qui si souvent ont voilé ses
crimes. Forcé pour la première fois de mettre un
frein à sa colère, il va cacher dans l'Alhambra son
dépit , et non ses remords.

Zoraïde, qui le connaît, veut sortir de Grenade
à l'heure même. Almanzor lui donne son char;
Almanzor et les Alabez l'accompagnent jusqu'à
Carthame , ville où s'étaient réfugiés les malheureux frères d'Abenhamet. Après l'avoir confiée à
leurs soins , Almanzor se hâta de nous rejoindre ,
et nous apprit que les Espagnols n'étaient qu'à
deux milles de nos remparts.

Le péril commun éteignit les haines. Les Alabez,
les Almorades , oubliant leurs ressentimens , se
réunissent aux Zégris ; toutes les tribus réconciliées
viennent jurer à Boabdil de mourir pour la patrie.
Mon frère, nommé général, prépare la plus terrible défense. Le vénérable Mulei, ne songeant qu'au
salut de l'empire , court embrasser les genoux de
son fils , le supplie de réparer l'injustice faite aux
Abencerrages , en les rappelant dans nos murs.

Boabdil y consent par crainte : des ambassadeurs

sont nommés pour porter à la tribu vaillante les
excuses, les présens du roi, pour les inviter à venir reprendre leurs biens, leurs places et leur rang.
Mon père veut être lui-même le chef de ces ambassadeurs : il part, il arrive à Carthame, assemble la noble famille, qui fit éclater à son aspect des
transports de joie et d'amour. Mulei descend pour
Boabdil jusqu'aux prières les plus soumises : il
plaint le sort des rois toujours entourés de trom-
peurs, excuse la jeunesse de son fils, parle du
danger dont sont menacées la religion, les lois, la
patrie, et déploie, en faveur d'un ingrat, cette
éloquence de l'âme, le seul art que se permette la
vertu.

Dès qu'il a fini son discours, Zéir, nouveau
chef des Abencerrages, va prendre l'avis de ses
frères, et se charge de répondre en leur nom.

Roi de Grenade, dit-il, car c'est toi seul que
nous reconnaissons pour roi, tu viens de recevoir
de nous la preuve de respect la plus sensible, la
seule difficile à nos cœurs ; nous t'avons écouté jusqu'au bout : écoute-nous à ton tour. Nous sommes
prêts à mourir pour la religion et pour toi ; mais
s'il était un Abencerrage assez indigne, assez lâche
pour pardonner à Boabdil, nous l'immolerions à
l'instant. Boabdil !... Grand Dieu ! ce seul nom
nous fait frémir de fureur. Mulei, ne le prononce

plus : garde-toi de nous rappeler que tu fus assez malheureux pour donner la vie à ce monstre.

Mais les tyrans passent, et la patrie reste. Cette patrie est en danger ; nous périrons pour la défendre. Carthame nous appartient : nous saurons conserver cette place imprenable ; nous y vivrons indépendans, et souvent nous en sortirons pour aller combattre sous vos murailles, pour aller prodiguer notre sang à la défense de nos assassins. N'en demande pas plus, Mulei ; jamais les Abencerrages ne rentreront dans Grenade, tant que l'air qu'on y respire sera souillé par Boabdil.

Ainsi parle Zéir. Ses frères applaudissent, et repoussent avec horreur les présens qu'on leur destinait : ils ordonnent aux ambassadeurs de sortir aussitôt de leur ville. Mulei, qu'ils veulent retenir, résiste à leurs tendres instances, et vient porter au roi coupable la réponse de la fière tribu. Je m'informai de Zoraïde ; j'appris avec inquiétude qu'elle n'était plus dans Carthame ; que suivie de la seule Inès, elle avait disparu depuis peu de jours.

Je la plaignis, je lui donnai des larmes. Hélas ! c'était sur moi-même que bientôt je devais pleurer.

Boabdil avait dès long-temps envoyé dans toute l'Afrique solliciter des secours. Les tribus errantes des Bérébères, peuples pasteurs du pied de l'Atlas, firent partir six mille cavaliers, conduits par le

jeune Ismaël et par son épouse Zora ; couple heureux autant qu'aimable, dont les mœurs douces et
pures, la tendresse, la touchante union, devraient
servir d'exemple à tous les mortels. Ils furent suivis du prince Alamar, déjà fameux dans l'Éthio-
pie par sa force, par sa valeur, et qui, suivi de dix
mille noirs, accourut défendre nos murs. Boabdil
reçut ce guerrier comme son dieu tutélaire, lui
prodigua les sermens, les caresses ; et la confor-
mité de leurs caractères les unit bientôt d'une
étroite amitié.

Je fus assez infortunée pour plaire au féroce
Alamar. Incapable de ce respect tendre, de cette
délicate timidité, qui rendent contagieux l'amour,
le téméraire Africain osa me déclarer ses vœux.
Alamar n'était pas né pour qu'on lui pardonnât
cette audace : ses yeux ardens et farouches, sa
taille de géant, son visage noirci, ne pouvaient
inspirer que l'effroi. Je frissonnais en l'écoutant ;
et sa sanguinaire valeur, son mépris du ciel et des
hommes, avaient fait naître pour lui dans mon
âme une insurmontable aversion. Je lui répondis
avec la fierté qui convenait à ma naissance, surtout à mes sentimens ; mais je pris soin de ne pas
offenser l'allié de ma patrie, l'ami redoutable de
Boabdil.

Ce fut alors que la reine Isabelle, après avoir

réuni son armée à celle de Ferdinand, vint établir son camp devant nos murailles, et nous fit annoncer par ses hérauts qu'elle avait juré de périr, ou de s'emparer de Grenade. Boabdil, pour toute réponse, envoya le prince africain attaquer le camp espagnol. Alamar porta la terreur jusqu'aux tentes de la reine, renversa tous les guerriers qui tentèrent de l'arrêter, fit un massacre affreux des Chrétiens, et revint, couvert de gloire, demander à Boabdil de lui donner ma main pour prix de ses travaux. Boabdil y consent avec joie : lui-même conduit l'Africain dans le palais de mon père, déclare au malheureux Mulei qu'il a disposé de sa fille, et m'annonce que le lendemain je serai l'épouse du prince Alamar.

Mon père, sans autorité, ne pouvait pas me défendre ; Almanzor était dans les Alpuxares, occupé de chercher des soldats. Sans appui, sans secours que mes larmes, inutiles avec mes tyrans, je n'espérai que dans mon courage ; le désespoir me fit tout oser.

J'allai trouver la jeune Zora, cette vaillante amazone venue avec les Bérébères à la défense de notre patrie. Dès les premiers jours de son arrivée, je m'étais senti pour Zora ce penchant involontaire que nous commande la vertu. Elle connaissait et plaignait mes malheurs ; elle haïssait Alamar. Je

n'hésitai pas à me confier à son zèle ; je lui deman-
dai son secours. L'aimable étrangère prépara ma
fuite, me donna pour m'accompagner trente de
ses braves Numides, leur fit jurer de me défendre,
de plutôt mourir que de m'abandonner ; et, sûre
de leur fidélité, Zora m'ouvrit, dans les ténèbres, la porte qu'elle gardait. Je m'échappai de
Grenade, entourée de mon escorte, ne sachant
encore où porter mes pas. La ville des Abencerrages était la retraite la plus sûre, mais leur chef
Zéir et deux de ses frères avaient soupiré pour
moi ; ce n'était pas à des amans, même vertueux,
que je voulais confier ma vie. Je pensai qu'auprès
de Malaga, dans le palais solitaire que mon père
Mulei-Hassem m'avait autrefois donné, je pourrais cacher ma vie aux recherches d'Alamar, je
pourrais instruire mon frère de la violence qu'on
faisait à mon cœur. Je prends aussitôt cette route,
suivie de mes cavaliers, ne marchant que la nuit,
de peur d'être surprise, et priant le ciel de me dérober aux poursuites de mon ennemi.

Mes prières furent vaines. J'avais à peine atteint
le rivage des mers, que je me vois environnée par
un escadron d'Alamar. Mes courageux Bérébères
résistent et me défendent ; mais accablés par le
nombre, ils sont égorgés ou mis dans les fers. Le
chef de ces horribles noirs me saisit, m'enlève

mourante, me porte dans un navire qui l'attendait non loin du bord. Il y monte avec ses captifs, et m'annonce alors que son maître, voulant s'assurer son épouse, me faisait conduire dans ses états.

Mes malheurs étaient à leur comble. La mort seule pouvait m'arracher au sort affreux qui m'attendait : je voulus la chercher dans les flots, pendant la tempête que nous essuyâmes; mes gardes m'attachèrent au mât du navire. Vous savez le reste, seigneur : votre courage plus qu'humain m'a sauvée de ces barbares; mais mon malheur nous a ramenés dans les états de Boabdil. Je tremble des périls qui me menacent encore; cependant j'éprouve une douceur secrète en songeant que vous me défendez.

Ainsi finit le récit de la belle Zuléma. Gonzalve, charmé de l'entendre, ne put exprimer ses transports : agité de mille pensées, il livre son âme à l'espoir, à la tristesse, à la crainte; et Zuléma le laisse en proie à ces sentimens divers.

FIN DU LIVRE QUATRIÈME.

LIVRE CINQUIÈME.

IMPRESSION que fait sur Gonzalve le récit de Zuléma. Situation des deux amans. Les blessures de Gonzalve le retiennent. Le siége de Grenade se continue. Préparatifs de Ferdinand. Isabelle occupe l'armée par des jeux. Combat de taureaux. Fêtes espagnoles. Soins vigilans d'Almanzor. Songe et terreur de Moraïme. Almanzor part avec Alamar pour aller surprendre les Chrétiens pendant la nuit. Attaque et incendie du camp d'Isabelle. Exploits d'Alamar et d'Almanzor. Mort du prince de Portugal : désespoir de son épouse. Almanzor ne veut point rentrer dans Grenade : il fait camper les Maures sur le champ de la victoire. Effroi des Espagnols. Discours religieux d'Isabelle : elle ranime ses troupes. Lara les établit dans des retranchemens.

JEUNES cœurs qui savez aimer, vous n'avez pas oublié ce jour où l'objet de votre tendresse vous fit palpiter pour la première fois. Il vous souvient que le doux plaisir, le délicieux sentiment dont vous étiez enivrés, était troublé par la crainte qu'un heureux rival ne vous eût prévenus, que celle à qui vous vouliez plaire ne fût enchaînée par d'autres liens : elle était si belle, elle annonçait tant de vertus, qu'il vous semblait impossible qu'un seul mortel eût pu la voir et ne pas brûler pour elle. Avant d'oser lui déclarer ce que votre trouble avait déjà dit, vous vous efforciez, en tremblant, de pénétrer son secret ; vous vous alarmiez d'une parole, vous interprétiez un regard ; et, lorsqu'après mille détours, après cent questions éludées, vous parvîntes à vous assurer que son âme libre et paisible était encore à conquérir, que vous pouviez prétendre au bonheur, à la félicité suprême d'y faire naître le premier amour... Ah! jeune amant, rappelle-toi ce que tu sentis, et donne tous les jours qui te restent pour jouir encore d'un semblable instant.

L'heureux Gonzalve en jouissait. Depuis que la princesse maure a parlé de son aversion pour le féroce Alamar, depuis qu'en racontant sa vie elle a fait entendre au héros qu'elle n'a point connu l'amour, Gonzalve osait ouvrir son âme à l'espoir ; Gonzalve, sans cesse occupé de ce récit, l'avait toujours présent à sa pensée : dans le silence des nuits, il voyait, il écoutait Zuléma. La seule idée de cet Africain, osant aspirer à lui plaire, venait allumer sa fureur : il brûlait d'être devant Grenade, de voir, de joindre ce fameux guerrier, de le vaincre, de le punir de son audace criminelle. Son cœur étonné connaissait la haine ; et sa colère contre Alamar lui faisait presque souhaiter de quitter bientôt l'objet de ses vœux.

D'autres pensées plus douces, mais non moins tendres, occupaient la jeune princesse. Sûre de l'amour de cet étranger, sans s'être permis de le désirer, décidée à lui consacrer sa vie sans s'être avoué qu'elle l'aimait, elle formait le dessein de retourner avec lui près de son père : il lui semblait que sous sa garde elle n'avait plus rien à redouter. Mulei, Almanzor, Boabdil, Alamar lui-même, tout le peuple maure devaient respecter ou craindre ce héros ; sa valeur, qu'elle connaissait, pouvait délivrer Grenade ; et la fille de Mulei-Hassem était la seule récompense digne d'être offerte à tant de vertus.

Telles étaient les chimères dont se repaissait Zuléma. Mais les blessures de Gonzalve doivent le retenir long-temps. La princesse dépêche en secret un esclave à Mulei-Hassem pour l'instruire des lieux qu'elle habite. En attendant le retour de cet envoyé fidèle, elle se croit obligée d'employer tous ses momens à s'occuper de son libérateur : toujours près de lui, sans cesse attentive aux progrès de sa guérison, elle le veille, le garde, et charme par son entretien une solitude chère à tous deux.

Tandis que le temps nécessaire pour rendre à Gonzalve ses forces s'écoule dans des soins si doux, l'armée espagnole devant Grenade se plaint de l'absence de son héros : humiliée par les exploits d'Alamar, elle brûle de s'en venger. Les jeunes chefs, Gusman, Cortez, le prince de Portugal, les soldats, les capitaines, demandent à grands cris l'assaut. Ferdinand s'oppose à leurs vœux ; Ferdinand n'est pas prêt encore. Grenade, environnée de mille tours, trop vaste pour être bloquée, communique par l'orient aux Alpuxares, et trouve dans ces montagnes des vivres et des soldats. Carthame[1], du côté du midi, bâtie sur des rocs inaccessibles, gardée par les Abencerrages, inquiète les Espagnols. Un peuple immense et belliqueux, des alliés nombreux, et vaillans défendent la ville assiégée, et le fougueux courage d'Alamar, la tranquille valeur d'Almanzor, préparent une résistance dont le temps seul peut triompher.

Le roi d'Aragon, formé par son père dans ses longues guerres contre les Français, envoie des détachemens dans les Alpuxares surprendre, enlever les convois; il s'empare du courant des fleuves; il veut que la famine combatte pour lui. Sa prévoyance va plus loin : instruit déjà dans cet art affreux qui met le tonnerre dans la main des hommes, qui rend désormais inutiles l'adresse et la force guerrières, Ferdinand creuse d'étroits souterrains, qu'il conduit sous les murs de Grenade; là, le salpêtre, le soufre, doivent s'enflammer tout à coup, éclater avec fracas, faire voler les tours dans les airs, et livrer aux assaillans une entrée large et facile. Tous

---

[1] Cette ville de Carthame n'est point celle située au midi d'Antequerra, près de Malaga ; c'est une autre Carthame, plus voisine de Grenade, et peu éloignée de Loxa.

les apprêts, toutes les machines qu'inventa le démon
de la guerre, sont employés par Ferdinand ; mais
pour assurer leur succès, il est forcé d'en suspendre
l'usage. Aguilar loue sa prudence , le vieux Tellez
approuve ses lenteurs, et l'intrépide Lara semble
dire par son silence qu'on ne peut vaincre sans son
ami.

Pendant cette longue inaction, capable de décourager l'armée, Isabelle, par des jeux guerriers, cherche à distraire l'ardente jeunesse que son époux sè-
vre des combats. Cette grande reine connaît dès
long-temps combien la présence de l'objet qu'il aime augmente la valeur d'un Espagnol ; elle sait que,
chez sa nation, l'amour, le brûlant amour, est le
plus fort aiguillon de la gloire : elle a voulu que sa
cour la suivît. Les plus belles des Castillanes sont
auprès d'elle dans son camp : Blanche de Medina
Celi, Éléonore de la Cerda, Séraphine de Mendoze,
Léocardie de Fernand Nugnès, une foule d'autres
beautés, dont chacune est l'idole d'un héros, environnent sans cesse la reine et s'effacent mutuellement. Mais toutes sont éclipsées par la princesse de
Portugal : fille d'Isabelle[1], glorieuse de porter ce

---

[1] L'infante Isabelle, fille aînée de la reine Isabelle , avait
épousé Alphonse, fils du roi de Portugal. Elle devint veuve
peu de temps après son mariage.

nom, elle en est digne par ses charmes, plus encore
par ses vertus. Adorée de l'heureux Alphonse, qui
vient de recevoir sa foi, la jeune et tendre princesse
n'est occupée que de retenir la valeur imprudente
de son époux. Jaloux de la renommée de ce fameux
Almanzor, l'honneur, le soutien de Grenade,
Alphonse témoigne hautement son désir de s'éprouver contre lui. Sa tremblante épouse n'ose l'en détourner; mais un noir pressentiment fait en secret
couler ses larmes, et le seul nom d'Almanzor lui
cause un mortel effroi.

Au milieu du camp est un vaste cirque environné
de nombreux gradins : c'est là que l'auguste reine
habile dans cet art si doux de gagner les cœurs de
son peuple en s'occupant de ses plaisirs, invite souvent ses guerriers au spectacle le plus
chéri des Espagnols. Là, les jeunes chefs,
sans cuirasse, vêtus d'un simple habit de soie,
armés seulement d'une lance, viennent sur de
rapides coursiers, attaquer et vaincre des taureaux sauvages. Des soldats à pied, plus légers
encore, les cheveux enveloppés dans des réseaux,
tiennent d'une main un voile de pourpre, de l'autre des flèches aiguës. Un alcade proclame la loi
de ne secourir aucun combattant, de ne leur laisser
d'autres armes que la lance pour immoler, le voile
de pourpre pour se défendre. Les rois, entourés de

leur cour, président à ces jeux sanglans; et l'armée entière, occupant les immenses amphithéâtres, témoigne, par des cris de joie, par des transports de plaisir et d'ivresse, quel est son amour effréné pour ces antiques combats.

Le signal se donne, la barrière s'ouvre : le taureau s'élance au milieu du cirque. Mais, au bruit de mille fanfares, aux cris, à la vue des spectateurs, il s'arrête inquiet et troublé : ses naseaux fument ; ses regards brûlans errent sur les amphithéâtres ; il semble également en proie à la surprise, à la fureur. Tout à coup il se précipite sur un cavalier, qui le blesse et fuit rapidement à l'autre bout. Le taureau s'irrite, le poursuit de près, frappe à coups redoublés la terre, et fond sur le voile éclatant que lui présente un combattant à pied. L'adroit Espagnol, dans le même instant, évite à la fois sa rencontre, suspend à ses cornes le voile léger, et lui darde une flèche aiguë, qui de nouveau fait couler son sang. Percé bientôt de toutes les lances, blessé de ces traits pénétrans dont le fer courbé reste dans la plaie, l'animal bondit dans l'arène, pousse d'horribles mugissemens, s'agite en parcourant le cirque, secoue les flèches nombreuses enfoncées dans son large cou, fait voler ensemble les cailloux broyés, les lambeaux de pourpre sanglans, les flots d'écume rougie, et tombe enfin épuisé d'efforts, de colère et de douleur.

Ce fut dans un de ces combats que le téméraire Cortez pensa terminer une vie destinée à de si grands exploits. Brûlant de se signaler aux yeux de la belle Mendoze, qui dès long-temps possède son cœur, Cortez, sur un andalous, blessait et fuyait un taureau furieux. Malgré le péril dont il est menacé, le jeune amant regarde toujours la beauté qui toujours l'occupe, lorsqu'il voit tomber dans l'arène la fleur d'oranger qui parait son sein. Cortez se précipite à terre, court, se baisse; et le taureau vole, il va frapper l'imprudent Cortez... Un cri de Séraphine l'avertit : Cortez, sans quitter la fleur, dirige d'un œil sûr la lance à l'épaule de l'animal, qu'il jette expirant sur le sable.

Toute l'armée applaudit : Isabelle veut couronner Cortez. Cortez refuse la couronne, en montrant la fleur précieuse qu'il a pensé payer de sa vie; il la couvre de mille baisers; il la presse contre son cœur, brise sa lance et quitte le cirque.

Ainsi s'écoulent les jours. Dès que la nuit amène les étoiles, mille flambeaux allumés et réfléchis dans le cristal, éclairent de toutes parts les superbes tentes de la reine. Là, toutes les beautés de la cour, éclatantes d'or et de pierreries, la tête nue, seulement parée de leurs cheveux longs et flottans, laissent au milieu d'elles un vaste espace où les hautbois mêlés aux timbales appellent les jeunes héros. Ils y paraissent en habits de fête, couverts d'un riche et court manteau, qu'une agrafe d'or relève avec grâce : leur chapeau large et rabattu est surmonté de plumes rouges que rassemble un nœud de diamans ; leur chevelure tombe par boucles sur leur fraise éblouissante ; et le léger duvet d'ébène qu'ils laissent croître au-dessus de leurs lèvres semble donner de nouveaux charmes à leur visage doux et guerrier.

Chacun d'eux présente la main à celle que son cœur préfère. Les instrumens donnent le signal ; et dans une danse noble, mesurée, où la gravité n'ôte rien au plaisir, où la décence ajoute à la grâce, les deux amans attirent tous les yeux, en ne regardant qu'eux seuls[1]. Bientôt des airs plus rapides donnent l'essor à leur légèreté : ils se mêlent, se joignent, se quittent, reviennent précipitamment à la place qu'ils ont laissée ; se fuient de nouveau pour s'atteindre encore, et savent peindre dans leurs mouvemens les transports, les tendres surprises, la douce langueur de l'amour[2].

Lorsque la sévère Isabelle a mis fin à ces jeux aimables, et que les jeunes beautés, retirées dans leurs asiles, donnent aux tendres souvenirs les

[1] La sarabande.
[2] Les seguidillas.

heures destinées au sommeil, leur amant, qui veille comme elles, erre autour de la tente heureuse qui renferme l'objet de ses vœux. Cortez surtout, l'amoureux Cortez vient, toutes les nuits, attendre l'aurore à la porte de Séraphine. Un voile léger est le seul obstacle qui le sépare de son amante; mais ce voile est impénétrable; le respect en est le gardien. Enveloppé d'un large manteau, soutenu sur sa longue épée, Cortez fait doucement frémir les cordes plaintives d'une guitare, et chante sur un air lent ces paroles interrompues par ses soupirs :

Dérobe ta lumière, ô lune trop brillante!
Nuit, garde le secret de ma timide ardeur :
Zéphyrs, portez ma voix jusques à mon amante,
    Mais qu'elle s'arrête à son cœur.
    Et vous qui, loin de cette belle,
Ignorez de l'amour les douloureux tourmens,
    Dormez, dormez, indifférens;
Vous seriez mes rivaux si je vous parlais d'elle.

Pendant le jour, hélas! réduit à me contraindre,
Je tremble qu'un soupir ne trahisse mes feux :
Je désire la nuit; alors j'ose me plaindre,
    Et je me crois moins malheureux.
    Vaine erreur! loin de sa présence
Le monde est un désert; seul j'y parle d'amour.
    Reviens, reviens, flambeau du jour ;
J'aime mieux la revoir et garder le silence.

Au milieu d'une de ces nuits où le repos du camp n'était troublé que par les plaintes des amans, Almanzor, fatigué des travaux, des inquiétudes qui l'occupent sans cesse, goûtait auprès de Moraïme les douceurs d'un tranquille sommeil. Ce héros, dont l'âme intrépide ne connait d'autres passions que la gloire et son épouse, après avoir donné tout le jour à visiter les remparts, à fortifier les postes, à redoubler, par son exemple, le courage des soldats, revenait chaque soir avec l'ombre, trouver la solitaire Moraïme, la rassurer contre des périls qu'il ne craignait que pour elle, et chercher dans ses embrassemens cette récompense si pure que le chaste amour donne à la vertu.

Tandis qu'au fond de leur palais tous deux, en se tenant la main, reposent sur un lit de pourpre, Moraïme jette un cri terrible, et s'éveille baignée de pleurs : troublée, respirant à peine, elle se précipite, en poussant des sanglots, dans les bras d'Almanzor surpris ; elle le presse contre son cœur, elle l'inonde de ses larmes.

Chère épouse, lui dit le héros, d'où vient cette terreur soudaine ? Qui peut te causer tant d'effroi ? Je suis ici, ma tendre Moraïme ; c'est contre mon sein que ton sein palpite ; c'est ton Almanzor qui te parle, qui te rassure, qui te défend.

Ah ! mon bien-aimé, répond-elle, quel horrible songe vient de m'effrayer ! J'ai vu... Mes sens m'abandonnent ; ma voix expirante ne peut achever... J'errais dans cette vaste plaine qui nous sépare de nos ennemis ; les deux armées étaient en présence, nos Maures bordaient nos remparts... Je t'ai vu, brillant de lumière, resplendissant des feux de l'acier, t'avancer seul, défier Gonzalve, et combattre ce Castillan. Je t'ai vu vainqueur, mais couvert d'un crêpe qui t'enveloppait de ses noirs replis. Nul mortel n'osait t'approcher. Je cours ; je vole à ta rencontre, je veux te serrer dans mes faibles bras... Le crêpe s'étend sur ma tête ; nous tombons tous deux dans un lac de sang...

O mon époux ! ô mon ami ! je connais trop bien ta grande âme pour chercher à l'intimider ; mais je te demande, mais je te supplie de te souvenir que dans l'univers, Moraïme n'a que toi seul. Ma famille est presque détruite ; mon père et mes frères sont tombés sous les coups de Boabdil ; ma mère est morte de douleur ; ce qui reste des Abencerrages est exilé de Grenade : j'ai tout supporté, j'ai vécu ; le ciel me laissait Almanzor. C'est sur toi que j'ai réuni toutes les affections que j'avais perdues ; c'est toi que mon cœur a fait hériter de tous les sentimens qu'il connut jamais. Voudrais-tu me ravir, hélas ! le seul bien que le sort m'ait laissé? Voudrais-tu, plus barbare que lui, condamner ta Moraïme?.. Elle en mourrait à l'instant même; elle expirerait d'un supplice affreux. Prends pitié de moi, trop vaillant héros, promets de rester derrière nos murailles, de te borner à défendre ces tours qui n'ont d'appui que ton bras; jure de ne jamais quitter ton épouse, ta Moraïme, pour aller prodiguer tes jours dans cette plaine fatale, à la défense d'un roi perfide qui déteste tes nobles vertus, qui te livrera peut-être aux bourreaux, quand tu auras sauvé son empire.

Moraïme, répond Almanzor, en répandant quelques larmes, tu m'es plus chère que la vie; mais mon devoir m'est plus cher que toi. Je sais quel est Boabdil, et tu n'ignores pas toi-même que j'ai toujours un moyen terrible de me soustraire à ses fureurs. Ce n'est pas pour ce monstre que je combats; c'est pour ma religion; c'est pour ma patrie; c'est pour laisser sur ma tombe un nom qui soit à ma veuve un héritage de respect. O ma digne et fidèle épouse, ne tente pas d'affaiblir ma vertu : c'est toi qui la fis naître dans mon âme; c'est toi qui la nourris de tes saints exemples, qui l'embellis de tes purs attraits. Pour pouvoir cesser de l'aimer, il faudrait ne te plus chérir. Mais rassure-toi, Moraïme : je ne médite point de quitter nos remparts; l'intérêt du Maure me le défend. Je

reste avec toi, mon amie, avec celle dont un seul
regard, un seul mot, un tendre sourire, me ré-
compensent de tous mes travaux. Essuie tes pleurs:
le dieu des combats va peut-être finir nos misères;
peut-être mes heureux efforts, dans peu, nous ob-
tiendront la paix. Eh! quelle gloire, quel bonheur, si ce peuple, sauvé par mes soins, disait en
te voyant passer : Voilà l'épouse, voilà l'amante
de notre libérateur!

En prononçant ces mots, il l'embrasse, la rassure, lui promet encore de ne point sortir des murailles. Moraïme se fait répéter ces consolantes paroles : elle croit, elle a toujours cru tout ce que
lui dit Almanzor. Mais son effroi ne peut se calmer; mais ses larmes ne tarissent point; quand
tout-à-coup le son des trompettes retentit près de
leur palais. Almanzor étonné se lève; il écoute :
le bruit des armes se mêle à celui des coursiers. Le
héros s'élance à son glaive, couvre sa tête d'un
large turban, revêt à la hâte sa forte cuirasse, et
sans vouloir entendre Moraïme, il court s'informer lui-même de la cause de ce mouvement.

A peine arrivé sur la place, il voit au milieu
des flambeaux, à la tête des noirs Africains, Alamar, le fier Alamar, monté sur un coursier de Suz,
couvert d'une peau de serpent, dont les écailles
impénétrables le garantissent presque tout entier,

dont la tête sanglante et hideuse se replie autour
de son turban vert.

Prince de Grenade, lui dit le barbare, tu reposes
près de ton épouse, et moi, je vais porter le feu
dans les tentes de Ferdinand : j'en ai l'ordre de
Boabdil. Je cours, avec mes seuls guerriers, attaquer ces fiers Espagnols qui, nous croyant trop
lâches pour les surprendre, attendent, au milieu
des fêtes, que la famine nous rende captifs. Je vais
troubler ces fêtes superbes; je vais inonder de sang
ces pavillons, séjour des plaisirs. Almanzor ose-t-il
me suivre?

Il dit : le héros le regarde avec un sourire amer:
Sois tranquille, lui répond-il, Almanzor te de-
vancera.

Son ordre appelle aussitôt les Zégris et les Alabez.
Il demande un de ses coursiers, s'arme de sa pesante masse, s'élance à côté d'Alamar, semblable
au dieu des batailles, fait défiler en silence les trois
escadrons réunis, et sort par la porte d'Elvire.

Ils marchent, ils sont dans la plaine. Avant
d'arriver aux premières gardes, Almanzor convient avec Alamar de l'ordre qui doit s'observer :
les Zégris, sous leur chef Maaz, se porteront au
centre du camp, où les guerriers de Castille gardent leur reine Isabelle; la gauche, défendue par
le vieux Tellez et par les chevaliers de Calatrava,

sera surprise par les Africains, commandés par Alamar; Almanzor et ses fidèles Alabez feront leur attaque à la droite, où s'est placé le roi Ferdinand, au milieu des Aragonais.

On obéit, on se sépare : on avance d'un pas égal, rapide, mais sans tumulte. Les ténèbres favorisent les Maures; la sécurité de leurs ennemis semble assurer leur succès. Les premières gardes sont immolées; les secondes ont le même sort. On arrive aux retranchemens, et les coursiers d'Afrique les ont franchis. Alors la troupe d'Alamar jette des cris épouvantables, celle d'Almanzor lui répond; les Zégris au centre répètent ces clameurs. Au même instant, et des trois côtés, le camp est inondé de Maures. Semblables aux lions gétules qui rencontrent dans le désert un troupeau de chevreuils timides, ils se jettent sur les Espagnols, attaquent, poursuivent, égorgent ceux qui fuient, ceux qui résistent, entassent les corps expirans, et craignent que leurs bras lassés ne puissent servir leur fureur.

Alamar, ivre de sang, seul, et déjà loin des siens, dans le tumulte, dans les ténèbres, parcourt le quartier de Tellez, brisant, immolant au hasard tout ce qui vient s'offrir à sa rage. Le vieux Tellez, au premier bruit, a fait sonner la trompette : le glaive à la main, sans bouclier, sans casque, pré-

cédé de quelques flambeaux, il court, il appelle
ses chevaliers. Alamar l'entend, vole à lui, renverse ceux qui l'environnent, saisit le vieillard
par ses cheveux blancs qu'ont épargnés plus de
cent combats, frappe, et d'un coup de cimeterre
enlève cette tête vénérable, respectée depuis si
long-temps. Sans s'arrêter, l'Africain s'élance
vers l'escadron de Calatrava, qui se rassemble, se
forme en désordre pour se rendre à la voix de
Tellez. Alamar arrive comme la foudre : Voici
votre chef, crie-t-il ; je vous le rends sans rançon.
Il leur jette alors la tête sanglante, se précipite
dans cet escadron, le dissipe, le met en fuite et
couvre la terre de morts.

Pendant ce temps, le brave Almanzor répand
la terreur au quartier du roi. Les Aragonais, surpris, accablés, périssent ou se dispersent. Leurs
chefs, Aranda, Montalvan, veulent en vain rallier
les fuyards : ils tombent sous les Alabez, qui fer-
mes, serrés dans leurs rangs, semblables à la mer
en courroux lorsqu'elle envahit ses rivages, s'a-
vancent, détruisent, renversent tout ce qui tente
de les arrêter. Almanzor dirige leur course sans
trouble comme sans fureur : il dédaigne de frapper
des vaincus ; il s'occupe du fruit de la victoire plus
que du carnage qui doit l'acheter. Déjà ses ordres
sont donnés ; déjà les flambeaux s'allument. Les

tentes sont embrasées ; des torrens de fumée
épaisse s'élèvent à gros bouillons, et vomissent
une longue flamme qui s'accroit en ondoyant.
Alamar et ses Africains l'aperçoivent à l'aile gauche : aussitôt les feux se répandent dans le quartier
de Tellez. Les pavillons tombent, l'incendie éclate,
et les deux flammes, s'élevant ensemble, menacent de se joindre dans peu de momens.

Ferdinand, à demi nu, armé seulement d'une
épée, avait, à la première alarme, précipité ses pas
vers Isabelle. Là, s'étaient rassemblés autour de la
reine, le prince de Portugal, Lara, Cortez, Aguilar, tous les héros de Castille. Là, les redoutables
Zégris avaient trois fois été repoussés; et leur
chef Maaz, poursuivi par Lara, cédait en frémissant la victoire. L'auguste Isabelle, craignant pour
le roi, courait elle-même à son secours, lorsque ce
monarque, tremblant pour elle, arrive auprès de
son épouse. Rassuré par sa présence, Ferdinand
veut achever de s'armer pour aller combattre
Almanzor.

Mais à ce nom, au bruit de ses exploits, à la vue
du vaste incendie qui déjà répand une horrible
clarté, le prince de Portugal Alphonse, l'impétueux Alphonse, s'élance comme un jeune faon
qui va chercher la flèche mortelle. Guidé par les
cris de terreur, il vole à travers les flammes, arrive,

joint Almanzor, et lui porte un coup de sa lance ; elle se brise sur la cuirasse du Grenadin.

Almanzor ébranlé s'arrête, tourne vers le Portugais des yeux brûlans de courroux. Il va le frapper de sa masse ; il le voit à pied, suivi de peu des siens : alors sa générosité l'emporte sur sa colère ; Almanzor quitte son coursier, tire son sabre, et s'avance vers Alphonse, qui l'attend le fer à la main.

Ils s'approchent, ils s'attaquent ; leurs glaives croisés font jaillir du feu, leurs armes résistent aux coups redoublés. Almanzor reçoit dans le bras une blessure profonde qui vient encore déchirer son flanc. Alphonse jette un cri de joie ; mais, également fort des deux mains, Almanzor saisit de la gauche son redoutable cimeterre, et, pressant de plus près son ennemi surpris, d'un revers il fend la poitrine de l'intrépide Portugais. Alphonse tombe et mord la terre : il fait d'inutiles efforts pour menacer son vainqueur ; il perd à l'instant la voix et la vie.

O malheureuse Isabelle, épouse, amante infortunée du héros qui vient d'expirer ! on t'apprenait dans ce moment que le téméraire Alphonse était aux mains avec Almanzor. Malgré les crise de la reine, malgré les prières de Ferdinand, la jeune Isabelle, pâle, échevelée, court, vole à tra-

vers les flammes, appelant Alphonse, Alphonse!...
Elle arrive, et voit son époux dépouillé déjà de son
casque, tournant ses yeux à demi fermés vers Almanzor qui s'éloignait.

Cher Alphonse, s'écrie-t-elle en se précipitant
sur son corps; cher Alphonse, attends ton épouse,
sa douleur va la joindre à toi. Le voilà donc ce
doux hyménée qui devait nous assurer une si longue suite de beaux jours ! Les voilà ces infortunés
liens qui nous unissaient à jamais ! Alphonse, mon
cher Alphonse, l'amour d'Isabelle ne t'a pas suffi.
Hélas ! je ne méritais pas de vivre long-temps ton
épouse ; le sort barbare ne l'a pas voulu ; du moins
il ne pourra nous séparer.

A ces mots, elle se relève, le désespoir dans les
yeux, saisit le glaive d'Alphonse, et va le plonger
dans son sein, lorsque la reine et Ferdinand par-
viennent enfin à s'emparer d'elle. On veut l'arracher de ce lieu funeste ; elle échappe à tous les
efforts, méconnaît la voix de sa mère, repousse ses
tendres caresses, retourne se jeter sur le corps
d'Alphonse, et s'y enchaîne de ses faibles bras.

Almanzor, qui la voit de loin, à la lueur des
flammes dévorantes, ne peut retenir ses pleurs.
Malheureux ! dit-il, qu'ai-je fait ? C'est une veuve
désolée, dont mon bras immola l'époux, c'est une
amante au désespoir, dont j'ai causé l'éternel

malheur. Ah ! Moraïme... Moraïme... peut-être
bientôt... Ses larmes redoublent ; mais, éloignant
ces tristes pensées, et prononçant le nom de sa patrie, il poursuit sa course rapide, prolonge, augmente l'incendie, et rejoint enfin Alamar, qui,
rouge de sang, lassé de carnage, venait au devant
de lui sur des monceaux de cadavres.

Les deux héros se félicitent, concertent ensemble de nouveaux desseins. Ils voient à la clarté des
feux, un bataillon hérissé de dards, formé loin des
ruines du camp. Ce bataillon, composé des vieilles
bandes castillanes, trois fois vainqueur des Zégris,
que Maaz ralliait au loin, présente une forêt de
lances inaccessible des quatre côtés : au milieu,
la reine Isabelle, assise sur un bouclier, soutenue
par Ferdinand, tient dans ses bras sa fille mourante, la serre contre son sein, la couvre de baisers, de larmes, et cherche à rappeler du moins à
cette veuve inconsolable qu'il lui reste encore une
mère.

Autour d'elle sont Aguilar, Cortez, Gusman et
Lara, les chefs, les héros de l'armée, attendris de
ce spectacle, indignés contre la fortune, versant à
la fois des pleurs de colère et de compassion. Ils
brûlent d'attaquer le Maure ; ils ne peuvent quitter cette enceinte, dernier refuge de leurs rois,
dernier asile de leurs drapeaux : ils frémissent de

honte, de rage, se précipitent au delà des rangs
pour aller chercher Almanzor, et, rappelés par le
monarque, reviennent à regret à sa voix.

Ainsi l'animal courageux né dans les rocs des
Pyrénées pour la défense des troupeaux, attaché
par de fortes chaînes à la porte d'une bergerie, et
qui voit de loin des loups ravissans, gronde, se hé-
risse, menace, remplit l'air d'affreux hurlemens,
mord sa chaîne, qu'il a tendue de tout son poids,
de tout son effort, et fait retentir le bruit de ses
dents qu'il aiguise sur elles-mêmes.

Calme au sein de la victoire, comptant pour
rien ses succès tant que Grenade n'est pas délivrée,
Almanzor propose de se réunir pour porter les
derniers coups à cette redoutable phalange, et terminer la guerre en la détruisant. Mais les forces
du grand Almanzor ne peuvent servir son courage :
le sang qui coule en abondance de sa douloureuse
blessure, ses souffrances qu'il dissimule, et qu'a
redoublées un instant de repos, ne permettent pas
à ce vaillant prince de revoler aux combats. Les
Alabez, dont il est adoré, tremblant pour ses jours
précieux, refusent à haute voix de le suivre. Les
Africains, Alamar lui-même, satisfaits des exploits
de la nuit, demandent à retourner à Grenade. Le
héros pensif les écoute : il médite un nouveau
projet qui lui conservera son avantage, qui doit

redoubler la consternation de ses ennemis vaincus. Il sait combien à la guerre il est important d'inspirer l'effroi, combien souvent un pompeux appareil en impose plus que la victoire même : il appelle le fier Alamar, rassemble autour de lui ses capitaines, et prenant sur eux ce noble ascendant que leur conscience donne aux grands hommes :

Eh bien ! leur dit-il, je cède ; Almanzor consent au repos ; mais vous ne consentirez pas à perdre le fruit de tant de succès, à regagner en fugitifs des remparts menacés encore. Amis, jurons de n'y rentrer qu'après avoir chassé ces barbares, qu'après avoir exterminé ce qui reste de nos ennemis. Dressons nos tentes à cette place ; que l'armée entière s'y rende. Opposons le camp des vainqueurs au camp que nous avons détruit ; et que l'Espagnol, assiégé par nous, éprouve à son tour les fléaux que trop long-temps il nous fit souffrir.

Il dit. Ses guerriers applaudissent ; Alamar approuve un si grand dessein. Ce prince part aussitôt pour aller chercher le roi Boabdil, pour amener avec ce monarque les troupes, les secours nécessaires. Il vole, arrive à l'Alhambra, répand l'heureuse nouvelle ; et le peuple, les citoyens, font éclater leur bruyante joie. Les portes de la ville s'ouvrent ; Boabdil, suivi d'Alamar, sort à la tête de ses bataillons. La campagne est couverte de

Maures, de coursiers traînant dans des chars des armes, des toiles, des vivres. L'armée environne Almanzor, l'appelle son dieu tutélaire, son héros, son libérateur. Le roi lui-même confirme ces noms. Dans l'espace déjà circonscrit mille et mille tentes se dressent. Un magnifique pavillon s'élève au centre pour Boabdil : Almanzor et les Alabez se retirent à l'aile droite ; Alamar, avec ses guerriers, va se placer à la gauche : l'armée est établie en peu d'heures. Des soldats frais et nombreux occupent les postes avancés ; et six mille lances rangées devant le camp présentent les têtes sanglantes que les féroces Africains ont rapportées du combat.

Cependant les rayons du jour viennent découvrir ce spectacle, et présenter aux Castillans l'horrible image de tant de malheurs. Toutes leurs tentes sont consumées ; les machines, les magasins, fument sous des monceaux de cendres, des milliers de cadavres épars nagent dans des ruisseaux de sang. Ici sont des infortunés palpitant encore sous des ruines ; là, des guerriers sans vêtemens ont reçu la mort endormis. Chaque soldat cherche des yeux le frère, l'ami qui lui manque : sa pieuse douleur est trompée à l'aspect des troncs mutilés. Il voit de loin, sur un fer brillant, la tête de celui qu'il pleure : il la voit, détourne la vue en frissonnant d'horreur et d'effroi.

Ferdinand, Lara, tous les chefs se regardent, n'osent rien résoudre : l'auguste Isabelle en pâlit. Les Castillans intimidés gardent un effrayant silence : la terreur est sur leurs visages ; le désordre se met dans leurs rangs ; ils tremblent, ils sont prêts à fuir ; mais Isabelle a su le prévoir. Isabelle, qui connaît les mœurs, le caractère de ses Espagnols, appelle aussitôt la religion au secours de leur courage éteint. Accompagnée de deux saints pontifes, précédée de la grande croix, étendard sacré de l'armée, elle va parcourir les rangs.

Amis, dit-elle avec l'accent de la ferveur, de l'espérance, adorons la main qui nous frappe, cette main nous relèvera. Le Dieu des armées est avec nous ; pourrait-il laisser la victoire à des ennemis qui l'outragent. Il veut éprouver ses soldats ; il veut vous faire mériter la récompense qu'il vous destine. Ceux que vous pleurez en sont possesseurs : oui, ceux que moissonna le fer dans cette nuit désastreuse vous contemplent en ce moment du haut du ciel qu'ils habitent, et vous montrent la palme immortelle que les anges ont mise en leurs mains. Ah! cessez, cessez, chrétiens, de donner des pleurs à leur cendre, ils n'ont pas besoin de vos larmes, et nous avons besoin de leur secours. Invoquons-les ; tournons nos regards avec respect, avec confiance vers ces sanglantes dépouilles que vous semblez n'envisager qu'avec effroi. Ce sont les restes des martyrs ; ce sont des reliques sacrées à qui nous devrons nos succès. Elles assurent la perte infaillible de ces barbares Musulmans ; elles attirent sur ces impies la colère de l'Éternel, qui ne laisse jamais sans vengeance les outrages faits à ses saints.

Les religieux Espagnols lui répondent par des sanglots : ils jurent de mourir pour leur Dieu, aux pieds de leur reine adorée ; ils invoquent le Tout-Puissant, bénissent le nom d'Isabelle, et, remplis d'un nouveau courage, veulent marcher contre l'ennemi.

Ferdinand retient cette ardeur ; mais il sait en profiter. La moitié des troupes reste sous les armes, tandis que l'autre est occupée à recueillir les blessés, à donner la sépulture aux morts : la reine leur prodigue les honneurs funèbres. Lara trace pendant ce temps, au delà du camp détruit, une large et vaste enceinte qu'il environne d'un fossé profond. Le jour se passe dans ces tristes soins. L'armée, épuisée de lassitude, ne quitte les armes que pour le travail ; mais l'inébranlable constance, ta soumission, la frugalité des Castillans, leur font tout supporter sans murmure. Ils se retirent, à la fin du jour, au milieu des retranchemens : une garde choisie veille à l'entrée. Les soldats, couchés pêle-mêle, la tête appuyée sur leurs boucliers, dorment sans quitter leurs lances, prêts à combattre au moindre signal. Les chefs reposent auprès d'eux; mais les rois, plus à plaindre encore que leurs sujets infortunés, n'osent se livrer au sommeil.

FIN DU LIVRE CINQUIÈME.

LIVRE SIXIÈME.

Piété d'Isabelle. Elle assemble ses chefs. Discours et projet de la reine. Elle exécute son grand dessein. Travaux des Espagnols. Convalescence de Gonzalve. Ses amours avec Zuléma. Arrivée de Mulei-Hassem et de trois Abencerrages. Nouvelle que l'un d'eux apporte. Zuléma est promise au vainqueur de Gonzalve. Entretien de la princesse et du héros : ils se révèlent tous leurs secrets. Zuléma donne des armes à Gonzalve. Il part avec les Abencerrages. Il se découvre. Combat du héros contre les trois Maures. Il est vainqueur, et va rejoindre l'armée.

RELIGION, quel est ton empire ! Que de vertus te doivent les humains ! Oh ! qu'il est heureux le mortel qui, pénétré de tes vérités sublimes, trouve sans cesse dans ton sein un asile contre le vice, un refuge contre le malheur ! Tant que l'inconstante fortune sourit à ses innocens désirs, tant qu'il coule des jours sans nuages, tu sais les embellir encore ; tu viens ajouter un nouveau plaisir au bien qu'il fait à ses semblables, tu donnes un charme de plus aux délices d'une bonne action. Ta sévérité même est un bienfait : tu ne retranches du bonheur que ce qui pourrait le corrompre ; tu ne défends de chérir que ce qu'on rougirait d'aimer. Si le sort accable au contraire une âme soumise à tes lois saintes, c'est alors surtout, c'est alors qu'elle trouve en toi son plus ferme appui. Sans prescrire l'insensibilité, que la nature heureusement rend impossible, tu nous apprends à supporter les maux dont tu permets qu'on s'afflige ; tu descends dans les cœurs déchirés pour calmer leurs douleurs cuisantes, pour leur présenter un dernier espoir ; et tu n'éteins pas ce pur sentiment qui les fait souffrir et qui les fait vivre.

La noble et pieuse Isabelle ne trouve que dans sa religion la force de soutenir ses peines. Accablée à la fois de la perte d'un gendre, du désespoir de sa fille, et du malheur de ses armes, elle se réfugie dans le sein de son Dieu : ce Dieu lui commande de penser à son peuple. Cette mère infortunée confie la veuve d'Alphonse à Séraphine, à Léocadie, et les fait conduire à Jaën. Le corps du prince malheureux est remis aux Portugais de sa suite, qui partent à l'instant même pour le porter à Bélem [1]. Libre de ces soins, commandant à ses larmes, Isabelle rassemble autour d'elle son époux, ses principaux chefs, et leur adresse ce discours :

Compagnons jadis de ma gloire, aujourd'hui de mon malheur, vous à qui j'ai dû tant de triom-

---

[1] Superde monastère sur les bords du Tage, où sont les sépultures des rois de Portugal.

phes, et que la fortune n'a trahis qu'une fois, vous voyez les tristes effets de l'attaque imprévue des infidèles. Des milliers d'Espagnols sont tombés sous leurs coups ; nous n'avons plus de magasins, plus de retraites, plus de machines : l'ennemi, fier de ses succès, repose sous de superbes tentes élevées devant ses murailles, et nous veillons le glaive à la main, sur la cendre sanglante d'un camp détruit.

Il faut choisir, braves Castillans, ou d'une paix déshonorante qui couvre d'opprobre le nom chrétien, ou d'une héroïque constance qui nous en rende à jamais l'honneur. Eh ! dans quel temps, juste ciel, songerions-nous à cette paix honteuse ? quand des trésors dès long-temps amassés m'épargnent la douleur des subsides, quand mon hymen avec Ferdinand double mes forces et mes soldats. Les Maures touchent à leur ruine, la discorde est dans leurs foyers. Un roi cruel et pusillanime chancelle sur le trône qu'il usurpa ; les Abencerrages ont abandonné ce tyran perfide et féroce. La France est mon alliée ; le Portugal... hélas ! nous avait confié son espoir ; l'Afrique tremble à mon nom : mes flottes couvrent ses mers ; enfin Gonzalve est près d'arriver. Quelle époque plus favorable nous offrira jamais l'avenir pour rendre libre l'Espagne, pour la venger de huit siècles

d'affronts? Amis, je chéris plus que vous les douceurs d'une paix heureuse; je sais que le premier
des biens est ce repos de la nation, si nécessaire aux
travaux d'un bon roi : je veux l'assurer à mes descendans. Ils auront plus que moi, je l'espère, les
talens, les nobles vertus, qui font fleurir les états ;
ils n'auront pas comme moi, j'en suis sûre, les
dignes héros qui m'écoutent, et qui savent les
conquérir.

Je ne m'aveugle point sur nos pertes ; je vois
toute l'étendue des malheurs que nous éprouvons.
Mais, naguère, les Musulmans étaient plus à
plaindre encore. Leur désespoir les a sauvés. La
vue de leurs pavillons a pensé décourager notre
armée : amis, qu'une grande entreprise les décou-
rage à leur tour. Ils n'ont dressé qu'un faible camp,
je veux bâtir une ville; je veux que de nouveaux
remparts bravent les remparts de Grenade, et
qu'une vaste cité, tout à coup élevée à leurs yeux,
leur annonce que désormais cette terre est notre
patrie [1].

Elle dit. Les chefs étonnés demeurent dans le silence ; Ferdinand lui-même, surpris, n'ose applau-
dir à ce hardi projet. Isabelle, avec l'éloquence du

[1] Voyez le Précis historique, quatrième époque.

courage et de la raison, explique, développe ses
grands desseins. Les carrières inépuisables, les immenses forêts dont Grenade est entourée, les fleuves qui serpentent dans la plaine, doivent fournir
abondamment de quoi bâtir une cité. Cent mille
bras occupés des travaux, sous la garde de vingt
mille guerriers, auront bientôt environné de tours
l'enceinte destinée à la ville. Derrière ces tours
menaçantes, les Espagnols pourront à loisir achever les demeures des citoyens. Maîtres des chemins de l'Andalousie, ils s'empareront avec facili-
té de Grenade déjà captive ; et les Maures, après
leur défaite, voisins d'une place forte peuplée de
soldats vétérans, perdront à jamais l'espérance de
secouer le joug des vainqueurs.

Ferdinand, Lara, tous les chefs se rendent à ces
puissans motifs. Tous, en admirant Isabelle, veulent que la nouvelle cité porte le nom de l'auguste
reine. Cet hommage me serait cher, répond-elle
avec modestie, mais il n'est pas assez mérité : c'est
pour la foi que nous combattons, c'est pour ac-
croître son empire que vont s'élever ces remparts :
ils s'appelleront *la Foi sainte* ; ce nom garantit
leur durée.

Dès le lendemain, on est occupé de remplir les
vœux d'Isabelle. Elle-même choisit le terrain où,
sous ses yeux, on trace les murs. De nombreux

courriers volent en Castille, à Valence, en Andalousie : ils doivent envoyer des vivres, des ou-
vriers et des soldats. Le roi d'Aragon, partout
retranché, ne redoute plus de nouvelle attaque.
L'armée se prépare aux travaux ; et Lara jouit en
secret de voir qu'une longue entreprise donnera
le temps à Gonzalve d'arriver pour être vainqueur.

Ce héros commençait alors à reprendre la vie et
les forces. Son visage avait retrouvé les grâces de
la jeunesse ; et la pâleur qui lui restait devenait
un charme de plus pour celle qui n'en ignorait
pas la cause. Zuléma, toujours avec lui, osait souvent l'interroger sur sa naissance, sur sa patrie,
sur les exploits qu'il avait faits sans doute : le héros se taisait en baissant les yeux. La princesse
craignait d'insister : mais ce silence et le peu de
lumières que lui donnait le captif Pédro, venaient
mêler de quelque crainte le bonheur dont elle se
flattait.

Plusieurs jours s'étaient écoulés. Chaque matin
l'aimable Zuléma conduisait Gonzalve à l'ombrage
des myrtes et des orangers. Elle prêtait son bras
au héros dans sa marche encore chancelante ; elle
l'engageait à s'asseoir au bord d'un limpide ruisseau qui traversait la forêt : elle s'asseyait près de
lui. Là, tous les deux, enchantés du bonheur de
se voir ensemble, prolongeaient ces doux entre-

tiens, si chers, si précieux aux amans, où rien de
ce qui se dit n'est perdu pour l'un ou pour l'autre ; où, lorsqu'on s'interrompt soi-même, on n'en
est pas moins entendu ; où l'on affecte de parler
de tous les objets indifférens, sans cesser pourtant
de parler du seul objet qui intéresse. La beauté
du site, le calme de l'air, le parfum des fleurs
tombant en festons sur leurs têtes, le murmure de
l'onde rapide qui roule à leurs pieds sur un sable
d'or, le bourdonnement des abeilles voltigeant sur
les iris dont le rivage est semé, tout ajoutait de
nouveaux charmes à la douce langueur qui les eni-
vrait. Souvent des discours commencés étaient tout
à coup suivis d'un silence. Souvent leurs yeux,
baissés vers la terre, se rencontraient en se rele-
vant, et se détournaient aussitôt. Quelquefois une
larme, un soupir, échappés à Zuléma, faisaient
hasarder à Gonzalve une question qui restait sans
réponse ; et Gonzalve n'osait s'en plaindre que
par un nouveau soupir. Toujours Zuléma portait
son téorbe ; et lorsqu'elle craignait de trop entendre ce dont elle était assez sûre, elle proposait au
héros de lui chanter cette antique romance si connue chez les Grenadins :

LE ROCHER DES DEUX AMANS,

ROMANCE.

Le beau Fernand, prisonnier d'un roi maure,
Osait aimer la fille du vainqueur ;
La belle Elzire est celle qu'il adore ;
Elzire sent pour lui la même ardeur :
Filles de roi n'ont-elles pas un cœur ?

Tous deux long-temps ont gardé le silence ;
Mais en amour un regard est compris.
Ceux de Fernand promettaient la constance,
Et ceux d'Elzire en promettaient le prix.
Sans se rien dire, ils s'étaient tout appris.

Un jour, hélas ! ce couple trop sensible
S'était rendu sur d'arides coteaux,
Sous un rocher, près d'un abîme horrible,
Où deux torrens précipitent leurs eaux :
Pour des amans tous les déserts sont beaux.

Ils se juraient une amour éternelle,
Quand le roi maure, en secret informé,
Accourt suivi d'une troupe cruelle ;
Par ses soldats tout chemin est fermé :
Point de pardon, ce roi n'a point aimé.

Vers le sommet de la roche effrayante
Les deux amans ont déjà pris l'essor ;
Le roi les suit ; Elzire palpitante
Vole au torrent, se place sur le bord :
Cœur bien épris n'a jamais craint la mort.

Arrête, arrête, ou je suis ta victime,
Dit-elle au roi; si tu fais un seul pas,
Au même instant je tombe en cet abîme
Avec l'époux que je tiens dans mes bras;
Mourir ensemble est un si doux trépas!

Le roi se trouble, il s'arrête, il balance;
Mais un barbare, un soldat furieux,
Court vers Elzire... O ciel! elle s'élance:
L'onde engloutit ces amans malheureux.
Las! ils sont morts en s'embrassant tous deux [1].

Gonzalve écoutait en pleurant cette triste et
touchante histoire. Mille réflexions qu'elle faisait
naître oppressaient son sensible cœur. Cette diffé-
rence de culte qui causa les malheurs de Fernand
venait s'offrir à son esprit comme un obstacle insurmontable à son amour, à ses desseins. Enseveli
dans la rêverie, les yeux fixés sur la princesse, il
la contemplait; il ne parlait point; mais ses larmes,
mais ses regards se faisaient assez entendre. Zuléma, comme lui pensive, détournait doucement la
vue, et la reportait aussitôt sur lui. Elle avait cessé
de chanter, le héros l'écoutait toujours. Embar-

---

[1] L'aventure qui fait le sujet de cette romance est un
fait véritable, célèbre dans le pays. La roche d'où les deux
amans se précipitèrent s'appelle encore *la Peña de los en ena-
morados*, et se trouve en quittant Loxa, dans le voisinage
d'Archidona.

rassée et satisfaite de l'émotion qu'elle avait pro-
duite, elle cachait d'une de ses mains la rougeur
qui couvrait son visage; l'autre, errant sur le
téorbe, en tirait au hasard quelques sons. Ces
sons plaintifs venaient ajouter à la tendre mélan-
colie, à la douce ivresse qu'éprouvaient leurs sens :
rien alors ne pouvait égaler le charme, l'attrait,
les délices de ce mutuel silence, de ce recueille-
ment de l'âme, dont le calme laissait à tous deux
la liberté de se pénétrer, de jouir de leurs sentimens, de les communiquer sans les dire, de les
concentrer et de les répandre.

Ainsi se passaient les jours de Gonzalve et de
Zuléma dans une suite de plaisirs doux et de féli-
cités pures. Cependant ils se reprochaient de ne
pas s'être confié tous leurs secrets : Gonzalve
cachait qu'il était Gonzalve; Zuléma n'osait révéler un mystère non moins important : la crainte
qu'avait chacun d'eux de devenir pour l'autre un
objet de haine, retenait ces aveux pénibles. Mais
cette crainte était un supplice : le même jour, sans
en convenir ensemble, ils résolurent de tout
avouer.

Princesse, dit le héros, dès qu'il se vit seul avec
elle, je vais sans doute perdre aujourd'hui cette
amitié si douce, si chère, que votre cœur daigna
m'accorder. Il m'est plus affreux cependant de

vous tromper que de vous déplaire : apprenez enfin ce que j'ai tenté de vous découvrir mille fois. Je n'en eus jamais le courage; il est prêt encore à m'abandonner, lorsque je songe que dans un instant vous me haïrez peut-être , vous bannirez de votre présence celui qui ne peut vivre sans vous, celui qui, dès le premier jour où ses yeux vous ont aperçue, sentit s'allumer dans son âme...

Seigneur, interrompt Zuléma, qui redoute l'aveu d'un amour qu'elle veut sentir , mais non pas entendre, je vous dois l'honneur et la vie; j'aime à penser que Grenade vous devra bientôt son salut. Tant de titres vous ont assuré cette vive reconnaissance qui, prescrite par la vertu, devient inséparable d'elle. Mon père arrivera dans peu : mon père saura que sa fille fut sauvée par votre valeur. Son amitié, celle d'Almanzor , seront le prix d'un si grand bienfait. Ah! plût au ciel que de tendres liens vous unissent à jamais tous trois! C'est le désir le plus cher de mon âme, c'est le seul vœu qu'elle puisse avouer.

Mais il est temps de vous instruire d'un secret que mon père ignore , qu'Almanzor lui-même ne connut jamais. Je veux le confier à vous seul. Après m'avoir entendue, peut-être n'aurez-vous plus rien à m'apprendre.

A ces mots, Gonzalve interdit , la pâleur sur le

visage, ne doute point que la belle Maure n'ait
donné son cœur à quelque rival. Il tremble, il attend en silence qu'elle ait prononcé son arrêt; et
la princesse allait poursuivre, lorsqu'un esclave
accourt l'avertir que son père Mulei-Hassem arrive
avec deux guerriers.

Zuléma quitte Gonzalve et vole au devant de
son père. Le vieillard l'embrasse en versant des
pleurs. Enfin tu m'es rendue! s'écrie-t-il; enfin
je presse dans mes bras celle que j'ai tant pleurée!
J'allais mourir, ma Zuléma, si ton absence eût
duré plus long-temps. Ton esclave m'a joint à
Carthame. Instruit que l'impie Alamar t'avait fait
poursuivre par ses cavaliers, j'allais te chercher
chaque jour avec le brave Zéir, le chef des Abencerrages, le vaillant Omar que tu vois, et le généreux Vélid, qui dans peu doit se rendre ici. Ces
dignes amis, les seuls qui nous restent, ont parcouru, pour te délivrer, nos montagnes et nos
rivages. Ils m'ont suivi jusque dans ces lieux, où
je revois ma fille chérie, où je retrouve le bien qui
me console de tous mes malheurs.

Zuléma l'embrasse de nouveau, salue les deux
Abencerrages; et s'excusant auprès du vieillard de
sa fuite précipitée, elle lui raconte comment, les
satellites d'Alamar l'ayant enlevée dans leur navire, un guerrier, un prince africain, envoyé par

le ciel même, au milieu de la tempête, seul contre tant d'ennemis, l'avait arrachée à leurs fureurs.

Où est-il? s'écrie Mulei; où est celui qui sauva ma fille, celui par qui je respire? Conduis-moi, conduis-moi promptement vers lui : que je le voie, que je le presse sur mon sein !

En disant ces mots, le vieillard la quitte, et s'avance, hors de lui-même. La princesse contemple avec joie ce vif et tendre empressement. Elle se hâte d'appeler Gonzalve. Dès qu'il paraît, le bon Mulei se précipite dans ses bras : O mon jeune bienfaiteur, dit-il, en le baignant de larmes, vous m'avez rendu Zuléma, eh! que puis-je faire pour vous? Hélas! autrefois j'étais roi, je possédais une couronne qui peut-être m'aurait acquitté : je ne l'ai plus, je l'ai perdue; il ne me reste qu'un cœur sensible.

Le héros reçoit ses caresses avec une douceur modeste. Il rougit des éloges qu'il a mérités, prodigue des respects au père de celle qu'il aime; et regardant avec des yeux inquiets les jeunes Abencerrages, il semble déjà pressentir qu'il voit en eux ses rivaux. Omar et Zéir l'examinent; le récit de ce qu'il a fait remplit leur cœur d'une secrète envie. Son séjour près de Zuléma les trouble, les rend pensifs; mais leur générosité n'en donne pas moins au vaillant inconnu les justes louanges qui lui sont dues. Ces louanges, dans leur bouche, importunent le héros : Zuléma les écoute en baissant les yeux ; et sa rougeur, son embarras, confirment aux Abencerrages, de même qu'au jaloux Gonzalve, ce que leur cœur soupçonneux leur a déjà fait redouter.

Tandis que, tristes, inquiets, ils se livrent tous à de sombres pensées, la princesse, qui d'un coup d'œil à lu dans l'âme du héros, se hâte de conduire au palais Mulei et les Abencerrages : elle espère parler à Gonzalve, et faire cesser d'un seul mot le supplice qu'elle le voit souffrir. Mais le vieux Mulei ne le quitte point, et tient sans cesse sa main, qu'il serre contre sa poitrine. Il ignore les derniers exploits d'Almanzor ; il parle à l'inconnu des dangers de Grenade, de l'espoir qu'il a déjà dans sa valeur. Gonzalve, les yeux fixés sur Zuléma, sur les Abencerrages, répond à peine aux questions, aux empressemens du vieillard ; et les deux Maures, dans le silence, se regardent en soupirant.

Déjà la nuit a voilé la terre. Zuléma, son père, et leurs hôtes, assis sur des tapis de Perse, au bord d'un bassin d'une eau transparente qui rafraichit un salon de marbre, se font apporter des fruits, et prennent ensemble le dernier repas du jour. Tout à coup Vélid, le troisième frère de

Zéir et du brave Omar, arrive de Malaga; et paraissant au milieu d'eux :

Roi de Grenade, dit-il, j'apporte une effrayante nouvelle; je viens t'annoncer un ennemi plus redoutable qu'Alamar. Ta fille est sauvée, Mulei; mais la patrie est perdue : Gonzalve est revenu de Fez; Gonzalve est errant sur ces rivages.

Au nom de Gonzalve, la terreur se peint sur le visage de Mulei; Omar et Zéir se lèvent; la princesse, par un mouvement involontaire, se rapproche de son libérateur.

Écoute-moi, poursuit Vélid : un navire africain vient d'aborder au port. Il était à la poursuite de Gonzalve, qui s'est échappé pendant la nuit du piége que lui tendait Séid. Le chef de ce vaisseau nous apprend que la faible barque qui portait ce guerrier a sans doute abordé cette plage, puisque la suite du Castillan, qu'on a laissé sortir de Fez, l'attend vainement depuis plusieurs jours sur la rive d'Algézire. Mes frères, voici l'instant de venger et de sauver la patrie. Cherchons partout cet Espagnol si redouté; que chacun de nous l'appelle au combat, et que la lance d'un Abencerrage délivre Grenade de son fléau.

Il dit. Omar et Zéir applaudissent, Zuléma tremble, Gonzalve sourit.

Amis, interrompit Mulei, que cette importante

occasion éteigne à jamais vos discordes. Tous trois
vous brûlez dès long-temps pour ma chère Zuléma,
tous trois vous êtes dignes d'elle ; mais son cœur
jusqu'à présent n'a pas voulu m'indiquer son choix.
Que la gloire décide aujourd'hui ce que n'a pu dé-
cider l'amour. Allez, courez après Gonzalve, atta-
quez-le séparément, comme il convient à des Abencerrages, et que le vainqueur soit, de votre aveu,
l'heureux époux de Zuléma.

A ces mots , les trois guerriers tombent aux
pieds de Mulei, qui, se retournant vers sa fille ,
lui demande son consentement. Zuléma garde le
silence, jette un coup d'œil rapide à Gonzalve, dont
les regards sont baissés vers la terre : elle hésite ,
elle balance ; enfin d'une voix altérée et la rougeur sur le front :

Mon père, dit-elle, je dépends de vous; ma soumission à vos volontés sera toujours égale à ma
tendresse. J'estime et chéris les Abencerrages ;
leur fidélité pour mon père est un titre puissant
sur mon cœur; mais, en me souvenant sans cesse
de ce que vous leur devez , puis-je oublier ce que
je dois moi-même à ce généreux étranger? Il
m'aime, je ne crains pas de l'avouer : ses vertus
et sa valeur le rendent digne d'être le rival des nobles Abencerrages. Il prétend comme eux à ma
main ; comme eux, il peut vaincre Gonzalve ; et je

consens à devenir le prix de cette difficile entreprise, si mon père et ces trois guerriers veulent lui
permettre de la tenter.

Ainsi parle Zuléma, qui craint d'en avoir trop
dit. Le vieillard approuve sa fille; et Gonzalve,
muet, immobile, attend pour répondre que Zéir
ait parlé.

Votre reconnaissance est juste, reprend ce
chef des Abencerrages, et l'amour de ce brave inconnu ne doit pas plus nous offenser que nous surprendre. Nous l'acceptons pour compagnon; nous
le verrions même revenir vainqueur avec peine,
mais sans jalousie: ce sentiment, trop bas pour
nos âmes, ne souille point les cœurs où vous ré-
gnez. Mais Gonzalve depuis long-temps est notre
mortel ennemi; jamais il n'offensa ce guerrier. Le
combat avec un Espagnol doit nous appartenir
d'abord; et, comme chef de ma tribu, je demande
d'être le premier qui s'éprouve contre le Castillan.

Zéir, s'écrie alors Gonzalve avec un accent dont
il n'est pas maître, sois tranquille, je te promets
que tu combattras le premier : demain, à l'aurore
naissante, nous nous mettrons en chemin. Recevez
ici mon serment de vous faire trouver Gonzalve;
et, sans vous disputer les rangs, j'oserais même
vous répondre qu'il vous satisfera tous trois.

A ces paroles, prononcées avec des yeux étincelans, les orgueilleux Abencerrages témoignent
une vive surprise; mais le prudent Mulei rompt
cet entretien; il confirme sa promesse. Les quatre
guerriers se jurent qu'ils seront prêts à l'aube du
jour. Ils se préparent aussitôt, prennent congé de
la princesse; et, guidés par Mulei-Hassem, ils
vont se livrer au sommeil.

Le jaloux Gonzalve était loin d'en pouvoir goûter la douceur. L'amour des trois Abencerrages,
la crainte que l'un d'eux ne fût aimé, ce secret, ce
fatal secret que la princesse allait révéler lorque
Mulei est venu l'interrompre, toutes les terreurs
qu'invente l'amour, remplissent l'âme du héros.
Il s'agite, il se tourmente; il brûle de voir un instant, d'entretenir Zuléma, de lui dire le dernier
adieu, de retrouver auprès d'elle, ou de perdre
toute espérance. En proie à tant de transports, il
se lève, sort du palais, et gagne, au clair de la lune,
un épais bosquet de myrtes.

Zuléma, non moins agitée, tremblante de l'affreux péril où elle-même vient d'engager son libérateur, redoutant pour lui le bras de Gonzalve,
qu'elle regarde comme invincible, Zuléma veut
que des armes impénétrables secondent au moins
la valeur de celui qu'elle envoie au combat. Elle
court demander à son père une antique et superbe

armure que Mulei jadis avait enlevée au vaillant comte de Simancas, et qu'il avait appendue, comme un monument de sa gloire, dans la mosquée de Malaga. La princesse l'obtient aisément. Aussitôt partent quatre esclaves chargés d'y joindre le plus beau coursier de ceux qui, venus de l'Afrique, erraient, pendant le doux printemps, sur les délicieux rivages des mers. Tout doit être prêt pour l'aurore; mais peu rassurée par ces tendres soins, l'inquiète Zuléma cherche la solitude; et le hasard, ou plutôt l'amour, la guide vers le même bosquet où le héros avait porté ses pas.

Au détour d'une allée sombre, tous deux se rencontrent et jettent un cri : Quoi ! c'est vous ! lui dit l'amoureux Gonzalve, avec un accent troublé par la joie; il m'est donc permis de vous voir encore, de vous dire, hélas ! un éternel adieu, de vous jurer, pour la dernière fois, que votre image adorée ne sortira pas de mon cœur ; que, jusqu'à mon trépas, j'aurai pour unique pensée le souvenir si cher, si doux, des momens passés près de Zuléma...

Qu'entends-je ? interrompt la princesse, vous me parlez d'adieux éternels, vous pensez marcher à la mort en allant attaquer Gonzalve! Quoi ! le héros que j'ai vu seul, contre une foule d'ennemis, en faire un horrible carnage, celui que j'ai vu

triompher d'une multitude de barbares, se croit
déjà vaincu par cet Espagnol ! Ah ! je me reproche,
seigneur, de vous avoir exagéré sa gloire. Qu'au-
rais-je dit si je vous avais peint dans ce vaisseau
battu des vents, environné de la foudre, et mois-
sonnant de votre cimeterre ces redoutables Africains ? Jamais un si grand exploit n'illustra le fameux Gonzalve. S'il en eût été le témoin, c'est lui
qui pâlirait devant vous. Prince, vous combattrez
pour la même cause, et la récompense en sera plus
douce : songez que ma main vous attend ; songez
que le plus tendre hymen doit à jamais unir nos
destinées. Je ne m'en cache plus dans cet instant,
mes vœux seront pour vous seul. Vous emportez
avec vous mon cœur, mon espoir, ma félicité. Si la
victoire vous abandonne, Zuléma ne veut point vous
survivre ; ce sont mes jours que vous défendrez.
L'honneur me commandait peut-être de différer
cet aveu ; mais il s'agit de vaincre Gonzalve, et ma
haine pour ce Castillan, ma reconnaissance pour
vous, ne me permettent plus de rien déguiser. Allez attaquer ce guerrier que la seule opinion rend
invincible, allez délivrer ma patrie de son plus
cruel ennemi ; et songez que, si le triomphe appartient aux amans aimés, c'est vous seul qui devez
vaincre.

Elle se tait, et demeure surprise de voir le héros

l'écouter sans transport. Un silence mutuel les rend tous deux immobiles. Gonzalve, la tête baissée, en proie à la crainte, à la joie, n'ose risquer par un seul mot de voir évanouir son bonheur. Mais tromper celle qu'il adore, mais abuser plus long-temps celle qui règne sur son âme, est un tour-ment plus fort que sa crainte ; il tombe tout à coup aux pieds de Zuléma, tire son épée, et la lui présente.

Vous haïssez Gonzalve, dit-il, vous désirez qu'on termine sa vie : ah ! croyez-moi, ne confiez pas à d'autres mains ce que les vôtres peuvent faire. Percez vous-même le cœur de cet ennemi détesté : l'infortuné Gonzalve est à vos pieds. C'est lui qui sauva vos jours ; c'est lui qui, jusqu'ici fier d'un nom que la victoire a peut-être illustré, tremblait de le prononcer devant vous, et mille fois a désiré d'être le plus obscur des mortels, pour n'être pas l'objet de votre haine.

A ces mots, la princesse interdite croit être abu-sée par un songe. Gonzalve a cessé de parler ; elle ne peut lui répondre ; elle regarde, elle contemple à la clarté de la lune ce guerrier si grand, si fa-meux, qu'elle croit voir pour la première fois. Elle fixe ses yeux sur ce fer qu'il lui présente d'une main soumise, et s'étonne d'entendre le nom de Gon-zalve sans éprouver aucun effroi. Enfin, doutant

encore si c'est lui qui parle un si doux langage; elle
interroge le héros, qui se hâte de lui raconter comment il est sorti d'Afrique, comment le fidèle Pédro
crut nécessaire de cacher son nom. Voilà ce secret
important, ajoute-t-il d'une voix tremblante, que
j'allais vous apprendre aujourd'hui, lorsque votre
père est venu mettre à prix ma tête coupable. Épargnez à ces trois guerriers des efforts pour vous plus
faciles, vengez vous-même votre patrie, et punis-
sez un malheureux d'avoir osé vous adorer.

Gonzalve, répond la princesse après un triste et
long silence, mon cœur m'apprit toujours mes devoirs; il ne m'a pas encore égarée : c'est lui qui
sera mon seul guide dans le danger que court ma
vertu. Avant tout, je dois mériter votre noble confiance, je dois vous apprendre à mon tour ce que
j'allais vous découvrir lorsque mon père est arrivé.
Connaissez enfin Zuléma : je suis chrétienne, Gonzalve ; vous seul en êtes instruit. Élevée par ma
digne mère, mon esprit et mon âme ont adopté sa
foi. Je lui promis, à ses derniers momens, de mourir fidèle à son culte ; rien ne peut me faire violer
un engagement aussi saint. Vous me le rendez plus
cher encore ; vous me faites éprouver, pour la seconde fois de ma vie, combien il est doux d'adorer
le Dieu qu'adore l'objet qu'on aime. Gardez-vous
pourtant de penser que ma religion ou mon amour

me fassent oublier un moment et ma patrie et mon père ! Non, Gonzalve, jugez mieux de moi : je vous dois tout, et je vous aime ; ce sentiment ne s'éteindra point. Jamais un autre que vous ne deviendra l'époux de Zuléma : je le jure par le Dieu du ciel. Recevez aussi mon serment que ma main ne sera jamais à l'ennemi de Grenade. Je penserai sans cesse à vous, je vous regretterai sans cesse ; je braverai, je souffrirai tout, pour vous conserver ma foi ; mais, tant que durera cette fatale guerre, n'espérez pas obtenir de moi la moindre marque de souvenir. Allez, Gonzalve, allez remplir vos devoirs, comme je veux remplir les miens ; allez secourir vos frères : l'honneur vous l'ordonne ; jamais Zuléma ne vous fera balancer entre elle et l'honneur. Il est une seule grâce que j'exige, que je demande à votre amour, et qu'il ne peut me refuser sans crime : vous savez combien je respecte, combien je chéris Almanzor : mon frère est devenu le vôtre, évitez donc, évitez à jamais un combat impie qui me ferait expirer d'horreur, qui nous rendrait vous et moi des ennemis implacables... Nous ennemis !... Ah ! Gonzalve, un frissonnement mortel me saisit en prononçant ce mot. Adieu, adieu, mon libérateur, mon époux, mon unique ami ; employez auprès de vos rois le crédit que doivent donner tant de vertus, tant de services, pour faire renaître une paix dont je serai la récompense. Jusqu'à ce moment désiré, comptez sur moi, soyez fidèle, rappelez-vous quelquefois Zuléma... elle pleurera souvent loin de vous.

En disant ces paroles, elle fuit ; le héros, à genoux, l'arrête en lui jurant mille fois de vivre, de mourir pour elle, de regarder toujours Almanzor comme le frère le plus chéri. Zuléma reçoit ce serment, lui répète adieu d'une voix étouffée, lui jette le voile de pourpre qui retenait ses longs cheveux ; et, le cœur serré de tristesse, le visage baigné de larmes, elle va cacher ses douleurs.

Gonzalve, dont l'âme est partagée entre le chagrin de quitter ce qu'il aime et le bonheur de se voir aimé, Gonzalve presse sur son sein le voile qu'a porté son amante. Ce voile ne le quittera plus : il en fait sa brillante écharpe, il le couvre de mille baisers ; et se livrant au doux espoir que la paix peut se rétablir entre les deux nations rivales, il brûle déjà d'être au camp pour travailler à cet heureux projet, pour persuader Isabelle, pour protéger les prisonniers maures, et les renvoyer à Zuléma.

Tandis qu'il forme ces desseins, il voit l'orient se colorer, et songe aux Abencerrages. Il court éveiller le fidèle Pédro, lui dit de préparer son départ, et cache à ce vieux serviteur qu'il doit partir avec des ennemis.

Bientôt deux esclaves viennent mettre à ses pieds
le superbe présent de la princesse. L'armure d'un
acier brillant, impénétrable et flexible, défend son
corps tout entier. Le casque, ombragé de plumes
rouges, couvre sa tête charmante sans lui rien ôter
de sa grâce. Le bouclier rond et léger, armé d'une
pointe aiguë, porte pour emblème un phénix avec
ces mots : *Il n'a point d'égal.* Gonzalve suspend la
tranchante épée au voile de Zuléma, qu'une agrafe
d'or attache à son épaule, et qui repose ainsi sur
son cœur. Il saisit la pesante lance, et, conduit par
le bon vieillard, il vole au coursier qui l'attend.
L'animal, à son aspect, hennit en levant la tête ;
son ondoyante crinière descend jusqu'à ses genoux ;
son œil étincelant de feu semble considérer son
maître ; ses naseaux, d'où sort une épaisse fumée,
s'ouvrent, se ferment précipitamment.

Gonzalve s'élance sur lui, et le coursier indompté
craint de bondir sous Gonzalve. Il sent tout le poids
du héros, contient l'ardeur qui le transporte, et
mord son frein blanchi d'écume.

Zéir, Omar et Vélid, ne tardent pas à paraître
sur des chevaux andalous dont les longues housses
traînantes sont couvertes de pierreries. La devise
des Abencerrages se distingue sur leurs boucliers.
Un cimeterre tranchant, qu'attache à leur ceinture
une chaîne d'or, retombe sur les plis nombreux

de l'étoffe riche et brillante qui va se perdre dans
leurs brodequins. Un large turban défend leur tête,
et leur main droite tient une lance souvent teinte du
sang espagnol. Tous trois s'avancent vers Gonzalve,
paraissent surpris de le voir avec l'armure des
Chrétiens ; mais sans en demander la cause, ils
partent à l'instant même.

Pendant la route, les quatre guerriers gardent
long-temps le silence. Gênés par cet inconnu, qu'ils
croient préféré de Zuléma, les Abencerrages n'o-
sent s'entretenir du sentiment qui remplit leurs
âmes ; et Gonzalve, occupé de celle qu'il aime, oublie ses compagnons. Mais, après deux heures de
marche, ils arrivent dans un vaste bois, où le
chemin divisé présente différentes routes. Là, ils
s'arrêtent ; et Zéir prenant la parole :

Étranger, dit-il, tu nous a promis de nous faire
trouver Gonzalve, de nous mettre aux mains avec
lui : ta promesse sera-t-elle vaine ? Sais-tu la marche du Castillan ? Faut-il aller toujours ensemble ?
faut-il nous séparer ici ?

Il faut te préparer au combat, répond l'Espagnol d'une voix terrible. J'ai promis de te livrer
Gonzalve : j'acquitte ma parole ; il est devant toi.

A ces mots, les Abencerrages jettent un cri de
surprise. Oui, c'est moi, poursuit le héros, c'est
moi qui suis votre ennemi, qui suis de plus votre

rival. Je brûle pour Zuléma : nul de vous, nul
dans l'univers, ne peut espérer d'obtenir sa main
qu'après m'avoir arraché la vie. Vous-mêmes l'a-
vez mise à ce prix. Venez donc la mériter ; venez,
réunis ou divisés, vous éprouver contre ce Gonzalve que vous cherchiez avec tant d'impatience, que
vous trouvez pour votre malheur.

Chrétien, lui répond Zéir, je reconnais à ton
orgueil et le superbe Gonzalve et son arrogante
nation ; mais tu connais bien mal la nôtre, si tu
peux croire que trois Abencerrages se réuniront
contre un Castillan. Mon bras suffira peut-être
pour délivrer Zuléma de l'amour d'un infidèle,
fléau de son père et de son pays.

Aussitôt, baissant leurs lances, les deux guer-
riers fondent l'un sur l'autre. Le coup du vaillant
Zéir ébranle à peine le héros ; celui de Gonzalve
blesse le Maure, et le renverse sur la poussière.
Gonzalve s'arrête, et d'une voix tranquille : Brave
Omar, dit-il, je t'attends.

Omar furieux jette sa lance, tire son large cimeterre ; et, maniant avec adresse un coursier
plus léger que les vents, il vole, attaque l'Espagnol, tourne rapidement autour de lui, et fait tomber sur ses armes une grêle de coups redoublés.
Gonzalve surpris ne peut que parer. Sa longue lance devient inutile contre un ennemi qui le serre de

près. Il fait de vains efforts pour atteindre Omar ; Omar le frappe et l'évite. Indigné d'être long-temps à vaincre, le héros jette sa lance, court sur le Maure les bras ouverts, le saisit, l'enlève des arçons, se précipite à terre avec lui, le renverse, et pose son glaive au défaut de la cuirasse : ta vie est à moi, dit-il, mais je ne veux que la victoire. Je n'exige pas même de toi que tu cesses d'aimer Zuléma : va, je sais trop qu'un tel oubli serait plus affreux que la mort.

Comme il parlait, le jeune Vélid, qui vient de secourir Zéir, s'avance à pied vers Gonzalve, le cimeterre à la main. Gonzalve tire son épée. Tous deux, couverts de leurs boucliers, s'approchent, s'attaquent, se frappent, parent et redoublent leurs coups. L'adresse guide la force, la légèreté trompe la valeur. Le fer tranchant de Vélid menace toujours la tête de Gonzalve, la pointe du Castillan voltige sans cesse sur le sein de Vélid. Enfin le héros, du fort de son glaive, donne une violente atteinte au sabre de son ennemi, le fait voler de sa main, s'élance après, s'en empare, et le présentant à Vélid : Crois-moi, dit-il, ne me force pas à verser le sang d'un Abencerrage ; tu dois savoir que ce sang me fut toujours précieux. Allez, frères aimables et vaillans, retournez vers Mulei-Hassem ; dites-lui que je me reproche l'erreur où

je l'ai laissé, que mes intentions étaient pures, que
je vais auprès de mes rois solliciter une paix heureuse ; assurez-le que, dans ce Gonzalve qu'il regarde comme son ennemi, Mulei trouvera désormais le respect, la vive tendresse que tout cœur
sensible doit à ses vertus.

Après avoir dit ces paroles, le héros remonte sur
son coursier, salue les Abencerrages, et prend la
route du camp espagnol.

FIN DU LIVRE SIXIÈME.

LIVRE SEPTIÈME.

Sᴇɴᴛɪᴍᴇɴs qu'éprouve Gonzalve. Il continue sa route par
des chemins écartés. La nouvelle ville s'élève. Almanzor
blessé ne peut troubler les travaux. Lara veille pendant la
nuit sur le repos de l'armée. Rencontre qu'il fait d'Ismaël.
Lara le fait prisonnier. Son humanité pour son captif. Le
Numide lui raconte son histoire, les mœurs des Arabes pasteurs, ses amours et son hymen avec Zora, leur arrivée à
Grenade, leur séparation, la jalousie dont il est tourmenté.
Lara le conduit au camp. Il va demander sa liberté. Zora
vient défier Lara. Combat et mort des deux époux.

Quel mortel n'a pas éprouvé combien l'amour,
le brûlant amour donne de vertus aux âmes bien
nées ? Qui n'a pas senti son cœur s'ennoblir au premier instant qu'il aima ? L'homme insensible, dans
la triste paix d'une éternelle indifférence, peut couler des jours sans reproche, à l'abri des vices et
loin des méchans ; mais s'il rencontre l'objet en-
chanteur qui doit disposer de sa vie, s'il connaît
enfin cette flamme pure qui consume et fait exister,
dès ce jour il n'est plus le même : ses devoirs se
sont agrandis, son être s'est élevé, la perfection
qu'il voulait atteindre ne suffira plus à ses vœux.
Il se contentait d'imiter, il veut surpasser tout ce
qu'il admire. Ses efforts seront des plaisirs, ses

peines des motifs d'espoir. Les lois saintes de la
nature, l'amour sacré de la patrie, les soins tou-
chans de l'humanité, viendront l'occuper sans
cesse : plus il leur sera fidèle, plus il pourra se
flatter de plaire à celle dont il veut être estimé. Si
sa piété tendre et soumise s'immole aux auteurs de
sa vie, si son courage affronte la mort pour le salut
de ses frères, si le cri d'un infortuné le dépouille
de ses richesses, son amante doit le savoir : cette
seule idée lui rend tout facile. Une secrète voix
lui dit toujours : Elle te regarde, elle t'entend;
elle est le témoin invisible de tes actions, de tes
pensées. Aussitôt s'enfuit de son cœur tout sentiment qui pourrait le corrompre; aussitôt toutes les
vertus s'y rassemblent autour de l'image qui le
remplit et le purifie.

Gonzalve, en quittant la princesse, a senti redoubler son ardeur pour la gloire; mais celle des
combats ne lui suffit plus. Depuis qu'il est sûr d'ê-
tre aimé, son cœur, devenu plus aimant, éprouve
le besoin nouveau de cette gloire douce, paisible,
dont on peut jouir sans la renommée, que ne donnent pas toujours les exploits, que donnent toujours les bonnes actions. Forcé de vivre loin de Zuléma, il ne peut tromper les douleurs de l'absence
qu'en l'employant à devenir le plus généreux, le
plus grand des hommes. Depuis qu'il a voué son

bras, ses jours, sa valeur, tout son être, à l'objet le plus vertueux dont l'univers soit embelli, c'est par des actes de vertu qu'il peut désormais compter ses instans. L'amant chéri de Zuléma doit être au-dessus de tous les mortels ; il faut qu'il devienne plus qu'un héros pour se trouver égal à son sort.

Occupé de ces nobles idées, Gonzalve, avec le bon Pédro, prend le chemin de Grenade à travers les montagnes des Alpuxares. Sa route est longue et pénible ; il marche au milieu de ses ennemis. Le sage Pédro l'oblige souvent à choisir des sentiers déserts ; plus souvent l'impétueux Gonzalve s'expose et brave les périls. Dans ces régions à demi sauvages, l'aspect d'un vieillard délaissé, d'un malheureux qu'il veut secourir, d'un opprimé qu'il peut défendre, arrêtent les pas du héros. Il répand sur les indigens l'or dont la princesse a chargé le captif ; il combat, triomphe, pour venger les faibles, suspend sa course par ses bienfaits, et s'excuse auprès du vieillard, qui lui fait de tendres reproches en pleurant d'admiration.

Tandis qu'ils s'avancent tous deux dans les montagnes d'Alhama, l'époux d'Isabelle a tout préparé pour accomplir les desseins de la reine. Déjà, dans les forêts voisines, les pins, les ormes touffus, l'antique érable, le chêne superbe, ont tombé de toutes parts sous le fer des Castilians. Des taureaux

soumis au joug transportent ces bois au milieu de
l'enceinte ; d'autres y traînent des rochers brisés.
La chaux bouillonne dans des lacs couverts d'une
épaisse fumée ; et mille mains, formant une chaîne,
dépouillent le Darro de son sable d'or.

En même temps l'on voit arriver de Valence et
d'Andalousie des vivres , des armes , des troupes.
L'abondance est rendue aux soldats , les trésors
d'Isabelle leur sont prodigués. La moitié de l'armée , toujours en bataille , protége les travaux de
l'autre moitié. La reine elle-même préside aux ouvrages , excite , anime ses guerriers , leur annonce
une victoire sûre , et persuade au dernier d'entre
eux que c'est de son courage qu'elle l'attend.

Ses vaillans chefs secondent son zèle. Lara surtout , le brave Lara ne quitte pas un moment les
armes. Le jour , à la tête des Castillans , il range
dans la plaine leurs bataillons , et s'étonne que les
Grenadins demeurent oisifs sous leurs tentes : il
ignore qu'Almanzor blessé ne peut les mener au
combat ; que sous un autre général les Maures craignent une défaite. La nuit, suivi de cavaliers, Lara
se promène autour de l'enceinte, veille sur le repos
de l'armée , et , sans cesse occupé de Gonzalve , il
tourne souvent ses pas vers la mer.

Dans une de ces courses nocturnes , accompagné
de cent cavaliers, Lara , qui songe à son ami , s'é-

loigne des retranchemens, et laisse flotter au hasard les rênes de son coursier. Il marche au milieu du silence : la lune, du haut de son char, répand sa lumière argentée ; l'oiseau de la nuit trouble seul les airs par un cri lent que l'écho prolonge ; tout repose, tout est tranquille dans la solitaire campagne, où brillent au loin quelques feux errans.

Tout à coup le héros surpris entend les accens d'une douce voix ; elle chantait en arabe ces paroles :

Je vais revoir la beauté que j'adore,
Un plaisir pur doit seul remplir mon cœur ;
Et malgré moi ce cœur murmure encore ;
Dans son ivresse il connaît la fureur.
   Transports jaloux, crainte cruelle,
   Pourquoi troubler mes tendres feux ?
   Ah ! Zora, que n'es-tu moins belle !
   Sans cesser d'être aussi fidèle,
   Ton amant serait plus heureux.

Dans nos forêts la charmante gazelle
A tout mortel se cache avec effroi :
Imite-la, fuis les regards comme elle ;
Elle est sensible et douce comme toi.
   Transports jaloux, crainte cruelle,
   Pourquoi troubler mes tendres feux ?
   Ah ! Zora, que n'es-tu moins belle !
   Sans cesser d'être aussi fidèle,
   Ton amant serait plus heureux.

O vain espoir de mon âme éperdue !
Peux-tu cacher tes attraits enchanteurs ?

Le beau palmier qui monte dans la nue
N'échappe point aux yeux des voyageurs.
    Transports jaloux, crainte cruelle,
    Pourquoi troubler mes tendres feux ?
    Ah ! Zora, que n'es-tu moins belle !
    Sans cesser d'être aussi fidèle,
    Ton amant serait plus heureux.

Lara surpris regarde, examine, et découvre, aux rayons de la lune, un jeune guerrier à cheval. Sa tête est ceinte d'un turban noir ; une courte tunique blanche le couvre à peine ; une brillante chaîne d'argent traverse cette tunique, et porte un large cimeterre. Ses jambes, ses bras, sont nus, ornés de bracelets d'or. Sa main gauche soutient un bouclier, sa droite trois javelots. Son coursier, blanc comme la neige, n'a ni harnais, ni housse, ni frein : libre et rapide comme l'air, il n'en obéit pas moins à son maître, ne laisse point de traces sur le sable, et modère ou précipite ses pas au son de la voix de son conducteur.

A cette vue, Lara reconnaît un de ces fameux Bérébères venus des déserts de l'Afrique au secours de Boabdil. Il ordonnne à douze de ses cavaliers d'aller s'emparer de cet ennemi, tandis que sa troupe étendue en cercle lui coupe partout le chemin.

Le Numide entouré s'arrête, attend de pied

ferme les douze Espagnols. Dès qu'ils arrivent à
sa portée, il lance en un instant ses trois javelots.
Chacun atteint et renverse un cavalier sur la poussière. L'Africain part comme l'éclair, fuit et sépare
ainsi ceux qui le poursuivent : mais, ne pouvant
trouver d'issue, il revient au premier lieu du
combat, se baisse jusqu'à terre sans ralentir sa
course, reprend un des trois dards, resté dans le
sein d'un Espagnol, et, le lançant de nouveau,
immole encore une victime.

Lara s'avance seul alors. Il arrête ses cavaliers
prêts à se jeter sur le Maure, il leur défend de quitter leurs rangs ; et s'adressant à l'Africain :

Brave étranger, lui crie-t-il, c'en est assez,
rends-moi tes armes ; ne tente plus une inutile
résistance : je peux à peine contenir mes soldats,
laisse-moi le plaisir de sauver ta vie.

Je suis trop malheureux pour l'aimer, répond
le Numide d'une voix fière ; et s'il faut devenir
captif, j'aime mieux périr de ta main.

A ces mots, il tire son cimeterre et se précipite
sur le héros. Lara jette aussitôt sa lance, s'arme
de son glaive et marche vers lui.

Ils s'approchent, se joignent, se frappent. Mille
coups portés et parés les laissent tous deux sans
blessure. Le Maure n'a point de cuirasse ; mais
son bouclier rencontre toujours la tranchante épée

du Castillan. Son léger coursier, qui semble attentif à tous les mouvemens de Lara, se détourne,
bondit, s'élance, prévoit les coups qui menacent
son maître, et le dérobe cent fois à la mort. Mais
les forces des deux guerriers sont inégales : bientôt le glaive de l'Espagnol coupe en deux le bouclier du Maure, l'atteint au-dessus de l'épaule, le
renverse baigné dans son sang. Le coursier numide
hennit de douleur ; il tente encore de défendre celui qu'il n'a pu faire triompher. Il l'environne, le
couvre de son corps, élève dans l'air ses pieds me-
naçans, qu'il présente toujours au vainqueur : mais
voyant accourir les Castillans, il fuit, s'échappe à
travers la plaine, et disparait à tous les yeux.

Lara s'approche de son prisonnier, lui tend la
main, le relève, visite sa blessure, qu'il trouve peu
profonde ; il lui fait donner un de ses coursiers, lui
prodigue tous les respects dus à la valeur malheureuse, et marche avec lui vers les retranchemens.

Le Maure le suit, la tête baissée, sans lui dire
une parole, sans proférer une plainte. De grosses
larmes tombent de ses yeux, de profonds soupirs
s'échappent de son sein. Lara, qui l'observe, pénètre aisément qu'il est oppressé d'un violent chagrin ;
il craint d'irriter ses ennuis par des questions indis-
crètes ; mais il ne peut résister à cette tendre émo-

tion qu'éprouve toujours son âme à la vue d'un infortuné.

Vaillant Numide, lui dit-il, le hasard et les ténèbres m'ont sans doute favorisé ; ma victoire est bien au-dessous des exploits que je vous ai vu faire. Pardonnez au sort des armes, que je ne voulais pas tenter ; supportez avec constance un malheur commun à tous les guerriers. Vos pleurs me reprochent trop douloureusement la faveur que me fit la fortune. J'espère, et je crains cependant, de n'être pas la seule cause de ces pleurs. Seriez-vous séparé d'un ami ? Ah ! personne mieux que moi ne saurait vous plaindre ; personne n'aurait plus de droits à prétendre adoucir vos chagrins. S'ils peuvent être confiés, je suis digne de les connaître. Vous n'êtes point au pouvoir d'un barbare ; demain, à l'aube du jour, Lara vous rendra la liberté, si Ferdinand veut le permettre.

A ce grand nom de Lara, le Numide relève la tête : Quoi ! s'écrie-t-il avec une surprise mêlée de quelque joie, je suis prisonnier de Lara ! C'est ce héros si fameux que nos Maures estiment autant qu'ils le craignent ; c'est lui qui me rend aujourd'hui le plus malheureux des mortels ! Ah ! si vous saviez, seigneur, ce que me coûte votre victoire, vous regretteriez de m'avoir vaincu.

Alors le vertueux Lara le presse de lui raconter

ses peines. Le tendre intérêt qu'il lui fait paraître,
la douce sensibilité qui règne dans ses discours,
l'attrait mutuel que deux belles âmes éprouvent à
la première rencontre, déterminent le jeune Africain. Il espère que son récit hâtera l'instant de sa
liberté; il veut du moins, par sa confiance, plaire
à son généreux vainqueur. Tous deux s'avancent
au-devant de la troupe; et le Numide commence
en ces termes :

Heureux le mortel obscur qui, sans rang, sans
biens, sans naissance, ne connaît d'autres devoirs
que ceux de la simple nature, d'autres plaisirs que
d'aimer, d'autre gloire que d'être chéri ! insensible
à ce vain orgueil, dont nous avons fait notre premier besoin, il ne quitte point sa patrie pour aller
chercher dans d'autres climats des périls ou des
tourmens qui n'étaient pas destinés pour lui. Il
ne vit point éloigné du doux objet de sa tendresse,
et n'ajoute pas aux peines inséparables de l'amour
la peine plus cruelle de l'absence, que la nature
lui avait épargnée. Tranquille, il coule ses jours
aux lieux où ses jours commencèrent. L'arbre sous
lequel il jouait enfant, il s'y repose avec son épouse,
il y dormira vieillard. La chaumière qui l'a vu naître voit naître ses fils et ses filles. Rien ne change
pour lui, rien ne changera. Le même soleil l'éclai-
re, les mêmes fruits le nourrissent, la même ver-

dure réjouit ses yeux ; et la même compagne, toujours plus aimée, le fait jouir doublement des bienfaits de la nature, des délices de l'amour, du charme de l'égalité.

Tel devait être mon sort, tel il était avant la guerre de Grenade.

Je suis né parmi ces peuples pasteurs qui, sans villes, sans demeures fixes, habitent sous des tentes avec leurs troupeaux, transportent leur camp de pâturage en pâturage, et vont errant dans les déserts depuis le pied de l'Atlas jusqu'aux frontières de l'antique Égypte. Ces peuples descendent des premiers Arabes, qui, sortis de l'heureux Hyémen, sous la conduite d'Yafrik, vinrent soumettre ces vastes contrées, et leur donnèrent le nom de leur chef [1]. Les vaincus furent relégués dans les villes. Les vainqueurs, qui, de tous les temps, ne respectaient, ne chérissaient que la vie pastorale, gardèrent pour eux les campagnes, et répandirent leurs tribus éparses dans l'immense pays des palmiers [2].

Là, nous avons conservé les mœurs, les coutumes de nos ancêtres. Là, chaque tribu séparée enferme ses troupeaux, ses richesses, dans un cer-

[1] Voyez le Précis historique, première époque.
[2] *Biledulgerid* signifie *Pays des palmiers*.

cle entouré de tentes filées du poil des chameaux.
Libres, mais soumis à un cheik, le camp forme
une république qui se fixe ou se déplace, décide
la guerre ou la paix, d'après l'avis des chefs de
famille. Notre cheik nous rend la justice ; et le
code de toutes nos lois se réduit à cette simple
maxime : *Sois heureux sans nuire à personne.*

Nos biens consistent en chameaux, dont l'infatigable vitesse peut nous transporter en un jour
à deux cents milles de nos ennemis ; en coursiers
inestimables pour leur courage, leur intelligence,
leur attachement à leur maître, dont ils deviennent les plus chers compagnons ; en brebis, dont
la fine laine est notre seul vêtement, et dont le
lait délicieux est notre unique boisson. Contens
de ces présens du ciel, nous dédaignons l'or et
l'argent, que nos montagnes nous prodigueraient
si nos mains, aussi avides que celles des Euro-
péens, s'abaissaient à fouiller nos mines. Mais les
verdoyans pâturages, les plaines d'orge et de riz,
nous paraissent bien préférables à ces dangereux
métaux, source des malheurs du monde, et que
vous-mêmes, dit-on, sans doute pour vous avertir
des crimes qu'ils doivent causer, ne faites arracher
de la terre que par les bras de vos criminels.

La paix, l'amitié, la concorde, règnent au sein
de chaque famille. Fidèles à la religion que nos

pères nous ont transmise, nous adorons un seul Dieu, nous honorons son prophète. Sans fatiguer nos faibles esprits à commenter son livre divin, sans nous piquer du coupable orgueil d'interpréter ses maximes saintes, nous sommes toujours sûrs de les suivre en exerçant les devoirs de l'homme, en pratiquant les douces vertus que la nature grava dans nos âmes avant qu'elles fussent prescrites dans le sublime Koran. Nous pensons qu'une bonne action vaut mieux que toutes les prières ; que la justice et l'aumône sont plus sacrées que le Rhamadan ; et contraints, dans nos déserts de sable, de manquer à quelques ablutions, nous tâchons de les remplacer par la charité, par la bienfaisance, surtout par l'hospitalité. Fidèles, depuis quarante siècles à ce devoir facile à nos cœurs, nous le révérons comme le premier, nous le chérissons comme le plus doux. Tout étranger, fût-il ennemi, qui touche le seuil de nos tentes, devient pour nous un objet sacré. Sa vie, ses biens, son repos, nous semblent un dépôt précieux que l'Éternel nous confie ; nous lui demandons chaque jour de nous accorder cet honneur ; nos chefs de famille se le disputent. Jamais aucun d'eux ne prend son repas dans sa tente ; sa table est toujours à l'entrée : des siéges y sont préparés ; et le maître n'ose prendre place qu'après avoir crié trois fois :

Au nom du Dieu père des humains, s'il est ici un
voyageur, un indigent, un malheureux, qu'il
vienne partager mon pain, qu'il vienne me conter
ses peines.

C'est parmi ces hommes si simples, dont les
mœurs sont toujours les mêmes depuis la naissance du fils d'Agar ; c'est au milieu du désert de
Zab, que je vins au monde pour aimer Zora, Zora,
la plus chaste, la plus belle des filles de ma tribu ;
Zora, qui, dès son enfance, léguée à mon père par
son meilleur ami, fut élevée avec moi, ne me quitta pas d'un instant, m'aima presque aussitôt que
je l'aimai, et ne pourrait me rappeler l'époque où
commença cet amour si tendre. Mon père, cheik
de ma tribu, vit naître, encouragea nos jeunes feux ;
il nous pressait souvent sur son sein, nous appelait
ses deux enfans, nous partageait ses douces carès-
ses. Avant de savoir ce que c'était qu'un époux,
Zora me donnait ce nom ; je la nommais aussi
mon épouse ; et mon père, en joignant nos mains,
me disait : Ismaël, mon fils, aime toujours, aime
toute ta vie la fille de mon ami. Croissez ensemble
en vous chérissant, comme les deux palmiers qui,
près l'un de l'autre, s'élèvent devant ma tente.
Vous consolerez ma vieillesse, vous soutiendrez
mes pas chancelans dans la descente rapide qui
déjà m'entraîne au tombeau : l'hymen dans peu

vous unira ; et vous direz un jour à vos enfans ce
que j'ai tant de plaisir à vous répéter aujourd'hui.

Avant d'avoir atteint ma douzième année, mon
père m'avait enseigné à manier le javelot, à m'é-
lancer sur un coursier sans frein, à le faire voler
sur le sable. Zora, pour ne pas me quitter, avait
appris les mêmes exercices, avait cru les aimer
parce qu'elle m'aimait. Vêtue d'une tunique ser-
rée par des agrafes d'or, l'arc à la main, le car-
quois sur l'épaule, elle accompagnait tous mes pas.
Tantôt nous quittions nos troupeaux pour suivre
la rapide autruche, ou le dangereux chacal, ou la
civette parfumée. Zora les perçait de ses traits,
et je célébrais ses victoires. Tantôt, montés sur
de légers coursiers, armés de plusieurs javelots,
à la tête d'un escadron de jeunes guerriers de notre
âge, nous allions chercher dans son repaire le redoutable lion. Nous le forcions à coups de dards de
sortir en rase campagne : alors nos clairons, nos
trompettes, faisaient retentir les échos. L'animal
furieux, rugissant, troublé par ce bruit belliqueux,
s'élançait au hasard sur les coursiers, attaquait,
renversait les chasseurs : mais je veillais sur Zora ;
toujours entre elle et le lion, j'aurais été déchiré
avant que Zora fût blessée ; j'aurais mille fois perdu la vie avant que la sienne fût en danger. Bientôt percé de toutes parts, le monstre expirait bai-

gné dans son sang, et le javelot de Zora portait
sa dépouille sanglante.

Oh ! combien il m'est triste et doux de me rappeler ces temps trop heureux ! combien j'éprouve
de plaisir à vous raconter longuement les mœurs
de ma chère patrie ! La mémoire des biens qu'on
n'a plus est un dernier bien pour les malheureux.
Tous les matins, au lever de l'aurore, Zora, mes
frères, mes sœurs, nous nous rendions devant la
tente de l'auteur chéri de nos jours : là, nous at-
tendions en silence l'instant souhaité de son ré-
veil. De même qu'aucun de nous n'avait voulu se
livrer au repos avant d'avoir reçu sa bénédiction,
de même il la désirait encore pour recommencer
le travail. Pressés à genoux autour du vieillard,
nous l'écoutions faire la prière, invoquer pour
nous le maître du ciel; ensuite nous le serrions
entre nos bras caressans. Souvent il daignait venir
avec nous conduire aux frais pâturages les chameaux, les moutons bêlans, les coursiers bondis-
sant parmi les cavales, les tendres agneaux qui
cherchent leurs mères. La campagne retentit de
leurs cris, des flûtes des jeunes pasteurs, des chants
des amans heureux ; tandis que nos femmes, res-
tées aux tentes, se livrent aux soins confiés à leur
sexe, filent la laine de nos brebis, préparent notre nourriture, remettent l'ordre dans nos retrai-

tes, élèvent, instruisent nos enfans à bénir, à respecter leur père comme l'image auguste de Dieu : et quand nous rentrons à la fin du jour, leurs embrassemens nous délassent, leurs caresses si désirées nous semblent plus douces encore par la courte absence qui les fit attendre. Notre amour toujours aussi vif, quoique toujours satisfait, se hâte de s'exprimer par mille nouveaux témoignages : le jeune époux, le jeune amant, rend compte à celle qu'il aime de ce qu'il a fait pendant la journée, lui dit la tendre chanson où ses appas sont célébrés. On prend ensemble le repas du soir : le riz cuit à la fumée, le chevreau sur les charbons ardens, les dattes fraîches, voilà nos mets ; ils suffisent à notre santé toujours robuste, à nos désirs toujours modérés. Après ce repas frugal, les vieillards, assis au milieu du cercle, racontent les histoires des temps passés, les exploits du brave Kaled, les traits de bonté du sage Almamon, ou les malheurs de deux amans que la fortune voulut éprouver. On verse des pleurs sur leur sort ; on se félicite d'un doux regard, de ne pas souffrir les mêmes traverses. Une prière commune annonce l'heure du repos ; on remercie le ciel du jour heureux qui vient de finir, et l'on va goûter un sommeil tranquille, qui sera suivi d'un aussi beau jour.

Mon hymen avec Zora vint mettre le comble à tant de félicité. Zora, portée sur un chameau, dans une pyramide de gaze, fut promenée par tout le camp au son des flûtes et des timbales. A travers le voile qui la cachait, on distinguait la belle Zora, vêtue d'une tunique blanche, les oreilles, les jambes, les bras, chargés d'anneaux et de bracelets d'or. On la conduisit à ma tente, dont elle franchit le seuil sans le toucher de ses pieds légers. Mon père la remit dans mes bras ; et nos frères, nos sœurs, nos amis, restés devant mon pavillon, célébrèrent jusqu'au jour naissant l'amour de l'époux fortuné, la vertu de la timide vierge.

Hélas ! les sons de la trompette succédèrent à des chants si doux. Mon hymen à peine achevé, des ambassadeurs du roi Boabdil vinrent nous demander, au nom du prophète, de prendre les armes pour la cause de Dieu.

Enfans d'Agar, nous dirent-ils, vos frères de Grenade vous implorent. Cette superbe capitale, cet unique reste de vos conquêtes, va tomber au pouvoir des Chrétiens. Des extrémités des Espagnes, les ennemis de notre foi se sont réunis sous nos murs. Maîtres de notre cité, ils passeront en Afrique, ils viendront brûler vos villes puissantes, réduire en cendres vos mosquées, massacrer vos prêtres, outrager vos femmes ; et, pénétrant jusqu'en vos déserts, ils porteront le fer et le feu au milieu de vos camps paisibles. Vous tenterez de les repousser, mais leurs victoires les auront rendus invincibles ; vous invoquerez l'Éternel, mais l'Éternel vous punira d'avoir abandonné vos frères, d'avoir oublié si long-temps qu'il ne vous a mis sur la terre que pour prodiguer votre sang à la défense de sa loi.

Ces paroles enflamment notre jeunesse et persuadent nos vieillards. Mon père, d'après leurs avis, décide que l'élite de nos guerriers doit marcher au secours de Grenade. Aussitôt le cri de guerre se fait entendre dans le camp : Aux armes, Musulmans ! aux armes ! A cheval, enfans des déserts ! Que le zèle de Dieu vous guide ! que la victoire suive vos lances !

A ce cri, dix mille guerriers sont déjà sur leurs coursiers rapides. Mon père en choisit six mille, et m'en donne le commandement.

Zora, tremblante, éperdue, vient se jeter à ses pieds ; Zora le presse, le supplie de permettre qu'elle m'accompagne. Exercée au métier des armes, elle était digne de nous suivre : elle l'était de nous commander. Mon père hésite cependant : mais les cris de mes compagnons, les pleurs qu'il voit sur mon visage, les prières de toute l'armée,

décident enfin sa tendresse ; Zora doit partir avec
moi.

Je ne vous redis point, seigneur, les tristes
adieux faits à mon père ; je ne vous peindrai point
sa douleur à cette cruelle séparation. Mes larmes
coulent à ce souvenir : je vois encore ce vieillard
vénérable me quittant pour serrer Zora contre
son sein, la laissant pour me reprendre, nous re-
commandant à tous deux de nous montrer dignes
de lui, dignes de notre patrie, mais de ne point
trop rechercher des périls au-dessus de nos forces.
Zora ne pourrait te suivre, me disait-il en pleurant; et pourtant Zora te suivrait : tu serais cause
de sa perte, tu ne lui survivrais pas; et ton impru-
dence mettrait au tombeau ton épouse avec ton
père. Ménage tes jours, mon cher Ismaël; songe
que mes yeux paternels te suivront dans les batailles; que mon âme sans cesse avec toi ne te quittera pas un instant; que la lance qui menacera
ton cœur doit du même coup percer le mien.

Tandis qu'il disait ces paroles, et que mes guerriers à cheval n'attendaient que moi pour partir,
un noir corbeau, posé sur un palmier remplissait
l'air de ses cris funèbres. Mon père le remarqua ;
mon père voulut suspendre le départ. Mais, peu
touché de ces vains présages, trop respectés de notre nation, je repoussais ses tendres terreurs, je le

suppliai de cacher sa sensibilité crédule; et, l'embrassant pour la dernière fois, je m'élançai sur
mon coursier, suivi de la belle Zora.

Nous arrivâmes en peu de temps à la ville de la
Victoire¹, où des vaisseaux de Boabdil reçurent
mes six mille guerriers. Notre traversée fut heureuse. Débarqués au port d'Almérie, nous nous
rendîmes dans la cité superbe que nous venions
secourir. Boabdil nous prodigua les caresses, dis-
tribua nos Bérébères chez les plus riches citoyens,
et voulut que son palais même fût l'asile de mon
épouse.

Mais le séjour de Grenade dans peu me devint
odieux. Le spectacle d'un despote féroce environné
d'une cour corompue, le mépris public des mœurs,
de ces mœurs si révérées, si saintes chez notre
nation, révoltaient les yeux de Zora. Son âme timide et chaste, accoutumée à ne voir autour d'elle
que l'innocence, la douce paix, s'effrayait à l'aspect du vice, comme la gazelle devant le serpent.
Elle voulait retourner en Afrique; elle me demandait chaque jour de l'arracher de cette cour impie,
de l'éloigner au moins de ce roi qui ne connaît
plus ni frein, ni remords. L'occasion s'en offrit
bientôt.

¹ *Cairoan*, port de l'Afrique, dont le nom signifie *Cité des
Vainqueurs.*

Almanzor, notre général, le seul digne de mon estime, fut averti que vos Castillans méditaient d'attaquer Carthame, ville où s'est refugiée une célèbre tribu. Carthame, quoique impénétrable, avait besoin de secours. Les Abencerrages qui la défendent, irrités dès long-temps contre les Grenadins, ne voulaient recevoir dans leurs murs que des troupes étrangères : le brave Almanzor vint me demander de faire partir mon épouse avec mille de mes Bérébères. Cette séparation me fit frémir. Je ne pouvais abandonner le reste de mes cavaliers ; je ne pouvais vivre éloigné de Zora : mais le désir qu'elle témoignait de fuir Boabdil et sa cour, l'éloge que faisait Almanzor des vertus des Abencerrages, la fidélité de mes compagnons, qui tous seraient morts pour Zora, me déterminèrent enfin. Je conduisis mon épouse à Carthame. Osman, le perfide Osman, gouverneur de cette cité, lui prodigua les respects, m'invita moi-même à venir souvent revoir l'objet de mes amours. J'étais tranquille, j'avais rejoint Almanzor ; et presque toutes les nuits, m'échappant seul de Grenade sur mon infatigable coursier, j'allais passer quelques instans près de mon épouse chérie, lui rendre compte de mes pensées, entendre et répéter nos sermens.

Ces fréquentes entrevues adoucissaient les peines de l'absence, calmaient le douloureux tourment

d'exister ailleurs qu'auprès de Zora. Un tourment
plus affreux encore est venu se joindre à mes
maux. J'ai su, depuis ce jour seulement, que le
gouverneur de Carthame, qu'un de ces Abencerrages qu'Almanzor m'avait peints comme des héros, qu'Osman enfin, le coupable Osman, osait
brûler pour mon épouse, et lui avait déclaré ses
feux.

Non, seigneur, vous ne savez pas, vous ne pouvez pas concevoir le funeste, le terrible empire
que la jalousie exerce sur nous. Cette passion redoutable est la plus vive, la plus violente, que l'on
connaisse dans nos brûlans climats. Nul crime,
nul forfait n'égale à nos yeux celui de porter un
regard sur nos épouses, sur nos amantes ; nulle
vengeance n'est interdite pour punir cet horrible
affront. Prodigues de tous nos biens, doux, paisibles, hospitaliers, nous devenons plus barbares,
plus féroces, plus sanguinaires, que les lions de
nos déserts, aussitôt qu'on veut nous ravir l'objet
de notre tendresse.

A peine instruit du crime d'Osman, j'ai résolu
de voler à Carthame pour rester auprès de Zora,
pour chercher, pour faire naître l'occasion, l'heureuse occasion d'enfoncer mille fois ce glaive dans
le cœur de l'insolent Osman.

J'étais en marche. Hélas ! je pensais que notre

dernière victoire, l'incendie de votre camp, assu-
raient plus que jamais ma route. L'idée de revoir
Zora, de la rejoindre pour ne la plus quitter, l'espoir de me venger d'un traître, remplissaient mon
âme de joie, quand vos guerriers, paraissant tout
à coup, m'ont investi de toutes parts. Sans vous
je leur échappais peut-être; mais votre bras invincible a triomphé de mes efforts ; et vous me coû-
tez, par votre victoire, les plus chers momens de
ma vie.

Telle est la cause de mes pleurs. Zora m'attend,
et je suis captif; Osman est auprès de Zora, je suis
dans les chaines des Espagnols : êtes-vous surpris
de mes larmes ?

Essuyez-les, lui répond Lara, je réparerai les
maux que j'ai faits. Je cours demander à mon roi
de vous rendre une liberté dont seul je ne suis pas
le maître. Mon propre coursier vous conduira dans
Carthame ; vous reverrez Zora dès le point du
jour ; et si, pour prix de mon zèle, vous m'honorez
de quelque amitié, ce sentiment me sera plus cher
que tous les lauriers de la gloire.

En disant ces mots, ils arrivent aux retranchemens. Lara, reconnu par les gardes, y pénètre
avec son prisonnier. Il le conduit à sa retraite, le
confie à ses serviteurs, lui prodigue tous les se-

cours qu'il donnerait à son frère ; et, tandis que l'on s'empresse autour du Numide blessé, Lara va trouver Ferdinand pour lui rendre compte de sa course nocturne.

Le roi d'Aragon, son auguste épouse, étaient dans ce moment au conseil. Un étranger, un inconnu, protégé par la seule Isabelle, dont le génie avait démêlé dans cet homme obscur un grand homme, venait exposer aux deux rois ses magnifiques desseins. Cet inconnu, c'était Colomb : il proposait la découverte et la conquête d'un nouveau monde ; il ne demandait qu'un vaisseau. Tout le conseil hésitait à l'accorder ; Isabelle n'hésitait pas.

Dès que Lara paraît, il prend place. Les grands intérêts qu'on agite empêchent le héros de parler au roi. Le temps se prolonge, la nuit s'avance : l'impatient Ismaël brûle de voir Lara de retour.

Mais le coursier du Bérébère, qui s'est échappé du lieu du combat, a pris de lui-même la route qu'il a tant de fois parcourue. Emporté par la terreur, il court, il vole vers Carthame, où Zora, dans les alarmes, soupire, attend son époux. Elle voit s'écouler les heures ; elle en compte les tristes instans : elle se retrace les périls qui peuvent menacer celui qu'elle aime ; son imagination les augmente. Les idées les plus funestes viennent en foule l'assiéger. Un effroi mortel s'empare de son âme : un affreux pressentiment la fait pleurer et frémir. Ne pouvant plus supporter l'horrible tourment qu'elle éprouve, elle veut aller elle-même au devant de son cher Ismaël. Il lui semble qu'elle souffrira moins en cherchant l'objet que son cœur désire, qu'elle tremblera moins pour lui en s'exposant aux dangers qu'il court.

Pour tromper les gardes qui veillent aux portes, Zora prend un habit guerrier, semblable à celui des Abencerrages; elle traverse la ville à cheval, feint de porter un ordre d'Osman, se fait ouvrir, et marche vers Grenade, en demandant des yeux son époux à tout ce qu'elle aperçoit.

Bientôt elle entend un coursier : elle s'arrête attentive, prête l'oreille, ne respire plus. Le son retentit, le coursier approche, frappant également la terre, et faisant répéter à l'écho le bruit sourd et pressé de ses pieds. Immobile, palpitante, Zora découvre ce coursier : sa couleur blanche, sa longue crinière font trembler la tendre Zora. Elle vole, appelle Ismaël... A ce nom, à cette voix, le coursier relève la tête, hennit, s'avance vers Zora. Zora l'examine : c'est lui, c'est le coursier de son époux; il est seul, il est teint de sang; son maître a péri sans doute, son maître est tombé sous les coups de quelque barbare Espagnol.

Égarée par sa douleur, par sa crainte, par son amour, Zora s'élance sur le coursier sanglant, et s'abandonne à sa conduite. Elle accuse le ciel, l'implore, jure de venger Ismaël. L'intelligent coursier retourne sur ses pas; il redouble de vitesse, et porte Zora jusqu'au lieu même où son amant fut renversé. Là, il s'arrête : Zora regarde, et voit quatre Espagnols immolés par le Bérébère. Ne doutant plus de son malheur, elle cherche le corps d'Ismaël, reconnaît son bouclier brisé, voit la terre humide de sang. Alors elle pousse des cris lamentables, tombe demi-morte sur ces débris, et, dans son affreux désespoir, se roule sur la poussière.

Au milieu de ces tristes plaintes, l'infortunée entend gémir un des quatre Espagnols mourant; elle se lève, court à lui : le malheureux blessé respire encore. Zora lui donne ses secours, se hâte de le ranimer; et dès qu'il a repris ses sens, elle se presse de l'interroger sur son combat, sur sa blessure, sur ce bouclier resté sur la terre, sur ce sang dont elle est couverte. Zora le prie, le conjure de ne lui rien déguiser, de redoubler ou de finir l'horrible tourment qu'elle éprouve.

Le soldat, touché de ses soins, balbutie quelques mots arabes pour se faire entendre de l'étrangère. Il lui montre ses compagnons, lui dit que c'est un Bérébère qui, seul attaqué dans sa route, les a fait

tomber sous ses coups. Il prononce le nom de Lara,
répète que Lara les a vengés, que ce bouclier fut
brisé par lui, que ce sang est celui du Bérébère
versé par la main de Lara.

A peine a-t-il achevé ces paroles, que Zora,
sans lui répondre, promenant autour d'elle des
yeux égarés, délibère si dans ce moment elle ne fi-
nira pas ses jours à la place où périt Ismaël. Mais
elle veut le venger; ce désir arrête son bras. Elle
saisit, presse avec force la main du soldat espagnol; et d'une voix entrecoupée : Ami, dit-elle,
montre-moi, indique-moi le chemin du camp, du
camp où respire Lara, ce Lara... Ne crains rien,
je t'enverrai tes compagnons, je reviendrai te
secourir, si le ciel veut que je revienne.

Le soldat surpris lui montre de loin la route
qu'elle doit tenir. Zora reprend son coursier, s'a-
bandonne à toute sa vitesse, et l'excitant encore
de l'aiguillon, elle vole, arrive aux retranchemens.

Les gardes veulent l'arrêter; mais Zora n'entend pas leurs cris. Allez, dit-elle, allez annoncer à l'impitoyable Lara que le gouverneur de Carthame le défie et l'attend ici. Qu'il ne redoute aucune embûche, je suis seul; et, s'il le voulait, je
combattrais entouré par vous. S'il n'est le plus lâche des hommes, il ne tardera pas un instant.

Les gardes surpris de tant de hardiesse, se font

répéter ces paroles. Ils ne savent s'ils doivent obéir ; mais le respect, des Espagnols pour tout guerrier qui demande la lice, leur en fait une loi sacrée. Un d'entre eux va chercher Lara. Pendant ce temps, la jeune Africaine, qui, même dans sa fureur, ne peut oublier les devoirs de la touchante humanité, prend soin d'envoyer deux soldats auprès de leur compagnon blessé.

Lara n'était point de retour : Ismaël l'attendait encore. Instruit que le héros est au conseil, le soldat envoyé vers lui refuse d'aller le troubler. Il s'entretient avec le Numide, il raconte que dans ce moment le gouverneur de Carthame est venu défier Lara.

A ce nom, Ismaël se lève, ses yeux étincellent de fureur. Le gouverneur de Carthame ! s'écrie-t-il hors de lui. Dieu juste tu me l'amènes ! C'est moi que le perfide poursuit, c'est moi dont il vient demander la tête à mon généreux vainqueur. Chrétien, souffriras-tu que ton vaillant chef, fatigué du combat et de la course de cette fatale nuit, aille s'exposer contre ce traître ? Non, si tu aimes Lara, si tu daignes écouter la voix d'un captif qu'il honore de son estime, si tu veux mériter de moi des bienfaits au-dessus de ton attente, tu me prêteras tes armes, tu me conduiras vers cet Abencerrage, qui n'est venu jusqu'ici qu'avec de sinistres desseins, et je te devrai le bonheur suprême d'exposer ma vie pour un héros cher à mon cœur, cher à votre armée.

Il dit. Le soldat balance : Ismaël le conjure, le presse, détache et lui donne les bracelets d'or dont ses jambes, ses bras sont ornés. Il jure par le Dieu du ciel de revenir après sa victoire, de l'excuser auprès de Lara ; il répond de tout sur sa tête. Le soldat, enfin décidé, se dépouille de ses armes, qu'Ismaël revêt précipitamment. Sa blessure le fait souffrir sous sa pesante cuirasse ; mais sa haine pour Osman, mais son ardente jalousie, mais le besoin de se venger, lui font oublier sa blessure. Il monte le coursier de Lara, baisse la visière de son casque, et, guidé par le soldat, le fer à la main, le cœur plein de rage, il court aux lieux où son épouse s'irrite de tant de lenteur, s'indigne, menace, brûle de se baigner dans le sang.

Dès qu'ils s'aperçoivent, trompés par la nuit, aveuglés par une fureur, par une haine implacable, qui vient, hélas ! de l'amour, ils se précipitent l'un sur l'autre. Ils se gardent de prononcer un seul mot : tous deux craignent également de se trahir ; tous deux ont un intérêt égal à n'être pas reconnus. Leurs glaives altérés de sang ne parent point les coups qu'ils se portent ; ils cherchent seulement un passage dans le sein de leur ennemi. Mourir n'est rien, pourvu qu'ils tuent. Leur adresse,

tant de fois exercée, est oubliée dans cet instant.
Leur valeur n'est plus qu'une rage féroce. Ils se
découvrent pour mieux se frapper, ils se rapprochent pour que leurs blessures soient plus profondes. Ils se saisissent enfin, s'arrachent de leurs
coursiers, tombent ensemble, se relèvent, et se
saisissent de nouveau, de peur que leur fer ne
manque leur cœur.

O malheureux Ismaël, infortunée Zora, quelle
funeste erreur vous égare! quel horrible délire
vous transporte! Quoi! vos mains furieuses se
touchent, votre haine se confond, vous vous pres-
sez tous deux dans vos bras, et rien ne vous avertit; rien ne vous fait pressentir que c'est l'objet que
vous adorez! Vos cœurs palpitent l'un près de l'autre; et ces tendres cœurs ne se reconnaissent point!
Vous qui entendiez si bien un seul de vos regards,
un seul de vos soupirs, vous qui ne pouviez exister que réunis, vous l'êtes, vous vous embrassez,
et c'est pour vous égorger! Arrêtez, cruels, arrêtez; calmez cette fureur atroce, suspendez ces coups
impies, dites un mot, un seul mot, et vous tom-
berez à genoux, vous laverez de vos pleurs les blessures que vous avez faites, vous attacherez vos lèvres mourantes sur ce sein que vous meurtrissez!

Vœux inutiles! vains regrets! leur rage, montée à son comble, ne peut voir, ne peut rien en-

tendre. Acharnés à leur vengeance, forcenés de jalousie et de douleur, Ismaël blesse deux fois Zora, et veut la blesser encore ; Zora déchire deux fois la poitrine d'Ismaël, et cherche le défaut de ses armes pour l'y enfoncer plus avant. Enfin, épuisé de sang, affaibli par son premier combat, Ismaël chancelle, et Zora s'élance ; elle redouble d'efforts, elle le presse, l'atteint, le renverse ; et lui plongeant jusqu'à la garde son fer déjà teint de sang : Meurs, dit-elle, expire, barbare ; mais sache avant d'expirer, que tu péris par la main d'une femme : oui c'est Zora qui t'immole ; oui, c'est l'épouse d'Ismaël qui venge l'époux qu'elle adorait.

A ces mots, à ce son de voix, Ismaël soulève sa tête, rappelle son âme fugitive ; et rassemblant ses forces défaillantes : Zora, lui dit-il, Zora... et c'est vous qui m'ôtez la vie ! et c'est contre vous que ma main... !

Il n'achève point... Zora s'est précipitée... Elle détache son casque, regarde... Les premiers rayons du jour lui montrent le visage pâle d'Ismaël.

Pâle comme lui, muette, immobile, anéantie par la douleur, elle le considère attentivement ; elle voudrait, elle ne peut douter de son crime. Sans prononcer une parole, sans pouvoir faire un mouvement, elle demeure stupide et glacée. Ses cheveux sont dressés sur son front, ses lèvres blanches restent ouvertes, ses yeux égarés et fixes s'attachent sur les yeux éteints d'Ismaël, qui cherche de sa main mourante et saisit la main de Zora.

O mon amie, lui dit-il, ô la plus chère des épouses, calme ton affreux désespoir : pardonne-toi ta cruelle erreur, comme Ismaël te la pardonne. Tu voulais venger mon trépas, je croyais punir le perfide Osman : tes sanglantes mains sont pures. Le coup mortel que tu m'as donné me prouve encore ton amour. J'expire en te regardant, en pressant ta main chérie, en l'appuyant contre mon cœur ; va, ma mort n'est point douloureuse. Au nom de notre amour, ma tendre Zora, au nom de notre digne père, qui n'aura plus d'enfans que toi, promets-moi de vivre pour le consoler : hâte-toi de me le promettre ; l'impitoyable mort va m'atteindre, elle approche, je la sens... Adieu, Zora, ma bien-aimée... Adieu, mes uniques amours... Ismaël t'a pardonné sa mort, accorde-lui du moins ta vie...

Sa voix s'éteint, ses yeux se ferment, sa tête tombe, et sa main froide quitte la main de Zora. Zora, toujours immobile, le regarde encore quelques instans. Tout à coup ses genoux tremblent, ses bras se roidissent, ses dents se frappent. Elle s'incline, elle s'approche du visage d'Ismaël, cherche ses lèvres, qu'elle presse avec un mouvement convulsif, s'attache à son corps glacé, qu'elle tient lié d'une forte étreinte, et rend le dernier soupir.

FIN DU LIVRE SEPTIÈME.

LIVRE HUITIÈME.

Douleur de Lara ; il rend les derniers devoirs à Ismaël et
à son épouse. Arrivée de Gonzalve. Joie de l'armée. Transports des deux amis. Terreur des Maures ; ils veulent fuir dans
leur ville. Almanzor les arrête. Il envoie défier Gonzalve.
Isabelle accepte le défiit. Tourmens du héros. Un troubadour
vient le chercher. Il trouve Zuléma dans un bois. Son entretien
avec la princesse. Sa vertu l'emporte sur son amour : il revient
à l'armée. Il est arrêté par les Bérébères. Combat et mort
d'Almanzor. Bataille générale. Exploits et générosité de Gonzalve. Victoire des Espagnols.

O mort ! mort que l'on redoute, et qui seule donnes le repos, tu ne serais pas un malheur si toujours tu frappais ensemble les amis fidèles, les tendres amans. Cesser d'exister n'est rien, se quitter
est le plus grand des maux. Il n'est pas à plaindre
celui qui, vers la fin, ou dès les premiers pas d'une
glorieuse carrière, tombe et s'endort content de
lui-même : mais son amante, mais son ami, qui
demeurent avec sa cendre, qui ne conservent de la
vie que la faculté de souffrir, voilà les vrais infortunés, voilà ceux qui méritent nos larmes. Inutile,
étranger au monde, semblable au triste voyageur
isolé dans des régions lointaines, celui qui survit
à l'objet qu'il aime se croit au milieu d'un peuple
sauvage : il parle, et n'est point entendu ; on lui

parle, il ne peut répondre. La langue des indifférens est inconnue à son cœur; les hommes qu'il voit ne sont pas ses frères, ils ne pleurent pas comme lui. Inaccessible aux émotions douces, même à celles de la vertu, il ne la regarde que comme un devoir; il ne se souvient plus qu'elle est un plaisir. Seul, isolé dans l'univers, il erre en un désert immense, où rien n'intéresse sa vue, où ses yeux fatigués, éteints, cherchent seulement un tombeau. C'est là qu'il adresse ses pas, c'est là qu'il brûle de descendre, et le tombeau s'éloigne sans cesse. O Zora! ô tendre Ismaël! du moins vous périssez ensemble; vos âmes, toujours réunies, vont s'aimer encore dans les cieux : ah! votre sort, tout affreux qu'il est, doit faire envie au cœur solitaire qui n'a plus que des souvenirs.

Les deux époux malheureux venaient de terminer leur vie; la garde espagnole les environnait, la tête baissée, les mains jointes, dans le silence de la pitié, lorsque Lara, sorti du conseil, après avoir obtenu du roi la liberté de son captif, arrive en réclamant le combat que lui dérobe Ismaël. Quel spectacle frappe sa vue! les deux amans étendus sur l'herbe rouge de leur sang, leurs mains froides entrelacées, leurs visages pâles tournés l'un vers l'autre, et leurs lèvres entr'ouvertes semblant chercher leur dernier soupir!

A cet aspect, Lara jette un cri. Les Castillans lui racontent la fatale erreur des jeunes époux. Le héros frémit et verse des pleurs. Il se reproche avec amertume d'être la cause de leur trépas; il veut au moins honorer leur cendre, il veut que les derniers devoirs acquittent sa triste amitié. Un même tombeau réunit ces dépouilles, et deux myrtes entrelacés y sont plantés de la main de Lara : Croissez, dit-il, arbres de l'amour, croissez dans la terre où reposent deux infortunés que l'amour fit mourir. Le voyageur, le guerrier sensible, qui s'arrêtera sous votre ombre, sentira tressaillir son cœur, répandra malgré lui des larmes; les époux de cette contrée viendront sous votre feuillage prononcer leurs tendres sermens; et les parjures, s'il en est, se détourneront avec honte, et n'oseront pas fouler l'herbe qui couvrira ce tombeau sacré.

Après avoir rempli ces tristes soins, Lara retourne aux travaux de la nouvelle cité. Déjà les fossés profonds sont revêtus de fortes murailles, déjà les remparts dominent la plaine, les portes roulent sur leurs gonds; des ouvrages avancés les défendent; des maisons de bois, construites à la hâte, marquent seulement la place de celles qu'on doit élever. Elles servent d'asile aux soldats, aux capitaines, aux rois eux-mêmes, qui, ne voulant d'autres palais que l'Alhambra, se trouvent con-

tens d'habiter de simples retraites comme leurs
guerriers.

Les Maures, surpris de voir une ville à la place
d'un camp détruit, perdent l'espoir et l'audace que
leur inspirait un premier succès. Boabdil, privé
d'Almanzor, que sa blessure empêche de combattre, n'a point toublé les travaux d'Isabelle, n'a
pas osé commettre au sort des armes et son empire
et son destin. Les Alabez, les Almorades, sans cesse autour du héros, s'empressent de voir son visage auguste, s'informent s'il pourra bientôt les
guider à d'autres victoires. Tous les soldats, pénétrés pour lui de respect et de tendresse, environnent à genoux sa tente, demandent à l'Éternel
de leur rendre leur soutien, leur père, l'objet de
leur reconnaissance et de leur vénération.

Le seul Alamar, jaloux en secret de la gloire de
cet Almanzor qu'il croit au moins égaler, indigné
de ce que l'armée se regarde comme sans chef tant
qu'Almanzor ne peut combattre, Alamar, retiré
dans son pavillon, prépare de nouveaux crimes.
Brûlant toujours d'un amour féroce pour la fille
de Mulei-Hassem, il vient d'apprendre que cette
princesse est de retour à Grenade ; il sait qu'Almanzor et Mulei ont juré de la protéger, de la défendre contre ses fureurs. Comptant peu sur les
promesses de l'incertain Boabdil, l'African médite

en secret de rentrer la nuit dans Grenade, d'arracher Zuléma de son palais même, et d'aller cacher sa proie dans les états soumis à son pouvoir.

Tout à coup, vers le milieu du jour, un bruyant tumulte dans la ville espagnole, des éclats, des transports de joie, annoncent un grand événement. Les sentinelles des remparts semblent prêtes à quitter leur poste. On voit les gardes avancées, instruites par des envoyés, partager l'allégresse publique; on remarque sur les murailles, les chefs, les soldats pêle-mêle, s'embrasser, se féliciter, remercier tout haut le ciel, et menacer, du geste, de la voix, les superbes tours de Grenade.

Gonzalve venait d'arriver : Gonzalve, à travers les périls, avait franchi les Alpuxares, et voyait enfin la ville nouvelle. Dès qu'il paraît, dès qu'il est reconnu, mille cris lancés dans les airs répètent son nom glorieux : Le voilà notre héros! le voilà, *le grand capitaine!* Le ciel nous rend notre sauveur! Espagnols, accourez tous, venez revoir l'invincible Gonzalve.

Les soldats sortent à la hâte, se rassemblent autour du héros. Ils l'environnent, le pressent; leur foule arrête son coursier. L'un veut toucher et baiser ses armes, l'autre le soulager de leur poids: tous l'invitent, le forcent à descendre, l'enlèvent malgré lui dans leurs bras; et, se disputant un fardeau si cher, ils le portent en triomphe jusqu'aux chefs, aux capitaines, qui volaient au-devant de ses pas.

Heureux Lara, vous les précédiez : c'était vous que cherchait Gonzalve. A peine ils se sont aperçus, que tous deux s'élancent au même instant. Ils se joignent, s'embrassent, se pressent, appuient long-temps leurs cœurs l'un sur l'autre, pleurent et ne peuvent parler. Ils se regardent ensuite, enivrent leurs yeux du plaisir de se voir. Leur langue balbutie quelques paroles, que leurs sanglots viennent étouffer ; mais ils s'entendent, ils se répondent, et, s'embrassant de nouveau, ils semblent craindre d'être encore séparés. O vaillant Gonzalve, ô brave Lara, quels lauriers, quelle victoire, vous valurent jamais le bonheur que vous éprouvâtes dans ce moment ?

Après avoir satisfait ce premier transport de leurs âmes, Gonzalve, sans quitter la main de son ami, répond aux doux empressemens que lui témoignent les autres guerriers. Aguilar, Cortez, Medina, Gusman, le félicitent et l'environnent. Le héros, entouré de héros, est conduit par eux chez la reine ; et toute l'armée le suit en remplissant l'air de chants d'allégresse.

Isabelle avec Ferdinand s'avance pour le recevoir. Gonzalve fléchit le genou. La reine aussitôt

le relève, le fait asseoir auprès d'elle, reçoit de sa
main le traité que le perfide roi de Fez voulut
sceller par un crime. Elle frémit des périls qui
menacèrent son ambassadeur. Le roi d'Aragon
parle de vengeance; Isabelle ne parle que du
héros.

Occupons-nous, s'écrie-t-elle, de ce que nous
devons à Gonzalve. Il n'est pas en notre pouvoir
de nous acquitter envers lui : mais l'estime de sa
patrie, mais la vénération de l'armée, mais ces
transports de joie et d'amour dont son grand cœur
doit être touché, voilà sa digne récompense. Grand
capitaine, vous étiez absent, le Maure nous a vaincus. Paraissez, et Grenade tombe. Vos rois, vos
soldats, vos égaux, conviennent tous avec orgueil
que c'est à votre bras que tient la victoire.

Elle dit, et laisse Gonzalve avec le fidèle Lara.
Les deux héros, se dérobant à la foule qui les environne, se retirent dans le même asile. Là, se livrant en liberté au sentiment qui remplit leurs
cœurs, ils précipitent leurs questions, veulent à
la fois se répondre; et chacun d'eux, en parlant de
lui-même, s'interrompt toujours pour parler encore de son ami. Ils commencent cent fois le récit
de ce qu'ils ont souffert l'un sans l'autre; ils pleurent tour à tour de joie en rappelant leurs propres
périls, de tendresse en apprenant quels dangers

ont menacé leur frère. Lara veut voir, veut embrasser ce bon, ce fidèle Pédro, qui sauva Gonzalve dans Fez : il l'appelle ; il court le chercher, le nomme son bienfaiteur, le serre contre sa poitrine, se fait redire par lui les exploits de Gonzalve sur le vaisseau, comble le vieillard de caresses, et dispute à son généreux ami le droit de le récompenser.

Bientôt il écoute en silence le récit qui intéresse Zuléma. Instruit dès long-temps de la passion de Gonzalve, il apprend sans surprise qu'il est aimé. Les bienfaits de la belle Maure, sa tendre reconnaissance envers son libérateur, la rendent chère à Lara ; mais, moins aveuglé qu'un amant, il n'ose espérer qu'un doux hyménée devienne le prix d'une paix qu'il regarde comme impossible. Lara connaît les desseins d'Isabelle, le serment qu'elle a fait de périr ou de s'emparer de Grenade. Il cache ce serment à son ami ; il feint, pour ne pas l'affliger, de partager son faux espoir ; et sa délicate amitié, respectant une illusion qui doit être de peu de durée, prépare déjà des consolations pour les chagrins qu'elle prévoit.

Cependant la prompte renommée a porté jusqu'au camp des Maures la nouvelle si redoutée de l'arrivée de Gonzalve. A ce nom, une terreur subite s'empare des Grenadins : les uns rappellent en pâlissant sa victoire sur Abenhamet, les autres son entrée à Grenade. Tous, tremblans, saisis d'effroi, courent au pavillon royal, se rassemblent, se pressent autour de Boabdil, lui demandent à grands cris de retourner derrière leurs murailles et menacent de quitter le camp, si ce monarque veut les retenir.

Boabdil, Mulei-Hassem, de retour auprès de son fils, les chefs des tribus, Alamar lui-même, ne peuvent calmer cet effroi : leurs discours ne sont pas écoutés, leur autorité n'est plus reconnue. Les soldats, séditieux par crainte, bravant leur roi par terreur, retournent en tumulte à leurs tentes, se chargent de ce qu'ils ont de plus précieux, et se croyant déjà poursuivis par Gonzalve, commencent à fuir vers la ville. Le camp allait être désert, si le grand Almanzor n'eût paru.

Almanzor, averti par son père, sort à demi nu du lit de douleur où sa blessure le retient. Il saisit une longue lance qui soutient sa course tardive ; et, sans turban, sans cimeterre, le front couvert de cette pâleur, fard de la gloire et des héros, il vient se montrer aux fuyards.

Où courez-vous, enfans d'Ismaël ? s'écrie-t-il d'une voix tonnante : quel funeste délire vous égare, et qu'espérez-vous éviter ? Est-ce la mort ? Vous l'allez chercher, vous l'attirez sur vos têtes. L'Espagnol, du haut de ses murs, va dans un

moment s'élancer sur vous et vous égorger comme
un vil troupeau. Je ne vous parle point de l'honneur, qui ne peut rien sur vos âmes lâches ; je ne
vous parle point de votre patrie, de votre Dieu,
que vous trahissez, de vos femmes, de vos enfans,
que vous avez sans doute vendus ; je vous implore
pour vous-mêmes, pour cette vie qui vous est si
chère, et que vous livrez à vos ennemis. Arrêtez,
ou vous périssez. Attendez du moins que la nuit
puisse, non cacher votre honte, mais assurer votre
fuite : attendez que l'obscurité retarde de quelques
instans ce trépas pour vous si terrible, et que tout
guerrier rend certain dès l'instant qu'il paraît le
craindre. Vous hésitez, vous tremblez encore
qu'avant la fin de ce jour Gonzalve ne vienne vous
attaquer... Eh bien ! seul, je le combattrai ; seul,
je descendrai dans la tombe, ou je délivrerai l'armée de l'ennemi qui la fait trembler. Roi de Grenade, fais partir un héraut ; qu'il aille en mon
nom défier Gonzalve ; qu'il annonce à cet Espagnol que demain au lever du jour, en présence des
deux armées, je l'appelle au combat à mort. Et
vous, timides Grenadins, qui jadis ne m'abandonniez pas, daignerez-vous attendre, pour fuir, de
m'avoir vu périr ou triompher ?

A ces derniers mots, les Maures s'arrêtent. Les
soldats, en rougissant, consentent à rester dans le

camp. Boabdil fait partir le héraut : Mulei-Hassem, baigné de pleurs, gardant un profond silence, presse son fils dans ses bras tremblans. Alamar cache son dépit sous de vaines louanges ; et les chefs, la tête baissée, n'osent se livrer à la joie.

Le héraut marche cependant, précédé de deux trompettes. Il arrive aux portes de Santa-Fé. Les ponts se baissent à sa vue : on lui bande les yeux, on le conduit aux rois. Gonzalve alors, avec tous les chefs, était auprès d'Isabelle, et s'efforçait de peindre à la reine les avantages d'une heureuse paix. On annonce le héraut des Maures ; il entre, et fléchit le genou :

Rois de Castille et d'Aragon, dit-il d'une voix assurée, je viens, au nom d'Almanzor, défier au combat Gonzalve de Cordoue. Demain, à l'aube du jour, devant toute notre armée le prince de Grenade l'attendra dans la plaine ; et la mort d'un des deux guerriers pourra seul les séparer.

Gonzalve, à ces mots, jette un cri de douleur que la reine prend pour un cri de joie. Sans lui donner le temps de répondre : Héraut, dit-elle à l'envoyé, Gonzalve accepte le défi. Ferdinand le conduira lui-même ; nous en donnons notre foi royale. Sors, va porter ma réponse.

Alors, se tournant vers Gonzalve, qui cherche à cacher à ses yeux le trouble dont il est agité : Sou-

tien de mon trône , s'écrie-t-elle, mes vœux sont
enfin exaucés ! Quand ce barbare immola mon
gendre , ma seule prière au Seigneur fut qu'il le
livrât dans tes mains. Ce Dieu tout-puissant m'a
donc entendue ! O ma fille, réjouis-toi, la mort
d'Alphonse sera vengée !

Le roi Ferdinand , qui l'écoute , partage son
transport maternel. Il détache sa terrible épée, la
même qui, dans les mains du Cid, vengea sa patrie
et son père , conquit et Chimène et Valence , et
que les souverains d'Aragon gardaient comme un
précieux trésor[1].

O toi, dit-il à Gonzalve, toi qui ressembles si
bien à Rodrigue, reçois le glaive de ce héros. Il ne
m'appartient que par ma couronne, il est bien
plus à toi par ta valeur. Que ce fer punisse le
meurtrier d'Alphonse, qu'il fasse triompher l'Espagne, et qu'il reste à jamais aux mains les plus
dignes de le porter !

Tous les chefs de l'armée applaudissent ; tous
environnent le héros, célèbrent déjà sa victoire,
annoncent la chute de Grenade dès que son défenseur ne sera plus ; et se livrant d'avance à la joie
de voir triompher leur rival de gloire, ils prouvent

[1] Cette épée s'appelait *Tizona* ; elle est célèbre dans l'Histoire du Cid.

que les cœurs généreux savent admirer sans être
jaloux.

Gonzalve, interdit, accablé, peut à peine répondre à la reine, à Ferdinand, à ses compagnons.
Sa bouche s'ouvre cent fois pour déclarer hautement que Zuléma sauva ses jours; que les plus
doux, les plus forts liens l'attachent à cette princesse; que son frère est sacré pour lui : mais l'honneur, le sévère honneur, cette idole des grandes
âmes, l'honneur, qui compte pour rien les peines
des cœurs sensibles, impose silence au héros.
Peut-il refuser un défi? Peut-il tromper le vœu
de ses rois, l'attente de toute l'armée, et sacrifier
à l'amour son devoir, son pays, sa gloire? En proie
à ces combats déchirans, il échappe à la foule qui
le presse, et se retire suivi de Lara.

C'est alors que, se précipitant dans les bras de
cet ami fidèle, il baigne de pleurs son visage; il
lui répète mille fois le serment fait à son amante
de respecter toujours Almanzor. Il lui présente
l'obstacle invincible que sa victoire doit apporter à
son hymen avec la princesse, la douleur, la rage de
Mulei-Hassem, la menace de Zuléma d'éteindre à
jamais son amour pour lui, s'il versait le sang de
son frère. Elle cessera de m'aimer, s'écrie-t-il avec
désespoir. Ami, non, tu ne peux comprendre, non,
tu ne peux concevoir le malheur, l'horrible mal-

heur de n'être plus aimé de Zuléma. Je puis supporter son absence, je puis souffrir toutes les peines,
tous les tourmens de la jalousie; je puis traîner
ma triste existence en attendant un siècle entier
le bonheur de la voir un moment : mais manquer
à la foi promise, mais faire couler ses larmes, mais
attirer sur moi sa haine, grand Dieu ! la haine de
Zuléma... Non, ami, j'aime mieux mourir, j'aime
mieux perdre ma vaine gloire, j'aime mieux que
tu m'immoles toi-même avant d'avoir commis ce
crime affreux.

Lara l'écoute en silence : il n'a pas besoin de
lui rappeler ce qu'il doit à sa patrie; les pleurs
que verse Gonzalve prouvent assez qu'il s'en souvient. Lara le serre contre son cœur, et, craignant
le refus qu'il prévoit, il propose d'une voix timide
de combattre à la place de son ami. Le héros repousse cette offre : elle humilie son courage, elle
alarme son amitié. Le péril est grand avec Almanzor, Gonzalve ne peut le céder : Gonzalve expose-
rait la vie du mortel qu'il chérit le plus. Cette seule
idée le fait frissonner. Il défend avec force à Lara
de le presser davantage; il se reproche d'en avoir
trop dit, et, résolu de remplir son devoir, il se décide à déployer toute sa force, toute son adresse,
pour préserver ses propres jours sans attaquer
ceux de son ennemi.

Tandis qu'il ose concevoir cette chimérique espérance, la nuit, qui s'avance avec les étoiles, en-
gage enfin les deux amis à prendre ensemble un
léger sommeil. Tout à coup ils sont réveillés par
un des soldats qui gardent les portes.

Grand capitaine, dit-il à Gonzalve, venez entendre un de ces troubadours qui vont errant par
toute l'Espagne, chantant les exploits des héros,
les peines des amans fidèles. Seul, au-delà des retranchemens, il demande à vous entretenir.

A ces mots, l'amoureux Gonzalve, qui pense que
tout l'univers doit lui parler de Zuléma, se lève
précipitamment, exige de son ami de ne pas l'accompagner, et se rend aux portes avec le soldat.

A peine est-il sur le haut du rempart, qu'il découvre de loin le troubadour enveloppé d'un large
manteau, debout sur le bord du fossé, chantant
ces douces paroles aux sentinelles attentives :

> Soldat qui gardes ces créneaux,
> Appuyé sur ta longue lance,
> Fais-moi parler à ton héros,
> Soldat qui gardes ces créneaux :
> Pour guérir de sensibles maux
> J'ai besoin de son assistance,
> Soldat qui gardes ces créneaux,
> Appuyé sur ta longue lance.

> La beauté, la gloire et l'amour
> Je vais chantant de ville en ville ;
> C'est tout le bien d'un troubadour,

'La beauté, la gloire et l'amour :
'Un moment, avant qu'il soit jour,
Dans tes murs donne-moi l'asile ;
La beauté, la gloire et l'amour
Je vais chantant de ville en ville.

Un lien tendre et fraternel
Nous unit au guerrier sensible ;
Il est, il doit être éternel,
Ce lien tendre et fraternel :
Notre lyre rend immortel
'Celui que son bras rend terrible ;
Un lien tendre et fraternel
Nous unit au guerrier sensible.

A ce son de voix connu de Gonzalve, au mystère
dont s'enveloppe cet étranger, le héros impatient
fait ouvrir la porte, et court auprès du troubadour.
Il le regarde, l'envisage à la clarté de la lune ; il
reconnaît sous ce déguisement Amine, la fidèle
Amine, une des esclavss de Zuléma. Il jette alors
un cri de joie, et se hâte de lui demander où respire celle qu'il adore.

Elle est dans ce bois, lui répond l'esclave en lui
montrant un bocage que l'on distinguait du pied
des remparts. C'est pour vous voir, pour vous parler, qu'elle est sortie de Grenade. Déguisée ainsi
par son ordre, afin de pénétrer dans vos murs, je
viens vous chercher, Gonzalve, et vous conduire
auprès d'elle.

Déjà le héros est en marche. Il laisse loin der-

rière lui l'esclave qui doit le guider ; il court, arrive au bocage, voit la princesse, et tombe à ses
pieds. Il veut parler, des larmes de joie interrom-
pent ses mots sans suite ; il presse la main de son
amante, la couvre de ses baisers : mais Zuléma
doucement la retire ; et raffermissant sa voix, que
son émotion avait altérée :

Qu'ai-je appris, dit-elle, et quel affreux bruit
m'a forcée de quitter Grenade, de vous chercher
seule, dans la nuit, au milieu de ce bois désert,
de trahir à la fois pour vous mes devoirs envers
mon père, envers ma patrie, envers moi ? Est-il
vrai que demain matin vous deviez périr ou tuer
mon frère ? Est-il vrai que le glaive dont je vous
armai doive percer le sein d'Almanzor ?

Zuléma, lui répond Gonzalve, n'accablez pas
un infortuné. C'est Almanzor qui me défie ; mes
rois ont reçu son cartel. Mes rois et toute notre
armée ont remis dans mes mains leur cause. Pou-
vais-je me refuser à leurs vœux ? Devais-je déclarer
nos secrets liens, ou laisser soupçonner mon courage ? Non, vous ne l'eussiez pas voulu ; vous-même
m'eussiez empêché de m'avilir aux yeux de ma patrie, de mériter son mépris. Mais que votre cœur
se rassure : demain ma lance et mon épée ne serviront qu'à ma seule défense ; demain j'expirerai
plutôt que de menacer les jours d'Almanzor ; et j'ex-

pirerai trop heureux, je mourrai pour tout ce que
j'aime, pour l'honneur et pour Zuléma.

Écoute, reprend la princesse, je ne suis qu'une
femme faible, peu instruite des barbares lois qui
font égorger les héros. Peut-être il me serait permis de te rappeler tes sermens, de te demander si
l'honneur, l'honneur sacré des âmes pures, qui
n'est pas toujours celui des guerriers, ne te défend
pas de tourner ton glaive contre le frère de ton
amante, de manquer aux plus saintes promesses,
de faire mourir mon vertueux père dans les larmes du désespoir : mais je t'adore, Gonzalve ; et
tout ce qui tient à ta gloire devient respectable à
mes yeux. Ne crains pas que je vienne ici te donner des conseils indignes de ton courage, abuser
de mon pouvoir sur toi pour te demander une lâ-
cheté : non, Gonzalve, ne le crains pas. Je viens
te jurer encore que c'est toi seul que j'ai chéri, que
jusqu'à mon dernier moment je ne chérirai que
toi seul ; je viens, certaine de mourir, te faire mes
derniers adieux...

O ciel ! interrompt le héros, et vous voulez...
— Je veux que tu m'entendes, que tu connaisses
mes malheurs, que tu décides toi-même si je peux
supporter la vie. Je te dois compte de mes motifs
pour attenter à des jours qui n'appartenaient qu'à
toi seul. Apprends ce qui s'est passé ; apprends

que c'est du comble de la félicité que je me vois
tout à coup plongée dans l'abîme de l'infortune.
J'avais tout dit à mon père, j'avais touché son
sensible cœur. Avertis en secret que l'impie Alamar osait encore me menacer, nous devions sortir
de Grenade, fuir à jamais loin de Boabdil. Un
vaisseau, déjà chargé de nos trésors, allait nous
conduire en Sicile. Là, tu nous aurais rejoints
aussitôt que la paix, aussitôt qu'une trève t'aurait
permis de quitter tes rois. Là, tranquille chez des
Chrétiens, professant ta religion sainte, depuis si
long-temps la mienne, je t'aurais donné ma foi à
la face de tes autels : le meilleur des pères y con-
sentait. Là, paisibles, inconnus, oubliés du reste
du monde, occupés seulement de nous plaire, de
rendre heureux ce digne vieillard, de jouir sans
cesse de ces plaisirs purs que deux âmes pures ne
goûtent qu'ensemble, nous aurions vu s'écouler
ces jours rapides, ce peu de jours que le ciel accorde
aux humains pour la tendresse et pour le bonheur.
C'est dans cet instant où je m'enivrais du charme
de cette espérance, qu'on vient m'annoncer que
demain tu dois égorger mon frère, ou recevoir de
lui la mort... Car, cesse de t'abuser, cesse de
croire, Gonzalve, que tu pourras, avec Almanzor,
éviter le trépas sans le lui donner. Mon frère, aussi
vaillant que toi, aussi exercé dans votre art terri-

ble , a juré de périr ou de t'immoler. Mon frère
tient ses sermens. Sa cause est meilleure que la
tienne : il veut délivrer sa patrie ; tu cherches à
l'asservir : il combat pour sauver son épouse ; tu
combattras pour perdre ton amante , pour rendre
impossible à jamais cet hymen , ce tendre hymen ,
déjà si difficile par tant d'obstacles , mais dont le
rêve consolateur était nécessaire à mon existence.
Si la fortune est égale , si le ciel est juste , tu dois
succomber : et penses-tu que j'y pourrais survivre ? Si tu triomphes , je dois te haïr ; et le trépas
m'est bien plus facile. Adieu donc , malheureux
ami , adieu , puisque je peux encore te donner ce
doux nom d'ami , te parler , te regarder , presser
sans crime cette main chérie que j'espérais unir
à la mienne , cette main qui dans une heure...
Adieu , Gonzalve , adieu pour jamais.

En prononçant ces derniers mots , un tremble-
ment la saisit; elle quitte avec effort la main de Gonzalve, répète adieu d'une voix étouffée, veut s'éloigner, et tombe à quelques pas, privée de tout sentiment.

Le héros vole , la relève ; l'esclave accourt pour
la secourir ; mais rien ne rappelle ses sens , et les
premiers feux de l'aurore commencent à briller
sur l'horizon.

Gonzalve , hors de lui-même , ivre d'amour ,

oppressé de sanglots, Gonzalve aperçoit le jour,
et ne peut quitter la princesse. Il la voit pâle, sans
vie, la tête renversée, les cheveux épars, il la soutient dans ses bras ; il sent couler sur ses mains
tremblantes les pleurs qui s'échappent encore de
la paupière de Zuléma. Le héros s'égare, sa raison
s'altère ; il ne pense plus au combat promis, il ne
pense qu'à son amante; il ne voit qu'elle dans
l'univers. Le temps s'écoule, l'heure approche,
il oublie... lorsque tout à coup ses regards se portent sur son épée, sur cette épée du Cid que son roi
vient de lui donner. L'aspect de ce glaive le rend
immobile. Le nom, le grand nom qu'il rappelle,
l'emploi pour lequel il fut remis, le sang du père de
Chimène, que Rodrigue versa malgré son amour,
tout dans un instant retrace à Gonzalve les devoirs
qu'il est prêt à trahir. Une vive rougeur colore son
visage, une sueur froide coule de ses membres ;
l'image de Lara s'offre à ses yeux, de Lara qui l'attend, qui répond à l'armée de l'honneur, de la gloire
de son ami... et l'aurore a déjà paru... et peut-être
on ose douter... Gonzalve jette un cri terrible : il
remet dans les bras d'Amine le fardeau si cher dont
il est chargé, saisit la main de Zuléma qu'il appuie
contre ses lèvres, part, revient précipitamment, la
recommande aux soins de l'esclave, s'attache encore à cette main qu'il inonde de ses larmes, ras-

semble de nouveau toutes ses forces, s'arrache enfin d'auprès de son amante; et craignant de retourner
la tête, il presse sa marche vers Santa-Fé.

Il n'était pas sorti du bocage, qu'il entend des
cris, des gémissemens, et voit une troupe de cavaliers dispersés, errant dans le bois, remplissant l'air
de plaintes funèbres. C'étaient les tristes Bérébères
laissés à Carthame par Zora. Inquiets du sort de
cette jeune épouse, ils la cherchaient depuis le
jour précédent, et venaient d'apprendre qu'elle
avait péri sous les murs de la ville chrétienne. Pénétrés de douleur, brûlant de la venger, à peine
ils aperçoivent Gonzalve, qu'altérés du sang espagnol, ils se réunissent pour l'attaquer. Le héros
tire son épée, et se mettant à l'abri des arbres, qui
seuls peuvent le sauver de tant d'assaillans, il livre
à pied, sans cuirasse, le plus périlleux des combats. Plusieurs Bérébères tombent sous ses coups;
mais, forcé de fuir d'arbre en arbre, le héros voit
avec désespoir que toujours un nouvel ennemi succède à celui dont il est vainqueur. Le temps se prolonge, le soleil parait, il brille déjà dans les cieux.
Gonzalve redouble d'efforts; il tente de s'emparer
d'un coursier : les coursiers numides l'évitent; ils ne
connaissent que leurs conducteurs. Il veut se faire
jour à travers les lances; mais les Bérébères, légers
comme l'air, l'entourent, le pressent de toutes parts.

Pendant ce temps, le brave Almanzor, dès les premiers rayons du jour, avait demandé ses armes. Encore faible de sa blessure, mais soutenu par sa vertu, par son amour pour sa patrie, il croit avoir toutes ses forces, et ne s'est jamais senti plus d'ardeur. Il revêt sa brillante cuirasse, qu'il couvre d'une cotte de mailles impénétrable au fer le plus aigu. Il ceint sa tête d'un turban doublé de trois lames d'acier; il l'affermit et l'attache par une chaine d'airain. Un manteau de pourpre lui descend jusqu'à la ceinture, où pend à de longs anneaux d'or un cimeterre trempé dans Damas. Il prend sa lance, son bouclier; et, prêt à sortir de sa tente, il fléchit un genou devant l'Éternel.

Dieu de la victoire et de la justice! dit-il en élevant la voix, Dieu qui sondes les cœurs des humains, tu sais quel espoir m'anime; tu sais que c'est pour ta loi sainte, pour ton culte qu'on veut détruire, pour mon pays qu'on veut asservir, que je vais combattre aujourd'hui le plus redouté des guerriers. Fais que ma force égale mon courage; rends ton soldat digne de ta cause, et soutiens-moi de ton bras puissant. Si mon heure est arrivée, si mes destins sont achevés, Dieu de bonté, prends soin de mon épouse; veille sur elle du haut de ton trône, empêche-la de succomber à sa douleur. O Allah! je ne me plaindrai point de mourir si Moraïme peut me survivre.

Après ces mots, prononcés en répandant quelques larmes, le héros se lève d'un air auguste, marche à pas précipités vers le coursier écumant que quatre esclaves ont amené. Il s'élance sur lui, frappe son bouclier, et s'avance d'un pas tranquille vers le lieu marqué pour ce grand combat.

L'armée des Maures, sous la conduite de Boabdil, de Mulei-Hassem, d'Alamar, ne tarde pas à le suivre. Elle étend dans la plaine ses escadrons. Le vieux Mulei, couvert de ses armes, monté sur un jeune coursier, vient embrasser son généreux fils. Il ne peut lui parler; mais leurs cœurs s'entendent. Le vénérable vieillard s'éloigne pour lui dérober ses pleurs ; et le grand Almanzor, au milieu de la lice, attend d'un air fier et calme l'ennemi qu'il a défié.

Les Espagnols presque aussitôt sortent par troupes de leur ville. Ferdinand, qui vole à leur tête, dispose lui-même leurs bataillons. Il forme un front égal à celui des Maures, partage sa cavalerie aux deux ailes, sous les ordres d'Aguilar et de Medina; confiant le centre à Nugnès, il se place avec les chevaliers de Calatrava, en face du roi Boabdil. Isabelle, du haut des remparts, anime ses guerriers par sa présence : l'on n'attend plus que Gonzalve pour donner le dernier signal.

L'inquiet Lara, qui le cherche et qui n'ose

le demander, Lara parcourant les remparts, voit
les deux armées en présence. Il distingue au milieu
d'elles Almanzor seul dans le silence, attendant
et cherchant des yeux son ennemi si tardif. Bientôt il entend appeler Gonzalve, et personne ne répond à ce nom. Les Maures jettent des cris insul-
tans. Les Espagnols s'étonnent, murmurent. Les
rois, les chefs, les soldats, se plaignent à haute
voix : bientôt les deux peuples de concert accusent également Gonzalve.

Lara désolé frémit de colère : on ose outrager
son ami. Lara n'écoute plus rien : il court, vole
vers sa retraite, où le héros a laissé ses armes; il
les revêt précipitamment; il prend ce fameux bouclier où se distingue l'immortel phénix; il monte
le coursier de Gonzalve, baisse sa visière, sort à
toute bride, et paraît devant Almanzor.

A cette vue, à l'aspect du phénix, les Castillans
poussent des cris de joie; les Maures gardent le
silence. Almanzor s'apprête : les trompettes sonnent.

Tels que deux aigles furieux, partis du nord et
du midi, fendent l'air d'une aile rapide, et tombent en se rencontrant : tels les deux héros élan-
cés se joignent au milieu de la carrière; et ce choc
abat leurs coursiers. Debout aussitôt, le glaive
à la main, ils se rapprochent et se frappent.

Le fer est coupé par l'acier, le feu jaillit de leurs armures. Le Maure, plus grand, plus adroit, précipite ses coups terribles ; l'Espagnol, plus fort, mieux armé, se couvre, et ménage les siens. Tous deux, sans perdre de terrain, s'agitant à la même place, cherchent le défaut de leurs armes, menacent le flanc, atteignent le casque, parent, attaquent, avancent, se replient dans un instant. Toujours s'opposant le bouclier, toujours pénétrant leurs mutuels desseins, ils les trompent, ils les préviennent : mais aucun d'eux ne peut profiter même du mouvement qu'il a prévu. L'œil a peine à suivre leurs glaives, qui se lèvent, se baissent, voltigent, se croisent souvent au lieu de frapper. Le sang ne coule point encore, la victoire demeure incertaine, la seule fatigue pourra la fixer.

Enfin l'impatient Almanzor, qui consent à mourir pourvu qu'il triomphe, jette le premier son bouclier, recule trois pas, saisit à deux mains son redoutable cimeterre, et, revenant comme la foudre, frappe son ennemi troublé. Le fer partage l'écu de Lara, il coupe encore sa cuirasse ; et la pointe, ouvrant sa poitrine, lui fait une large blessure d'où le sang jaillit aussitôt : Lara tombe un genou en terre ; le Maure, plein d'espoir, veut redoubler ; mais l'Espagnol saisit l'instant où le mouvement de ses bras relève sa cotte de mailles, il lui porte à l'aine un coup trop certain, et laisse son fer tout entier dans les entrailles du héros.

Almanzor, frappé, n'en frappe pas moins. Lara, blessé de nouveau, tombe en palpitant sur le sable. Le prince de Grenade, vainqueur, reste debout quelques momens : bientôt il chancelle, il succombe, et va mesurer la terre auprès de Lara baigné dans son sang. Tous deux se soulèvent encore; tous deux, d'une main défaillante, cherchent en vain sur la poussière le glaive qui leur est échappé, lorsqu'un guerrier chrétien paraît dans la plaine en poussant des cris mêlés de sanglots. Il s'agite, il vole, il déchire les flancs de son coursier poudreux; il invoque les noms de l'honneur, de la justice, de l'amitié.

Les Castillans, à son écu de gueules, pensent reconnaître le brave Lara; les Maures croient voir un traître qui vient immoler Almanzor. Ils s'avancent aussitôt vers lui; les Espagnols courent à sa suite. Les deux armées s'approchent, s'attaquent avec fureur : on se mêle, les armes se heurtent, le sang ruisselle, les guerriers tombent, la plaine se couvre de morts.

Gonzalve, c'était lui-même qui, libre enfin des Bérébères, n'avait trouvé d'autres armes que celles de son ami; Gonzalve vole à Lara, s'élance à terre, le relève, sent encore palpiter son cœur, et le confie aux Castillans pour le porter à Santa-Fé. De là, courant vers Almanzor, que les Alabez secouraient en vain, il pousse des cris douloureux en le voyant privé de la vie. Il arrête les Aragonais prêts à se jeter sur les Maures; il defend lui-même contre les siens le corps du héros, objet de ses pleurs, protège, assure la retraite des Alabez, qui l'emportent sur leurs boucliers; et dès qu'il les voit éloignés, il saisit alors le premier coursier, tire l'épée du Cid, et se précipitant dans la mêlée, égaré par son désespoir, par son amour, par sa colère, il cherche les périls d'un œil avide, s'y jette pour y succomber, attaque, enfonce, renverse les plus épais bataillons, retourne au milieu des lances, inonde la terre de sang, demande la mort, la défie, l'implore et la brave à la fois.

Ferdinand, Cortez, Aguilar, se surpassent dans ce grand jour; mais leurs exploits ne sont rien auprès de ceux de Gonzalve. Plus prompt, plus redouté que le tonnerre, il parcourt l'armée ennemie, semant le trépas et la peur : il immole, dissipe, détruit tout ce qui tente de l'arrêter, s'ouvre partout un large chemin où ses victimes tombent entassées, et presse son coursier fatigué, qui peut à peine franchir tant d'armures et tant de cadavres.

Au milieu du carnage affreux, du tumulte, des

cris, des fuyards, le héros aperçoit Mulei, attaqué
par quatre Espagnols, défendant un reste de vie,
et prononçant avec des sanglots le nom du fils qu'il
a perdu. Cette déplorable vue redouble les maux
de Gonzalve : il s'élance, vole à ces barbares, et les
a bientôt dispersés ; il donne son coursier au viel-
lard, se range à ses côtés, le couvre de son corps, le
guide à travers la mêlée, lui montre de loin Grenade, et lui en ouvre le chemin.

Comme il s'occupait de ce soin, Alamar, le terrible Alamar, qui vient d'égorger Vélasco, Zuniga,
Manrèze, Giron ; Alamar couvert de sang, se présente devant Gonzalve. Tous deux s'arrêtent en
se rencontrant : ils ne se virent jamais, mais ils
se reconnaissent à leur haine. Gonzalve est à pied,
l'Africain féroce dirige sur lui son coursier. l'Espagnol l'évite au passage, et, d'un revers, coupe
les jarrets de l'impétueux animal. Alamar tombe,
Gonzalve le frappe ; la peau de serpent résiste à
ses coups. Le héros surpris saisit Alamar, le serre,
l'entrelace de tous ses membres, lutte, roule avec
lui sur le sable ; et l'oppressant du poids de son
corps, il se prépare à l'étouffer, lorsque les Zégris
et les Africains arrivent de toutes parts, et se réunissent contre Gonzalve. Gonzalve debout quitte
sa victime, et seul résiste à leur troupe. Appuyé
contre un monceau de morts, couvert de son bou-

clier criblé, le pied posé sur quatre Africains qui
meurent en mordant la poussière, la tête haute,
le bras levé, montrant sa foudroyante épée, il les
insulte, les menace, et donne le temps au roi Ferdinand d'arriver avec ses chevaliers. Les Maures
aussitôt prennent la fuite ; Alamar est entraîné
dans leurs escadrons. Ils se hâtent, ils se précipitent ; ils passent à travers leur camp, qu'ils n'ont
plus l'espoir de défendre, et laissant à leurs ennemis leurs tentes, leurs richesses, leurs vivres, ils
ont se réfugier dans leurs murs.

FIN DU LIVRE HUITIÈME.

LIVRE NEUVIÈME.

Désespoir de Gonzalve. Trève accordée à sa prière. Regrets du peuple de Grenade. Douleur de Mulei-Hassem et de Zuléma. État horrible de Moraïme. Mort de cette princesse. Funérailles d'Almanzor et de son épouse. Gonzalve va trouver Zuléma. Il est pris et mis dans les fers. Outrages et tourmens que Boabdil lui prépare. Zuléma descend dans son cachot : elle lui porte du poison. Il se justifie. Alamar vient s'emparer du héros ; il le conduit au supplice. Les Espagnols donnent l'assaut. Alamar y court et sauve Grenade. Exploits d'Alamar. Secours inespéré que reçoivent les Maures. Défaite des Espagnols.

L'homme vertueux qu'on outrage, l'innocent méconnu qu'on opprime, trouvent au fond de leurs âmes des consolations dans leurs peines, des forces contre l'adversité. Ils interrogent leur conscience ; et ce juge suprême, infaillible, dont la sévérité ne pardonne rien, dont le murmure est un châtiment, les met à l'abri du remords, seul supplice que leur cœur redoute. Mais le véritable amant, au sein même de la victoire, au milieu des succès, des triomphes, devient le plus à plaindre des mortels, s'il craint un reproche de celle qu'il aime. Que lui importent les vaines louanges, les hommages, les respects du monde entier ? c'est le suffrage de son amante, c'est son estime, dont il a besoin. Sans cette estime, il n'est pas sûr de mériter la sienne propre. Son âme, qui n'est plus en lui, ne voit, ne juge que par d'autres yeux ; et sa vertu, fière, indépendante, en présence de tout l'univers, tremble et n'ose croire à son innocence, si l'objet qu'il adore peut le soupçonner.

Gonzalve, couvert de gloire, n'éprouvait que trop cet affreux tourment. Almanzor n'est plus, et sa sœur doit croire Gonzalve son meurtrier ; Lara expire peut-être, et Gonzalve a causé sa mort. Ces désolantes idées l'occupèrent seules pendant la bataille, lui firent chercher avec tant d'ardeur et les périls et le trépas. Indigné contre lui-même, en courroux contre sa fortune, dès qu'il ne voit plus d'ennemis, il quitte ses compagnons ; et sans parler à Ferdinand, sans se découvrir à l'armée, il vole auprès de Lara.

Isabelle était avec lui. Ses blessures ne sont pas mortelles : Gonzalve en pousse des cris de joie. Il se fait répéter cent fois cette assurance si chère ; il serre dans ses bras son ami, le baigne, l'inonde de pleurs, mêle à ses tendres caresses les reproches les plus douloureux. A genoux auprès de son lit, il l'appelle son dieu tutélaire, raconte, publie hautement ce que l'amitié lui fit entreprendre et déclare qu'il lui doit l'honneur.

Après cet aveu, le héros se retire avec Isabelle, l'instruit de sa passion violente, de ses sermens, de ses secrets. Il apprend à l'auguste reine comment les bienfaits, la reconnaissance, attachent pour jamais Gonzalve à la fille de Mulei-Hassem ; comment, s'étant rendu près d'elle pendant la nuit précédente, son retour fut retardé par l'attaque des Bérébères. Il parle peu de ses exploits contre ses nombreux assaillans ; mais il exagère sa faute pour augmenter la gloire de son ami.

Isabelle l'écoute, l'admire, et s'attendrit sur ses malheurs. Elle le console, elle le rassure, promet d'employer ses efforts pour le justifier près de son amante, pour éteindre la haine injuste que doit ressentir le vieillard Mulei. Dès ce moment Zuléma devient chère à la sensible reine : elle sauva les jours de Gonzalve, elle adore le Dieu des chrétiens : Isabelle la nomme sa fille, et brûle de l'unir au héros.

Pendant ce temps, le roi d'Aragon, après avoir abandonné le camp des Maures au pillage ramène ses troupes dans Santa-Fé. Des envoyés de Boabdil ne tardent pas à s'y rendre : ils viennent demander la paix en se soumettant au tribut. Les rois refusent cette paix ; mais Gonzalve implore Isabelle : la reine, pour plaire à Gonzalve, accorde une trève de quelques jours.

Hélas! la perte d'Almanzor assurait assez la ruine des Maures. Ce malheur seul les rend insensibles à tous les autres malheurs. Hommes, femmes, vieillards, enfans, la tête couverte de cendres, déchirant leurs vêtemens souillés, remplissent les places publiques, s'abordent en gémissant, se regardent en poussant des cris, s'embrassent, et mêlent leurs larmes. Les soldats, pâles, tremblans, fuient devant les citoyens, qui leur reprochent avec des outrages d'avoir laissé périr leur général. Les uns veulent quitter Grenade, qui n'a plus désormais de remparts; les autres accusent le ciel, insultent à leur faux prophète, ajoutent le blasphème aux plaintes : tous annoncent à Boabdil la fin de son règne impie, et regardent le trépas d'Almanzor comme le châtiment de ses forfaits.

Zuléma, plus à plaindre encore, Zuléma qui ne doute point que son amant n'ait tué son frère, a voulu se donner la mort; mais ses devoirs envers Muléi l'ont enchaînée à la vie. Elle ne peut, sans être criminelle, abandonner le vieillard dont elle est le dernier appui. Renfermée avec lui dans l'Albayzin, dévorant la moitié de ses pleurs, elle entend son malheureux père redemander cent fois au ciel ce fils, objet de sa tendresse, ce fils qui seul le consolait de tous les maux qu'il a soufferts. Il a perdu sa Léonor, on lui enleva sa couronne, il a vu périr ses amis ; Almanzor du moins lui restait. Il appelle son cher Almanzor, il ne peut penser qu'il lui soit ravi : dans son délire, il croit le voir, l'entendre, l'embrasser encore en embrassant sa fille désolée ; et lorsqu'il s'aperçoit de son erreur, il la repousse, frappe sa poitrine, arrache ses cheveux blancs, qu'il jette avec imprécation, demande des armes, veut aller combattre, veut aller arracher le cœur de ce barbare Gonzalve, dont la main égorgea son fils. Ce nom de Gonzalve lui cause une horreur que ses sens affaiblis ne supportent pas ; il tombe épuisé de tourmens dans les bras de sa fille mourante, qui manque elle-même de forces pour résister à tant de douleurs.

Mais qui peut rendre le coup affreux dont Moraïme fut accablée. Qui peut exprimer ce qu'elle sentit en apprenant par ses propres yeux son effroyable malheur. Hélas ! pendant toute la nuit qui précéda ce combat funeste, prosternée au pied des autels, Moraïme invoqua son prophète. Elle lui demanda de défendre le héros qui défendait sa loi, qui, par tant de vertus sublimes, honorait sa religion sainte ; elle conjura l'Éternel de conserver son plus digne ouvrage, de laisser long-temps à la terre un exemple de justice et d'honneur. Vaine prière ! Moraïme quittait la mosquée ; elle en descendait lentement, lorsqu'elle voit... O Dieu tout-

puissant ! éprouvez-vous ainsi la vertu ? Elle voit
son époux sanglant rapporté par les Alabez. L'effet
du tonnerre n'est pas plus prompt : sans pouvoir
jeter un seul cri, sans pouvoir faire un mouvement,
elle tombe, roule sur le marbre ; sa tête frappe trois
fois les degrés, son sang coule par trois blessures,
et son corps inanimé vient s'arrêter aux pieds des
Alabez.

On la secourt, on la relève ; rien ne rappelle ses
sens. On l'emporte avec Almanzor, pâle, sanglante,
défigurée, semblable au héros qui n'est plus. Leurs
visages livides se touchent, leurs cheveux mêlés
trainent sur le sable, leur sang confondu souille
leurs vêtemens : on eût dit que le même coup venait de les immoler tous deux.

Enfin, après plusieurs heures, Moraïme rouvre
la paupière ; ce n'est pas pour verser des pleurs.
Entourée de ses esclaves, de ses femmes, de ses
amies, qui pansent ses douloureuses plaies, elle
souffre en silence leurs soins, se laisse froidement
presser dans leurs bras, répond seulement par de
faibles signes aux tendres paroles qu'on lui adresse,
semble se recueillir en elle-même pour se résigner
à son sort, et demande d'une voix calme qu'on lui
laisse voir son époux.

C'est vainement qu'on la supplie de renoncer à
ce triste désir, de ne pas rendre plus cruels les

maux dont elle souffre assez; elle persiste avec
douceur, elle commande avec prière, et marche
d'un pas assuré vers l'asile où, sur un lit de pourpre, est déposé le corps du héros.

Moraïme s'arrête devant lui, le regarde long-
temps d'un œil fixe, sans prononcer une parole,
sans laisser échapper un soupir. Ses esclaves,
épouvantées de cet horrible silence, se hâtent d'é-
loigner les armes dont elle pouvait s'emparer. Moraïme s'en aperçoit, et leur adresse un sourire
amer. Elle s'approche de son époux, lui prend la
main, qu'elle baise, en tire un saphir enchâssé qu'Almanzor ne quittait jamais. Maîtresse de cette bague, elle reporte des yeux plus sereins sur le visage
du héros, s'incline deux fois devant lui, pose ses
lèvres sur ses lèvres pâles, demeure long-temps à
les presser : ensuite, se retirant à pas lents, elle se
retourne, le regarde encore, lui fait de la tête un
signe d'adieu, semble lui dire d'un air doux que
cet adieu ne sera pas long, et regagne son appartement.

Elle s'y renferme seule, elle y demeure plusieurs
heures. Ses esclaves inquiètes n'osent d'abord y
pénétrer; enfin elles brisent les portes, et trouvent
Moraïme glacée, en proie aux horreurs du trépas.
Tous les secours sont inutiles; elle expire, elle
n'est déjà plus. La bague d'Almanzor a fourni le

poison, que ce héros portait toujours, dans la crainte de Boabdil.

Ce nouveau malheur ne peut augmenter la désolation de Grenade. Le roi, le peuple, consternés, profitent de la trève accordée pour faire les obsèques des deux époux. Le même tombeau les attend dans un bois éloigné de la ville, où repose la cendre des princes, des guerriers et des citoyens. L'infanterie ouvre la marche : les soldats, rangés en silence, la tête penchée sur leurs boucliers, le visage baigné de pleurs, portent leurs armes renversées, marchent d'un pas égal et lent, marqué par les coups lugubres des tambours entourés de crêpes. La cavalerie les suit, traînant dans la poussière ses étendards. Des esclaves mènent en main les tristes coursiers d'Almanzor, couverts de longues housses noires, chargés du turban, de la lance, du cimeterre du héros. Ces coursiers, jadis si superbes quand ils portaient leur maître aux combats, semblent connaître leur malheur : ils baissent leur front vers la terre, lèvent avec peine leurs pieds tardifs, et vont balayant le sable de leur crinière longue et touffue.

Après eux, cent jeunes garçons couronnés de cyprès et de roses blanches, tiennent des vases remplis de parfums. Cent jeunes vierges les suivent, jetant sans cesse des fleurs sur Almanzor et sur Moraïme,

que portent dans un même cercueil les chefs de
la tribu des Alabez. Les imans marchent auprès
d'eux, priant à voix basse l'ange de la mort de
conduire ces âmes pures dans l'heureux séjour des
martyrs. Ils précèdent le roi Boabdil, environné
de sa cour, d'Alamar, et des Zégris, qui feignent
du moins de verser des larmes. Le vénérable Mulei, l'infortunée Zuléma, n'auraient pu, sans
mourir, les accompagner : seuls ils étaient restés
dans la ville. Le peuple, vêtu de deuil, gardant
un morne silence, suit à pas lents la triste dépouille
du dernier soutien qui lui restait.

Arrivés dans le bois solitaire, nommé par eux la
forêt des larmes, les corps sont déposés dans le
tombeau. Les imans disent les prières. Bientôt les
vierges, d'une voix plaintive, commencent l'hymne
de la mort : tous, les yeux baissés vers la terre, les
mains croisées sur la poitrine, écoutent ce chant
de douleur :

> Pleure, famille d'Ismaël,
> Pleure le plus grand de tes frères,
> Celui dont les vertus si chères
> Fléchissaient pour nous l'Éternel.
> Invincible comme nos pères,
> Comme eux, hélas ! il fut mortel.
> Pleure, famille d'Ismaël,
> Pleure le plus grand de tes frères.

Quand le cèdre, qui dans les airs
Portait sa tête verdoyante,
Tombe, et de sa chute bruyante
Fait gémir au loin les déserts,
Les larmes des tristes bergères
Demandent un ombrage au ciel.
Pleure, famille d'Ismaël,
Pleure le plus grand de tes frères.

Jour funeste, jour de douleur,
Où deux époux meurent ensemble,
Où le même tombeau rassemble
La vertu, l'amour, la valeur !
Ton souvenir, dans nos misères,
Sera cher autant que cruel.
Pleure, famille d'Ismaël,
Pleure le plus grand de tes frères.

Pendant cet hymne funèbre, les imans achèvent la cérémonie. La terre enferme le corps d'Almanzor et celui de Moraïme. Une simple pierre les couvre et leurs noms gravés sur la pierre rendent ce tombeau plus sacré que ne le furent jamais les fastueux mausolées.

Hélas ! cette vive douleur, ces regrets amers, éternels, que ressent tout le peuple maure, accablent l'âme de Gonzalve : il voudrait racheter de ses jours les jours du héros qui n'est plus. L'idée que Zuléma le croit coupable, la crainte qu'elle ne succombe à ses maux, qu'elle ne haïsse celui qui ne respire que pour elle, tous les tourmens du désespoir, rendus plus affreux par l'incertitude, viennent l'assaillir à la fois. Il accuse toute la nature, il roule cent projets insensés : tantôt il veut aller à Grenade offrir sa tête à ses ennemis ; tantôt il veut quitter le siége et s'exiler dans un désert. En proie aux rêves, au délire d'une imagination ardente, qu'allume une passion plus vive encore, il s'agite, s'inquiète, soupire, change à chaque instant de desseins, reprend ceux qu'il abandonna, rejette celui qu'il est prêt à suivre; et, pour comble d'infortune, il n'ose confier ses peines à son ami presque mourant, à son ami, dont la valeur en fut l'innocente cause. Il ne peut pourtant lui cacher le violent chagrin qui le tue, mais il lui donne un autre motif : il trompe l'amitié par délicatesse, et lui dissimule ses maux, de peur qu'elle ne les sente trop vivement.

Mais ses maux surpassent ses forces ; le héros ne les soutient plus. La mort, les supplices, la honte, sont moins redoutables pour lui que la haine de Zuléma : il bravera tout pour l'éviter. La trève jurée lui donne l'espoir de pénétrer dans Grenade; son amour, même sans la trève, le lui ferait hasarder. Il prend l'habit, la baguette blanche, qui distinguent les hérauts d'armes. Il ne veut ni cuirasse ni glaive : que lui importent ses jours, s'il ne peut se justifier? Il n'instruit personne de son dessein,

se dérobe au fidèle Pédro ; et seul , avant le point
du jour, il marche aux portes de Grenade.

Les gardes, trompés à sa vue, le laissent passer
sans obstacle. Gonzalve s'avance vers l'Albayzin :
il s'informe de Zuléma , se dit envoyé d'Isabelle,
et demande un entretien secret avec la fille de
Mulei.

On l'observe, on l'interroge ; il éprouve de longs
délais. Sa constance, son air de douceur, de franchise, de loyauté , l'emportent enfin sur les refus.
Deux esclaves l'introduisent dans une galerie antique, où la princesse, instruite par eux, croit devoir , au nom d'Isabelle, répondre à son envoyé.
Couverte d'un long voile noir, soutenue par la
jeune Amine , elle vient, s'avance d'un pas chancelant. Le héros l'aperçoit à peine, qu'il se précipite et tombe à ses pieds.

O vous, lui dit-il avec larmes, vous que je n'ose
envisager...

A cette voix, à son aspect, Zuléma, tremblante,
interdite, détourne les yeux, et veut fuir. Écoutez-
moi, s'écrie Gonzalve, ou faites-moi donner la
mort. Je la cherche, je la désire : je vous la demande à genoux, cette mort cent fois moins horrible que votre haine ou votre mépris. Mes mains
sont pures, Zuléma : daignez abaisser sur moi

votre vue ; daignez regarder un infortuné qui n'a
point trahi ses sermens. Apprenez...

Un tumulte affreux empêche le héros de poursuivre. Boabdil, le roi Boabdil, arrive suivi des
Zégris. Cent soldats, le fer à la main, fondent à
la fois sur Gonzalve, le saisissent et le renversent,
le chargent de chaînes d'airain. Gonzalve, surpris
et troublé, ne tente pas de se défendre : il n'a plus
de force devant Zuléma. Cette princesse jette des
cris perçans ; Mulei-Hassem accourt à ses cris : il
trouve sa fille au milieu des armes ; il reconnaît
Gonzalve enchaîné. Le vieillard demeure immobile ; Boabdil lui adresse ces mots :

Il est dans mes fers, l'ennemi terrible qui perça
le sein d'Almanzor, qui remplit Grenade de deuil,
et devait la rendre captive ! Mulei, tu le vois devant toi : voilà ce superbe Gonzalve, voilà ce Castillan si fier, qui nous regardait tous comme sa
proie ! Sans doute de coupables desseins l'ont
conduit jusque dans nos murs. Le traître croyait
abuser nos yeux : mais deux fidèles Zégris, jadis
prisonniers du barbare, l'ont reconnu sous ce déguisement. Ma victime ne peut m'échapper. Mulei,
contemple dans les chaines le vainqueur des Abencerrages, le féroce meurtrier de ton fils. Supporte
l'horreur de l'envisager en songeant à notre vengeance. Demain ce fléau du nom musulman expi-

rera dans les supplices; demain le sang de ce barbare lavera la tombe du grand Almanzor; et je
veux qu'avant son trépas, livré aux insultes de
mon peuple, ce vil chrétien, qui se croit si grand,
épuise la fureur, la rage du dernier de mes
sujets.

Il dit. Zuléma frémit. Gonzalve, dans le silence,
regarde le tyran d'un œil assuré. Mulei lui répond
d'une voix tranquille :

Boabdil, gardons-nous tous deux d'épargner le
cruel Gonzalve ; il n'a pas épargné mon fils. Le
barbare usa du droit de la guerre ; tu dois en user
à ton tour. Mon éternelle douleur sera peut-être
soulagée en voyant le meurtrier d'Almanzor perdre la vie sur son tombeau. Je veux être présent à
ce spectacle. Mais que cette mort nous suffise :
immolons notre ennemi sans l'outrager. Méritons
le bienfait suprême que nous accorde le ciel ; n'ir-
ritons pas sa justice, qui semble enfin se désarmer ;
et respectons, en le détestant, le vainqueur du
plus grand des hommes.

Le sanguinaire Boabdil écoute à peine ces paroles. Les Zégris excitent sa férocité. Il part avec
son prisonnier ; il ordonne qu'on double ses fers,
l'entoure d'une triple garde, fait refermer les portes de la ville ; et, suivi de Mulei, qui cherche à le
fléchir, il prend la route de l'Alhambra.

Le bruit de ce bonheur inespéré se répand aussitôt dans Grenade. Les soldats, les citoyens, poussent jusqu'au ciel mille cris de joie. Tous précipitent leurs pas pour voir ce héros si célèbre, cet indomptable guerrier, dont le nom seul les faisait pâlir. Ils se pressent sur son passage, fixent leurs regards avides sur ce captif qu'ils ne craindront plus ; et cependant ils reculent encore au moindre bruit de ses fers. Ainsi, quand des chasseurs timides ont enfin surpris dans leurs rets le redoutable lion qui désolait les campagnes, ils se rassemblent en foule autour de l'objet qui les faisait fuir ; ils se livrent à tous les transports de l'allégresse, de la vengeance : mais il ne peuvent contempler sans une secrète terreur celui qui les fit trembler si long-temps.

Dans le palais est un étroit cachot, impénétrable aux rayons du jour. Trois portes d'airain y conduisent. Le roc au milieu duquel on l'a taillé ne laisse à l'air d'autre passage qu'un long et oblique tuyau fermé par dix grilles de fer. C'est là qu'on précipite Gonzalve tandis qu'on prépare son cruel supplice ; c'est là que, chargé de chaînes pesantes, scellées dans l'affreux rocher, il entend refermer sur lui les fatales portes de bronze, et qu'il reste seul avec le malheur, l'incertitude et le désespoir.

Sa grande âme n'est point accablée, elle se rai-

dit contre le destin. Il voit la mort, il la voit horrible; il ne doute point que tous les tourmens ne
soient à la fois épuisés sur lui. Son courage les sou-
tiendra tous : certain d'expirer en héros, sûr que
sa gloire ne sera point ternie, il envisage fixement
et le trépas et les douleurs; mais mourir sans voir
Zuléma, sans lui prouver son innocence, cette
idée est pour lui terrible; c'est le seul supplice
qu'il ne peut braver.

La malheureuse princesse, demeurée dans l'Albayzin, a peine à retrouver ses sens. Glacée d'horreur, de surprise, elle se retrace ce qu'elle a vu,
se rappelle les derniers mots, les tendres sermens
de Gonzalve, sa justification commencée, les dangers qu'il a bravés pour lui parler; et tout lui dit,
tout lui persuade que son amant n'est pas coupable. Cependant il va périr; aucun effort humain
ne peut le sauver. Ce n'est pas assez pour l'infortunée Zuléma d'avoir perdu son appui, son frère,
son unique défenseur, de s'être condamnée au
tourment de combattre sans cesse un amour qui
sans cesse occupe son âme, d'arracher lentement
de son cœur l'image chérie qui le remplit; ce n'est
pas assez d'avoir à souffrir l'hommage outrageant
d'Alamar, et de trembler chaque jour d'être livrée à ce barbare, il faut qu'elle soit témoin du
supplice de celui qu'elle aime, d'un supplice mêlé

d'infamie, et qu'elle voie son libérateur, le plus grand, le plus magnanime des mortels, terminer sa glorieuse vie dans l'opprobre et dans les douleurs.

O mon frère! s'écrie-t-elle, si tu respirais encore, tu t'opposerais aux forfaits dont ta patrie va se noircir; tu sauverais un héros semblable à toi par tant de vertus! Sa mort et la mienne sont inévitables; et quand mon amour pourrait oublier ce que je dois à tes mânes, à nos liens, à ton sang versé, la vigilance de mes tyrans, les précautions prises par leur barbarie, rendraient inutiles mes efforts coupables. Mais je n'offenserai point ta grande ombre; je ne trahirai ni mon devoir, ni les nœuds sacrés qui nous unissaient, en arrachant du moins à la honte l'ennemi qu'estimait ton cœur. O mon frère, c'est toi que j'implore; viens m'aider à tout hasarder pour épargner un crime à ton pays, pour sauver ta gloire d'une vengeance que ton âme pure et sensible rejetterait avec horreur.

Dès ce moment, n'écoutant plus que les conseils du désespoir, elle court près des Alabez pour se faire ouvrir la prison de Gonzalve. Ses efforts sont inutiles, le jour entier s'est écoulé sans que la tendre Zuléma puisse concevoir l'espérance d'accomplir son généreux dessein. La nuit vient, et la princesse, plus hardie dans les ténèbres, marche elle-même vers la prison. Elle implore, elle supplie les soldats de la laisser pénétrer un instant dans cet horrible séjour ; elle le demande au nom d'Almanzor ; et ce grand nom, ses prières, ses larmes, l'amour, le respect qu'inspira toujours la vertueuse Zuléma, touchent enfin les âmes dures des satellites de Boabdil. Les portes s'ouvrent et se referment sur la princesse : elle entre, tenant d'une main une coupe qu'elle a cachée à tous les yeux, de l'autre une faible lampe ; elle s'avance d'un pas tremblant, et se présente devant le héros.

Gonzalve, dit-elle d'une voix douce, vous m'estimiez trop pour m'attendre ici. S'il n'avait fallu que sauver vos jours, ma vertu s'y serait refusée. Sûre de mourir après vous, j'aurais laissé périr celui qui n'a pas épargné mon frère, qui n'a pas craint de sacrifier et son amante et ses sermens ; mais il faut vous préserver de l'opprobre, de l'infamie, et j'ai dû me souvenir que Gonzalve m'en préserva. Vous m'avez conservé l'honneur, je viens acquitter ma dette. Tu m'as trop prouvé, cruel, que cet honneur t'est plus cher que l'amour. Moins coupable et plus malheureuse, je remplis mes devoirs envers tous deux, en t'apportant ce poison. Prends cette coupe, Gonzalve, quand j'en aurai bu la moitié : voilà le seul et triste secours que je puisse t'offrir contre nos tyrans. Ta mort est sûre ; les outrages, les tourmens t'attendent : échappe aux bourreaux, et meurs avec moi. Ton trépas est dû peut-être à la cendre de mon frère ; le mien expiera le crime de ne pouvoir cesser de t'aimer.

En disant ces mots, elle porte la coupe à ses lèvres ; un cri de Gonzalve retient sa main. A peine revenu de sa surprise, de sa joie, de sa frayeur, le héros soulève ses chaines, saisit la coupe, et tombant à genoux :

Que je suis heureux ! lui dit-il, je vous vois, je peux vous parler, je peux me justifier à vos pieds du crime que je n'ai point commis. Ah ! que Boabdil épuise sur moi sa vengeance, sa barbarie ; que les plus horribles tourmens lassent les forces de mes bourreaux : vous êtes ici, Zuléma, vous avez daigné me chercher jusque dans le séjour du crime, vous m'avez cru le meurtrier d'Almanzor, et vous ne m'avez pas haï... Que peuvent maintenant contre moi tous les tyrans de la terre ? Vous m'aimez, et je vous ai vue ; je meurs content, j'ai vécu.

Mais ne gardez pas votre erreur fatale ; cessez de croire que mes mains ont pu verser le sang de votre frère. J'allais le combattre, il est vrai ; j'allais, fidèle à l'honneur, et plus fidèle encore à vous, mourir sous les coups d'Almanzor, lorsque, atta-

qué par vos Numides, je n'ai pu rejoindre l'armée.
Un héros, mon ami, mon frère, a pris soin de sauver ma gloire; il a paru sous mes armes, il a
combattu pour moi; près de périr, son glaive
fatal...

Grand Dieu ! s'écrie Zuléma, je te bénis, je te
rends grâce ! Mon cœur me l'avait annoncé... O
mon digne frère, ne t'offense point si je cesse de
gémir un instant en recouvrant le droit si doux
d'aimer toujours celui que j'adore ! Gonzalve, je ne
doute point de ce que me dit votre bouche ; mais
expliquez-moi ce prodige. Hélas ! je ne puis espérer que votre sort en soit adouci ; Boabdil a trop
d'intérêt à vous punir de vos exploits. J'irai du
moins prévenir mon père, j'irai réveiller sa pitié ;
j'emploierai près de Boabdil, près du peuple, près
d'Alamar même, tous les efforts, tous les moyens
qui sont au pouvoir de l'amour. J'instruirai vos
rois de votre péril, je tenterai tout pour sauver votre vie ; et si je ne puis réussir, fière, glorieuse de
vous aimer, de pouvoir l'avouer sans crime, je vien-
drai mourir avec vous, en vous parlant de ma tendresse, en renouvelant les sermens que je n'ai jamais violés, en vous donnant ce nom d'époux, qui,
si j'en juge par le plaisir que j'éprouve en le prononçant, doit nous rendre tous deux insensibles
au plus douloureux des trépas.

A ces mots, elle jette la coupe, et fait relever
Gonzalve. Le héros, pénétré de joie, de reconnaissance, d'amour, saisit la main de la belle Maure,
commence, interrompt le récit qui doit le justifier ; ses sanglots étouffent sa voix : enfin, pressé
par le temps, il achevait ce triste récit, lorsqu'un
bruit soudain se fait entendre. Les portes du cachot s'ouvrent tout à coup, Alamar, Alamar lui-
même paraît, environné de flambeaux. Zuléma
tombe évanouie, Gonzalve la soutient dans ses bras ;
le prince africain demeure interdit.

Bientôt la fureur, montée à son comble, se peint
dans les traits du barbare. Ses sourcils d'ébène se
joignent et semblent couvrir deux globes de feu.
Une écume affreuse paraît sur ses lèvres ; et sa langue, qui balbutie, prononce à Gonzalve ces tristes
mots :

Traitre qui m'outrages encore, vil Chrétien que
je vais punir, l'enfer t'a donc déchaîné pour porter
aux derniers excès ma colère et ton insolence !
Viens me payer tant de forfaits, viens expirer lentement dans les douleurs que je te prépare ; et que
ton sang, versé goutte à goutte, satisfasse sans pouvoir l'éteindre, la haine que je sens pour toi !

Le héros, sans l'écouter, ne s'occupe que de la
princesse. Alamar ordonne à ses satellites de l'arracher de ses bras. Gonzalve tente de la défendre :

il lève ses mains enchaînées, frappe avec ses fers, et jette sans vie les deux premiers soldats qui l'approchent. Mais accablé par le nombre, on l'entraîne hors du cachot. Zuléma, qui reprend ses sens, s'élance, et veut suivre Gonzalve : Alamar la fait retenir ; Alamar qu'elle implore à genoux, refuse d'écouter ses prières ; il la repousse, l'accable d'outrages ; ordonne à sa garde de l'environner, de répondre d'elle jusqu'à son retour ; et forcené de fureur, il entraîne le Castillan.

Le jour ne brillait point encore : un transfuge venait d'avertir Boabdil que les Espagnols, alarmés de l'absence du grand capitaine, surpris de voir les portes de Grenade refermées précipitamment, craignant quelque embûchede la part des Maures, voulaient rompre la trêve par un assaut. Effrayé de cette nouvelle, cédant aux instances de Mulei-Hassem, Boabdil avait résolu d'immoler Gonzalve avant l'aurore. Alamar, qui briguait l'honneur, l'horrible honneur de lui percer le flanc, s'était chargé de le conduire à l'heure même sur le tombeau d'Almanzor et l'infortuné Mulei, suivi de l'escadron des Alabez, attendait aux portes de l'Alhambra, que l'Africain amenât sa victime.

Dès que Gonzalve paraît, Mulei détourne la vue. Le héros cherche à lui parler, le vieillard s'éloigne et le fuit. Les Alabez l'entourent de leurs lances, le pressent dans leurs rangs serrés ; et l'impitoyable Alamar prend avec eux le chemin du tombeau.

Mais à peine il sort de Grenade par la porte de l'orient, la seule qui n'est point exposée aux attaques des Espagnols, qu'il entend gronder au loin les foudres de Ferdinand : les murailles en sont ébranlées. On crie aux armes de toutes parts ; le son des trompettes perce les airs ; les hennissemens des coursiers, mêlés aux cris des assaillans, annoncent la plus terrible attaque.

Alamar étonné s'arrête. Des envoyés de Boabdil viennent le presser de se rendre aux remparts. Il hésite, il balance encore : Grenade a besoin de son bras, sa haine a besoin du sang de Gonzalve. l'Africain veut l'égorger sur l'heure ; mais Mulei et les Alabez s'opposent à sa fureur ; ils désirent, ils ont résolu que le meurtrier d'Almanzor ne perde la vie que sur sa tombe ; ils regardent ce sacrifice comme une dette envers ce héros. Alamar ne peut arriver jusqu'au cœur de Gonzalve, qu'ils couvrent de leurs boucliers pour le garder à leur propre vengeance ; et le bruit de l'assaut qui s'accroît, les ordres réitérés de Boabdil, les promesses du vieux Mulei, assez intéressé lui-même à venger le fils qu'il regrette, forcent enfin le féroce Africain de lui confier sa victime et de voler aux combats.

Il était temps que sa présence vînt ranimer les
Maures tremblans. La brèche était ouverte aux
murailles. Aguilar, Cortez et les Castillans s'avançaient en ordre sur ses débris. Gusman et les Aragonais escaladaient les remparts. Boabdil, blessé
par Cortez, est emporté dans l'Alhambra. Les Almorades, les Vanégas, abandonnent en foule leur
poste. Les Zégris eux-mêmes chancellent devant le
brave Aguilar. Gusman saisit déjà les créneaux ;
les Catalans couvrent les échelles. Ferdinand du
haut des glacis, dirige, anime ses guerriers. Tout
fuit, tout cède aux Espagnols. Grenade touche à
sa ruine, Grenade est prise dans un instant : Alamar paraît, Grenade est sauvée.

Alamar, semblable aux tempêtes, accourt, arrive, et frappe Aguilar. Son fer partage le casque,
coupe en deux le front du héros. Foulant à ses
pieds ce corps qui palpite, suivi des Zégris qu'il
a ranimés, Alamar se jette sur les Castillans en
poussant des cris effroyables. Il les fait tomber
sous son sabre, comme le trèfle fleuri tombe sous
la tranchante faux. Il attaque, enfonce, éclaircit
leurs rangs, immole Uzeda, Salinas, Nugnès et
l'aimable Mendoze ; Mendoze, qui céda ses droits,
ses dignités, ses richesses, à son frère plus jeune
que lui, pour qu'il épousât l'objet de ses vœux.
Alamar lui perce le cœur au moment où il nomme

son frère. Il s'abreuve de sang, de carnage, renverse du haut de la brèche les bataillons de Castille ; et voyant l'orgueilleux Gusman qui, parvenu sur les murailles, appelle ses Aragonais, il vole, saisit un rocher, qu'il jette en poursuivant sa course. Gusman, atteint, roule avec la pierre. Alamar s'élance aux créneaux, frappe de son glaive l'échelle qui plie sous les Catalans : son glaive tranchant la coupe ; elle tombe avec les soldats. L'Africain furieux parcourt le rempart, renverse les échelles dressées, remplit le fossé de cadavres ; et, se faisant voir tout rouge de sang sur le sommet d'une tour, il montre de loin son sabre aux Chrétiens, les appelle, les défie encore, en blasphémant le nom de leur Dieu.

Ferdinand, Cortez, Medina, rallient leurs soldats épars. Le roi d'Aragon les ramène, les forme en phalange sur le glacis, les encourage, se met à leur tête, et veut tenter un dernier effort. Mais, comme il va donner le signal, il entend derrière lui des cris, regarde, et voit arriver dans un nuage de poussière un escadron nombreux de Maures, qui fond sur le flanc de ses bataillons. Les seuls Castillans résistent. L'escadron léger et terrible se serre, se rompt, se déploie, se divise dans un moment : il attaque par quatre côtés les vieilles bandes de Castille, les enfonce, les force à la fuite ;

et, plus rapide que l'éclair, chaque cavalier dispersé poursuit à son gré les fuyards. Les Espagnols, frappés de terreur, se précipitent vers leur ville. Cortez, Medina, Ferdinand, sont entraînés au milieu d'eux. Isabelle fait ouvrir les portes, recueille avec bonté et douleur ses soldats partout poursuivis. La plaine reste jonchée de morts; et ce redoutable escadron, qui seul a fait tant de ravages, se voyant maître du champ de bataille, se remet en ligne dans un instant, s'approche des murs de Grenade, où le peuple en foule s'est rassemblé. Non loin des remparts l'escadron s'arrête; le chef se détache, s'avance, et dit ces paroles aux Grenadins:

Musulmans, jadis nos frères, et dont l'injustice a brisé les liens qui nous unissaient, vous revoyez les Abencerrages : peut-être leur pardonnerez-vous de paraître ici malgré votre arrêt. Nous venons teindre de notre sang les murs dont nous sommes chassés : nous reviendrons encore les défendre, mais nous n'y rentrerons jamais. Jugez, jugez, par cette victoire, de ce qu'eût fait pour vous notre tribu, commandée par Abenhamet. Vous avez égorgé ce héros, vous avez voulu livrer aux flammes l'innocente Zoraïde : voilà les crimes affreux que nous ne pouvons oublier. Quant à vos outrages envers nous, vous venez de voir, Grenadins, comment se vengent les Abencerrages.

Ainsi parle le vaillant Zéir. Son noble escadron se rompt aussitôt, part de toute la vitesse des coursiers, et reprend le chemin de Carthame.

Les Espagnols, rentrés dans leur ville, ne peuvent troubler cette retraite brillante; ils n'osent lever leurs fronts humiliés. Aguilar, Gusman, les principaux chefs, sont demeurés sur la poussière. Les exploits, les succés d'Alamar, l'arrivée subite des Abencerrages, qui peuvent ainsi chaque jour revenir combattre les assiégeans, les blessures du brave Lara, l'absence du grand capitaine, tout augmente leur consternation. Ils parlent déjà d'abandonner le siége, d'accepter l'honorable paix offerte par Boabdil. Les rois eux-mêmes, inquiets, troublés, décident d'attendre derrière les remparts que Gonzalve ou Lara leur soit rendu.

Mais cet invincible Lara, qu'Isabelle croit retenu par les blessures qu'il a reçues, Lara n'était plus dans Santa-Fé.

FIN DU LIVRE NEUVIÈME.

LIVRE DIXIÈME

ET DERNIER.

LARA court à la recherche de Gonzalve. Il s'égare dans une forêt. Rencontre qu'il fait. Il apprend le danger du héros. Il court au tombeau d'Almanzor. Il trouve Gonzalve près de périr. Combat de l'amitié. Lara sauve son ami. Tous deux reviennent à l'armée. Ferdinand envoie Gonzalve prendre Carthame. Détail de cette expédition. Le héros revient triomphant. Il reçoit un billet de Zuléma. Dernier assaut. Exploits de Gonzalve. Prise de Grenade. Combat du héros et d'Alamar. Zuléma et son père sont délivrés. Entrée d'Isabelle. Hymen de Gonzalve et de Zuléma.

Fille du ciel, trésor de l'âme, source de nos biens les plus chers, sainte amitié, viens embellir les derniers traits de mon ouvrage; mêle à la fin de mes récits cet intérêt attachant qui toujours entraîne et jamais n'étonne, qui presse le cœur sans le déchirer, et fait couler des pleurs délicieux, si semblables à ceux de l'amour. Que dis-je? ils sont plus doux encore. Cet amour vif, passionné, capable de tous les efforts, ennobli par toutes les vertus, cette idole de la jeunesse, a besoin des voiles du mystère : son culte, quelque pur qu'il soit, se cache, se dérobe aux regards; et sa récompense est un sacrifice dont l'honneur ordonne

l'éternel secret. L'amitié se plaît, au contraire,
à se montrer aux yeux des mortels : aussi délicate,
et plus courageuse, elle ne craint pas de leur révéler ses peines et ses jouissances, ses inquiétudes
et ses plaisirs : elle y trouve même des charmes,
elle fait sa gloire de les publier. L'amour rougit d'être découvert, l'amitié s'honore de servir
d'exemple.

Lara, dont l'âme tendre et sublime existe pour
la seule amitié, Lara blessé, presque mourant,
n'avait pensé qu'à Gonzalve. Un jour entier passé
sans le voir, l'ignorance des lieux qu'il habite,
l'inquiétude des dangers qu'il court, le tourmen-
tent plus que ses maux. Dès le soir même de la
journée où le héros a disparu, Lara, malgré sa
faiblesse, s'est fait donner un coursier. Il ne peut
porter sa cuirasse, le poids de sa lance est trop
grand pour lui ; pâle, chancelant, épuisé, le sang
et les forces lui manquent ; mais son ami lui manque encore plus. Sans armure, sans défense,
encore ceint des voiles de lin dont on a bandé ses
plaies, Lara, suivi du bon Pédro, qui pleure
son maître absent, se met en marche au moment
même. Tous deux s'enfoncent dans la forêt où
Gonzalve, peu de jours auparavant, avait trouvé
la belle Zuléma. Ils pensent que c'est le chemin
que doit avoir pris le héros ; et se laissant guider

par le ciel, ils errent sous ce vaste ombrage.

Les ténèbres couvraient la terre ; la nuit, au milieu de son cours, fuyait déjà vers l'occident, lorsque les deux voyageurs arrivent au pied d'une haute montagne couverte de tristes sapins. Le bruit d'une source abondante, tombant en cascade parmi les rochers, se mêle au murmure plaintif des arbres balancés par le vent, aux cris funèbres des oiseaux de nuit perchés sur la pointe des rocs. Le héros s'arrête auprès de cette onde pour désaltérer son coursier. Pédro regarde attentivement le sommet de la montagne ; et le faible éclat d'une seule lumière, qui brille à travers la sombre verdure, indique au fidèle Pédro qu'un ermite ou qu'un solitaire habite cet affreux désert.

Aussitôt il propose à Lara de monter jusqu'à l'ermitage, de s'y reposer quelques instans. Lara cède à sa volonté. Ils cherchent ensemble, trouvent un sentier ; mais la pente en est si rapide, qu'ils sont forcés de quitter leurs chevaux. Pédro les conduit tous les deux. Lara coupe une forte branche, appuie sur elle ses pas chancelans, et précède le vieux serviteur.

Arrivé long-temps avant lui, le héros découvre au milieu des roches une humble et chétive chaumière, d'où s'échappait la faible lueur. La source bruyante coulait à l'entrée. Devant la porte était

une pierre couverte de mousse et de joncs marins.
A peine parvenus jusqu'à la pierre, Lara s'arrête
pour entendre une voix qui chantait ces douces
paroles :

Unique objet de ma tendresse,
Jeune victime de l'amour,
Je consens à pleurer sans cesse,
Consentez à souffrir le jour :
C'est pour moi que je vous implore ;
Vivez, pour que je vive encore.

Souvent votre bouche m'assure
Que votre cœur sait me chérir ;
Je n'ai que vous dans la nature,
Et vous désirez de mourir !
C'est pour moi que je vous implore ;
Vivez, pour que je vive encore.

En vous seule est ma destinée ;
Votre sort n'en est pas plus doux :
Que je me trouve infortunée
D'être plus heureuse que vous !
C'est pour moi que je vous implore ;
Vivez, pour que je vive encore.

La voix se tait ; une voix différente répond avec
des sanglots :

O mon amie, ma seule amie, cesse d'essayer des
consolations qui m'attendrissent sans me soulager.
Tu sais si mes larmes peuvent tarir ; tu sais si
je dois oublier et les malheurs que j'ai soufferts,

et les malheurs plus grands que j'ai causés. Laisse-moi, laisse-moi nourrir une douleur trop légitime. Contente-toi des efforts pénibles de ma vive et tendre amitié : j'ai vécu jusqu'à ce jour, c'est bien assez, mon unique amie. Sans toi, crois-tu que j'eusse profité du triste bienfait de Lara ?

A ces derniers mots, à son nom qu'il entend avec surprise, Lara fait du bruit, s'avance, et demande l'hospitalité. Il voit deux femmes effrayées qui, sans répondre, prennent la fuite. Le héros les rassure, les suit jusqu'à la porte de leur chaumière. Bientôt l'une d'elles revient, tenant dans ses mains une lampe. Elle envisage Lara, elle pousse un cri de joie.

Est-ce vous, dit-elle en versant des larmes, vous que je n'espérais plus voir, vous qui sauvâtes ma maîtresse, et me rendîtes mon bien le plus cher ? Ah ! Zoraïde, accourez, venez embrasser votre libérateur.

Lara, qui reconnaît alors la malheureuse reine de Grenade, se hâte de voler au-devant d'elle, et l'empêche de tomber à ses pieds. Il baise avec respect sa main, s'oppose aux hommages qu'elle veut lui rendre ; mais il ne peut se dérober aux transports de la sensible Inès. Entraîné par elle, il suit Zoraïde au fond de son humble cabane. La reine l'invite à se reposer, lui présente un siége grossier , qu'Inès couvre avec une natte. Inès court lui chercher du lait, des dattes et des raisins. Un vase de bois d'olivier est rempli par elle à la source ; elle revient l'offrir au héros ; elle regrette, pour la première fois , de n'avoir pas les vins parfumés des beaux rivages de l'Andalousie.

Lara , dans un étonnement mêlé d'une tendre pitié , contemple fixement la reine , et peut à peine retrouver ses traits. Ce ne sont plus ces yeux brillans dont la douceur tempérait l'éclat, ce front si charmant , si modeste, où la pudeur s'unissait à la grâce : une pâleur éternelle couvre ce front chargé d'ennuis ; des pleurs qui ne tarissent point, ont éteint le feu de ces yeux : Zoraïde n'a plus d'elle-même que son amour et ses vertus. Lara regarde en soupirant le séjour qu'habite une reine. Ces murailles couvertes de mousse , ce toit de roseaux et de chaume , tout l'étonne, tout le confond. La reine le voit et sourit.

Ce n'est pas ici l'Alhambra , lui dit-elle d'une voix douce : mais plût au ciel que Zoraïde n'eût jamais connu d'autre palais ! Lorsque votre valeur m'eut sauvée , je crus pouvoir vivre à Carthame , au milieu des Abencerrages, mes frères et mes amis. J'éprouvai bientôt que les malheureux ne peuvent qu'à peine se souffrir eux-mêmes , et qu'un désert est le seul asile où la douleur doive attendre

la mort. Je pris la fuite avec mon Inès, que vainement j'avais suppliée de retourner dans sa patrie.
Nous nous enfonçâmes au milieu des montagnes ;
et dirigeant mes pas malgré moi vers la fatale Grenade, j'arrivai dans la forêt des larmes, où je sa-
vais que le brave Almanzor avait donné la sépulture aux restes d'Abenhamet. Grâce à mes soins,
grâce à ceux d'Inès, qui n'épargna ni courses ni
fatigues, je découvris enfin la place où reposait ce
malheureux amant. Cette découverte fut pour mon
cœur un événement plus grand, un plaisir plus
vif et plus doux, que celui que j'éprouvai lorsque
vous vîntes m'arracher aux flammes. Je résolus de
ne jamais quitter ce lieu si cher à ma tendresse.
L'espoir qu'Inès pourrait bientôt réunir ma faible
dépouille à celle d'Abenhamet, pénétrait mon âme
de joie ; mais la crainte d'être rencontrée dans ces
bois voisins de la ville, la frayeur de tomber encore dans les mains barbares de Boabdil, me for-
cèrent d'aller chercher une retraite plus cachée.
Je n'osai marquer cette tombe autrement que par
mes larmes : j'étais sûre de la retrouver, comme
l'oiseau dans les forêts retrouve toujours l'arbre de
son nid. Inès découvrit ces rochers, Inès y fixa ma
demeure. Elle rassembla ce toit de roseaux, elle
disposa la simple retraite où je vous reçois aujour-
d'hui. Les fruits sauvages qu'elle va cueillir suffi-

sent à notre nourriture ; les eaux de la source nous
désaltèrent. Elle dort sur ce lit de jonc, je pleure
sur ces feuilles sèches ; et tous les soirs, lorsque
les ténèbres peuvent cacher mes timides pas, je
vais sur la tombe d'Abenhamet donner à sa mort
des larmes nouvelles, répéter les anciens sermens
que mon cœur n'a jamais trahis, et demander au
Dieu tout-puissant d'abréger mon trop long supplice... Retenez vos pleurs, généreux Lara ; ce
Dieu m'exaucera bientôt. J'ai l'espoir, j'ai la certitude, d'être dans peu rejointe à celui de qui j'ai
causé le trépas. Il m'est doux de vous voir encore
avant cet instant désiré, de vous parler de ma reconnaissance, de m'informer à vous-même si vos
vertus vous donnent le bonheur.

Hélas ! lui répond Lara, ce n'est pas aux âmes
sensibles que le bonheur doit appartenir. L'amour
a causé vos maux, l'amitié seule cause les miens.
Séparé long-temps de Gonzalve, de ce héros si fameux, si respecté de l'univers, si chéri de mon
tendre cœur, je le revoyais, j'étais avec lui : Gonzalve a disparu tout à coup. On ignore sa destinée.
Des bruits sourds se sont répandus que les Maures
l'ont fait prisonnier. Je ne crois point ces fausses
nouvelles. Gonzalve n'est pas un guerrier que l'on
puisse rendre captif. Blessé moi-même, souffrant
et me soutenant avec peine, je suis à la recherche

de mon ami. J'irai, s'il le faut, jusque dans Grenade, où je tremble qu'un funeste amour ne l'ait peut-être conduit. J'irai, non défendre sa vie, ma faiblesse m'en ôte l'espoir, mais partager ses périls, mais du moins mourir avec lui.

O ciel! s'écrie alors Inès, vous pénétrez mon cœur de crainte. Apprenez ce que, ce soir même, m'a dit un pâtre de ces montagnes : Gardez-vous, Inès, gardez-vous d'aller à la forêt des larmes ; elle est remplie de soldats armés. Ils sont au tombeau d'Almanzor, où l'on doit immoler demain le plus redouté des Chrétiens. Le pâtre n'a pu s'expliquer davantage. Zoraïde n'a pas osé sortir, et je tremble que le grand Gonzalve ne soit le héros dont il m'a parlé.

Inès n'avait pas achevé, Lara tremblant appelle Pédro. Il redemande ses coursiers : le vieux serviteur les amène. Lara peut à peine faire ses adieux à la malheureuse reine ; il monte à cheval précipitamment, et, guidé par l'aimable Inès, qui montre au vieillard un sentier facile, il vole vers la forêt des larmes.

L'orient commençait à se teindre de pourpre, lorsque Lara, déjà dans le bois, aperçoit à travers les arbres, des flambeaux, des sabres, des lances. Il presse sa course, arrive hors d'haleine, se précipite au milieu des soldats, et voit... juste

ciel ! quel spectacle ! son ami chargé de chaînes,
appuyé contre le tombeau. Sa tête nue était cour-
bée, le fer déjà levé sur elle, Mulei ordonnait de
frapper... Lara jette des cris perçans, s'élance à
terre, retient le glaive; et s'adressant à Mulei étonné :

Père malheureux, dit-il avec l'accent énergique
de la vertu, de l'amitié, tu veux venger la mort
de ton fils, j'approuve ta juste vengeance; mais
répands ici le sang du coupable, et ne ternis point
en un jour l'éclat de ta longue carrière par le sacrifice d'un innocent. Gonzalve, que tu vas frapper, ne combattit point le brave Almanzor; j'en
atteste le Dieu du ciel, les rois et les chefs castillans. C'est moi, moi seul, qui triomphai du
plus redoutable des Maures; c'est moi qui, tombant sous ses coups, lui portai le coup de la mort.
Je pris les armes de Gonzalve; je profitai d'un moment d'absence pour abuser les yeux de ton fils,
pour tromper ceux des deux armées, pour m'é-
prouver contre un guerrier dont la gloire me rendait jaloux. Roi de Grenade, tu connais mon crime;
je ne viens que pour l'expier. Connais à présent
ce qu'a fait Gonzalve, et qu'il en reçoive le prix:
c'est lui qui livra le corps de ton fils à ces Alabez
qui m'écoutent; c'est lui qui te rencontra seul, attaqué par quatre espagnols, qui te sauva de leur
fureur, te donna son propre coursier, t'ouvrit le

chemin de Grenade. Mulei, tu sais tout à présent ;
que ta justice prononce.

Elle a prononcé, interrompt Gonzalve ; son arrêt est irrévocable. Maures, ne croyez point ce héros. C'est mon ami, c'est mon frère d'armes : il
ne s'accuse que pour me sauver. C'est moi qu'Almanzor défia ; c'est moi qui dus lui donner la mort.
Vengez-vous, hâtez mon supplice ; mais épargnez
le généreux Lara. Souvenez-vous que sa valeur
sauva du bûcher Zoraïde ; souvenez-vous, braves
amis, des malheureux Abencerrages, que Lara
vainquit les Zégris. Rendez-lui le respect, l'honneur, que tout mortel doit à ses vertus ; admirez,
sans le croire, le mensonge sublime de son amitié.
Et toi, Lara, pardonne à ton frère de leur dévoiler
tes desseins.

A ces mots, Mulei et les Alabez ordonnent à
Lara de se retirer. Non, s'écrie-t-il avec désespoir,
vous n'achèverez pas le crime ; vous serez moins
barbares que cet ingrat. Eh ! ne voyez-vous pas
qu'il désire la mort, qu'il ne tremble que pour son
ami ? Maures, j'en jure par l'Éternel, je suis le
meurtrier d'Almanzor, je suis celui qu'il faut immoler. Si vous en doutez encore, si votre haine
pour Gonzalve rend inutiles mes sermens, rappelez-vous ce combat funeste dont vous avez été témoins ; souvenez-vous que le vainqueur resta cou-

ché sur la poussière, étendu, baigné dans son sang,
et reconnaissez ce vainqueur... Approchez, voyez
mes blessures, regardez ce sein tout sanglant. Voilà
les coups de votre Almanzor, voilà comment je suis
échappé de ses redoutables mains, voilà les témoignages récens de ma douloureuse victoire : ce cruel
ne peut les montrer.

Il dit, découvre sa poitrine, déchire ses voiles,
fait voir ses blessures, et demande à genoux la mort.
Gonzalve, hors de lui-même, serre dans ses bras
son ami, l'inonde, le couvre de larmes, veut parler,
persister encore à se déclarer seul coupable ; Lara
l'interrompt par ses cris.

Mulei était vertueux, les Alabez n'étaient pas des
barbares. Ils sont attendris, ils pleurent eux-mêmes
de ce combat de l'amitié. Le vieillard ne peut résister
aux mouvemens de son âme : il lit dans les yeux
de ses compagnons le conseil qu'il doit adopter. Il
fait détacher les fers de Gonzalve, commande à
Lara de se relever ; et fixant sur les deux héros des
regards remplis de tristesse :

L'un de vous, dit-il, a tué mon fils, je veux
ignorer le coupable ; l'un de vous a sauvé mes
jours, je veux les devoir à tous deux. Je m'acquitte
d'un bienfait horrible en vous rendant une liberté
qui sera funeste pour ma patrie ; mais je crois entendre la voix d'Almanzor me l'ordonner dans ce

moment. Allez, modèle des amis, que j'admire et que je déteste, allez dire à vos Espagnols que c'est pour mieux venger mon fils, pour honorer plus dignement sa cendre, que j'ai sacrifié ma haine au désir de lui ressembler. Si ce bienfait de ma part vous laisse quelque reconnaissance, tremblez d'attaquer jamais des remparts où je dois périr. Je jure ici par le nom de Dieu, par celui du héros que je pleure, que vous me trouverez sur la brèche, que partout devant vos épées, j'irai vous offrir le vieillard qui sauve aujourd'hui votre vie, et que vous n'entrerez dans Grenade qu'en foulant aux pieds, toi, Lara, le libérateur de Gonzalve, toi, Gonzalve, le malheureux père de la sensible Zuléma.

En achevant ces mots, sans s'arrêter, sans vouloir entendre les deux héros, Mulei part avec les Alabez. Gonzalve et Lara s'embrassent encore; ils ne peuvent croire qu'ils sont réunis; ils se font de tendres reproches. Le bon Pédro, qu'égare sa joie, vient mêler ses pleurs à leurs douces larmes. Il donne son coursier à son maître, et prend avec eux le chemin qui doit les conduire à Santa-Fé.

Oh! quels transports, quelle ivresse excite leur retour à l'armée! Les soldats, en les revoyant, oublient leurs derniers malheurs : les deux héros leur sont rendus; désormais ils sont invincibles. Alamar, les Abencerrages ne leur inspirent plus d'ef-

froi. Grenade est prise dès ce moment, rien ne
peut plus retarder sa chute ; et tous demandent
à grands cris de marcher aussitôt aux remparts.

Gonzalve, flatté de leur confiance, approuve et
ressent cette même ardeur. Occupé sans cesse de
Zuléma, des périls où il l'a laissée, il tremble que
le furieux Alamar ne se porte aux derniers excès.

Il brûle de se voir aux mains avec cet odieux
rival, de délivrer la terre d'un monstre dont le
nom seul inspire l'horreur. Mais la menace faite
par Mulei de se présenter partout à Gonzalve, de
couvrir toujours de son corps la brèche qu'il atta-
quera, vient glacer le héros sensible, et le force à
redouter l'assaut.

Tandis qu'il projette avec son ami de défier le
prince africain, de l'attirer hors de ses murailles,
le roi Ferdinand vient les interrompre, et leur
adresse ce discours :

Jeunes héros, l'honneur des Espagnes, je n'ose
me plaindre du sort qui ne me permet pas de
vaincre sans vous ; mais ce sort me fait une loi
de vous séparer de nouveau. Les Abencerrages,
maîtres de Carthame, sont venus combattre jusque sous ces murs ; ils peuvent revenir encore.
Avant que je porte les derniers coups à ces tours
déjà chancelantes, il faut s'emparer de Carthame ;
il faut détruire ou rendre captif tout ennemi qui

peut nous troubler. Gonzalve, je vous ai choisi
pour cette importante conquête : les blessures du
vaillant Lara lui défendent de vous accompagner ;
prenez l'élite de mes guerriers, marchez avec eux
vers Carthame ; je vous laisse maître de tous les
moyens qui vous livreront ses remparts : apportez-
moi ses clefs dans six jours, ce terme doit suffire à
Gonzalve ; je l'ai fixé, non sur la force de la place,
mais sur les talens de mon général.

Gonzalve sent renaître, à ces mots, son ardente passion pour la gloire : il promet au roi d'o-
béir ; il partira dès le lendemain. Son amour gémit en secret de s'éloigner de Grenade ; mais sa
valeur lui fait espérer de revenir avant les six
jours. Il connaît les affreux rochers qui, de toutes
parts, défendent Carthame ; il sait qu'une surprise
seule peut lui livrer ces monts escarpés. Déjà mé-
ditant un dessein qui doit assurer sa victoire, il
demande pour l'accompagner les fidèles Asturiens.

Six mille fantassins lui suffisent ; mais Gonzalve
les a choisis. Tous sont nés dans les Pyrénées ;
tous ont été pâtres, chasseurs dans les gorges,
dans les précipices des montagnes de Lievana. Là,
sur les rocs cachés dans les nues, sur les pointes
brillantes des glaces, sur les sommets inaccessibles
où la neige, changée en diamans, brave de près les
feux du soleil, ils ont poursuivi dès l'enfance les

aigles et les chamois. Couverts seulement d'une peau
de loup, dont la gueule leur sert de casque, ils portent
une large ceinture à laquelle pendent trois crochets
d'acier ; leurs pieds sont armés de griffes de fer,
leur main droite, d'un dard à deux pointes. Deux
poignards aigus sont à leur côté, une longue fronde
autour de leur tête. Hardis, légers, infatigables,
tous d'une haute stature, d'une force au dessus de
leur taille, on les prendrait pour ces fiers géans
qui tentèrent d'escalader les cieux,

Le brave Pegnaflor les commande ; Pegnaflor,
dont les ancêtres combattirent avec Pélage, et qui
n'a point dégénéré de leur ancienne valeur. Cette
troupe si redoutable, glorieuse de se voir choisie
par le magnanime Gonzalve, se range sous l'antique drapeau des premiers rois de l'Espagne ;
elle n'attend plus que son général. Il parait, suivi
de Lara, qui gémit de le perdre encore ; il lui fait
de tendres adieux, le presse contre sa poitrine, et
donne le signal du départ.

Il marche, arrive avant la nuit à peu de distance
de Carthame. Il cache ses guerriers dans un bois,
leur ordonne de prendre du repos. Seul, monté
sur une colline, il examine de loin la place, et la
découvre au milieu d'un roc qui domine les monts
d'alentour. Un sentier étroit et rapide, que peut
à peine gravir un coursier, conduit à ses portes

de bronze. Les créneaux, taillés dans la pierre, s'élèvent sur des précipices que l'œil ne peut mesurer. Un torrent furieux roule avec fracas au pied du rocher qui porte Carthame. La cime immense de ce roc va se perdre jusque dans les nues, s'avance par-dessus la ville, et semble vouloir la défendre contre les atteintes du ciel.

Gonzalve n'arrête ses yeux que sur cet effrayant rocher; il croit tout possible au courage, il connaît celui de ses Asturiens. Il observe d'un regard sûr la position des montagnes, suit, sans le voir, dans leurs intervalles, le rapide cours du torrent, juge où son lit élargi doit en rendre aisé le passage; et certain de ce qu'il présume, il vient retrouver ses guerriers.

Nobles descendans, leur dit-il, de ces vénérables Chrétiens qui, retirés dans des cavernes[1], sans autres secours que Dieu et leur cœur, sauvèrent notre patrie du joug des Maures, ce Dieu juste permet qu'en ce jour, les usurpateurs soient enfin réduits à l'asile que vous aviez alors. Je vous ai choisi sur toute l'armée pour venir le leur arra-

---

[1] Les exploits et la victoire d'une poignée de Cantabres retirés avec Pélage dans la caverne de Cavagonde, sont célèbres dans l'histoire d'Espagne.

cher, pour assurer la ruine de Grenade, pour
faire répéter à l'univers que l'Espagne doit toujours ses triomphes aux indomptables Asturiens.
Vous voyez cette roche immense qui porte sa tête
dans les nuages; l'aigle craint de s'y reposer : c'est
là que vous irez vaincre. Que la moitié de vous
reste avec moi ; que l'autre, conduite par Pegnaflor, aille au loin tourner la montagne, je lui tra-
cerai son chemin. Vous parviendrez à ce sommet :
où ne parvient pas la constance? vous allumerez
trois feux pour m'instruire de votre arrivée, vous
chargerez vos frondes de pierres, et vous attendrez
mon signal.

Il dit. Les Asturiens, pleins d'ardeur, jurent de
gagner la cime du roc. Tous veulent tenter l'entreprise : le héros, pour les accorder, promet des
périls à ceux qui resteront. Il conduit à l'instant
Pegnaflor à la colline d'où l'on découvre les sinuo-
sités du torrent ; il lui développe ses hardis projets. Pegnaflor instruit, choisit trois mille hommes,
les plus forts et les plus adroits, leur fait prendre
pour deux jours de vivres ; et dès que la nuit est
venue il part avec ses guerriers.

Gonzalve donne cette nuit et le lendemain au
repos. Il a calculé le circuit que doit parcourir Pegnaflor, les obstacles qu'il peut rencontrer, le
moment de son arrivée. Inquiet, privé du sommeil

il passe la seconde nuit sur la colline, les yeux attachés au rocher. Rien ne paraît, tout est tranquille. La lune brille dans le ciel : sa lumière devient favorable aux travaux des Asturiens ; elle doit hâter leur succès ; mais le héros craint et soupire. Enfin, avant l'aube du jour, il voit les trois feux allumés. Il en jette un cri d'allégresse, court à sa troupe, fait sonner l'alarme, range ses soldats, et marche au sentier.

Il passe le torrent à la nage, à la tête de ses Asturiens. Les Abencerrages, au premier bruit, volent à leur créneaux en armes. Une nuée de flèches vient tomber aux pieds du héros. Seul, couvert de son bouclier, il s'avance, monte sur une roche, coupe une branche d'olivier sauvage, l'élève au-dessus de sa tête, fait signe qu'il demande à parler.

Aussitôt le brave Zéir ordonne à ses frères de retenir leurs flèches. Les portes de la ville s'ouvrent ; Omar, suivi de plusieurs guerriers, descend par le sentier rapide, marche fièrement vers Gonzalve ; mais, reconnaissant tout-à-coup ses traits, il s'arrête, hésite, balance et ne sait plus s'il doit l'entretenir.

Approche, lui dit le héros : j'éprouvai jadis ton courage ; il doit te répondre de mon estime. Je ne viens point ici combattre pour les intérêts de mon

cœur ; je viens au nom de Ferdinand, vous offrir
une paix nécessaire, une paix digne des Abencerrages, et dont cette noble tribu peut me dicter les
conditions. Je suis le maître du traité...

Tu ne l'es pas de Carthame, interrompt Omar
d'une voix altière ; et Grenade aurait succombé,
que nous braverions dans nos murs, tes rois, ton
armée, toi-même. Regarde sur quels fondemens
repose notre liberté ; regarde ces rochers terribles,
ces inabordables remparts, ces tours où l'œil ne
peut atteindre, et donne à tes guerriers des ailes
avant de nous parler de paix.

Mes guerriers n'en ont pas besoin, répond Gonzalve avec un sourire ; regarde toi-même ce roc
qui domine sur votre ville, mes guerriers y sont
parvenus. Vois-tu cette nombreuse troupe prête à
faire tomber sur vos têtes les pierres qui vous défendaient ? Elle n'attend que mon signal pour détruire votre seul asile. Choisissez donc dans un instant : périssez tous sous vos ruines, ou signez
la paix glorieuse que je vous offre comme à des
amis.

Omar étonné regarde le mont, et voit sa cime occupée par trois mille Asturiens. Il ne peut en croire
ses yeux : interdit, muet, immobile, il pense faire
un songe funeste. Enfin forcé d'ajouter foi au prodige qu'il ne conçoit pas, il répond au héros avec

moins d'orgeuil, et lui demande quelques instans pour aller instruire ses frères.

Bientôt les remparts sont déserts, un affreux silence règne dans la ville. L'impatient Gonzalve fait sonner ses trompettes, se prépare à gravir le mont, lorsque des portes de Carthame il voit sortir le vaillant Zéir, Osman, Omar et Vélid, avec les principaux des Abencerrages. Ils viennent à lui, sans armes, le front non baissé, mais couvert de la rougeur des héros. Ils s'avancent d'un pas lent et calme. Gonzalve marche au-devant d'eux : Zéir lui adresse ces mots :

Tu nous as vaincus, Gonzalve : sois sûr que nous saurions mourir, si nos femmes, si nos enfans, pouvaient éviter notre sort ; mais nous cédons à la nature, à la fortune, à ton ascendant. Nous venons te rendre Carthame ; nous ne demandons que la liberté. Qu'il soit permis à notre famille de suivre toujours sa religion, d'habiter en paix les campagnes que Ferdinand voudra nous donner : à ce prix nous sommes ses sujets fidèles, je te remets nos clefs et ma foi.

Gonzalve, lui présentant la main, accorde plus qu'il ne demande. Il traite avec honneur les Abencerrages, monte au milieu d'eux à Carthame, entre dans la ville comme un allié, prescrit à ses Espagnols la discipline la plus sévère, et leur prodigue

les récompenses pour leur faire oublier qu'ils sont
vainqueurs. Pegnaflor devient gouverneur de la
nouvelle conquête ; le héros lui laisse les six mille
Asturiens, et seul, suivi des Abencerrages il reprend la route de Santa-Fé.

Lara n'osait l'attendre encore, et cependant chaque jour Lara venait au-devant de lui. De loin
il aperçoit Gonzalve ; il vole, le serre long-temps
dans ses bras, et contemple le noble cortége dont
son frère est environné. Il salue les Abencerrages,
leur cache une joie qui peut les offenser ; et diffé-
rant, par respect pour eux, de parler à son ami
de sa victoire, il court les annoncer aux rois.

L'heureux Ferdinand, l'auguste Isabelle, peuvent à peine cacher leur surprise. Ils reçoivent les
nouveaux captifs comme d'anciens sujets qu'ils
chérissent. Ils confirment le traité glorieux que
leur général a signé, laissent à l'illustre tribu son
culte, ses biens, ses richesses, et joignent à tant de
bienfaits une ville de l'Andalousie qui doit devenir l'héritage de leur noble postérité.

Tandis que les époux rois enchaînent ainsi les
cœurs de ceux qu'ont vaincus leurs armes, un soldat demande Gonzalve, et veut lui parler en secret. Il vient lui remettre une flèche partie des
murs de Grenade, portant avec elle un billet scellé
sur lequel on voit le nom du héros. Gonzalve

étonné saisit ce billet, l'ouvre d'une main tremblante, et lit avec peine ces mots, presque effacés
par des pleurs :

« Je touche à mon heure dernière: puisqu'Ala-
« mar me donne le choix ou de l'hymen ou de la
« mort. Si mon trépas suffisait au tyran, je ne
« viendrais pas implorer l'ennemi de ma patrie,
« j'expirerais sans me plaindre, et mon dernier sou-
« pir serait pour lui. Mais mon père est chargé de
« fers ; mon père pour avoir sauvé tes jours, est
« avec moi dans le même cachot où mon amour me
« fit pénétrer. Il n'en doit sortir que pour le sup-
« plice, Gonzalve, viens le délivrer : mon cœur ne
« sera point ta récompense, je ne le donne pas
« deux fois; ma main pourra seule acquitter ce
« que tu feras pour mon père »

Gonzalve, pâle, troublé, relit deux fois cet écrit,
et retourne auprès d'Isabelle. La reine s'aperçoit
de son émotion : Parlez, dit-elle, grand capitaine ;
quels chagrins peuvent obscurcir votre front couvert de lauriers? Quels souhaits peut former votre
âme? je jure de les exaucer. Expliquez-vous avec
assurance : quel prix demandez-vous de tant d'exploits ?

L'assaut, répond aussitôt Gonzalve, le dernier,
le terrible assaut qui doit rendre Grenade captive,
qui doit précipiter du trône l'infâme et cruel Boab-

dil, qui doit venger le ciel fatigué des crimes du
barbare Alamar. Ordonnez l'assaut pour l'aube du
jour ; c'est ma plus chère récompense, c'est la
seule que je vous demande de tout ce que j'ai fait
pour vous.

A ces paroles, qu'il prononce avec des yeux
étincelans, avec l'accent de la fureur, avec l'éga-
rement de l'amour, Ferdinand transporté se lève :
Tu seras content, lui dit-il ; demain je te livre Grenade, demain tu puniras à ton gré les vils ennemis
qui t'ont outragé. Viens en donner l'ordre toi
même, viens enflammer mes braves soldats du feu
qui brille dans tes regards ; viens leur dire que tu
combattras, ils seront sûrs de la victoire.

Il appelle aussitôt ses chefs, et leur déclare sa
grande entreprise. Il soumet à Gonzalve son plan
d'attaque, qu'il perfectionne d'après ses conseils.
Deux mines, préparées dès long-temps, doivent
éclater à l'aurore, et renverser deux tours oppo-
sées, les plus fortes des assiégés. L'armée partagée
en deux corps, marchera sur ces tours à la fois. Le
roi lui-même, le jeune Cortez, le généreux Lara,
guéri de ses blessures, guideront les colonnes des
Aragonais, des Catalans, des Baléares, à l'attaque
de la droite. Le prudent Medina, l'invincible Gonzalve, à la tête des Castillans, des Léonais, des Andalous, donneront l'assaut à la gauche. Les trou-

pes des deux couronnes, rivales de gloire depuis tant
de siècles, se voyant ainsi divisées, voudront s'effacer
mutuellement. Isabelle va les visiter, les encourage, les excite. Gonzalve, qui conduit la reine, fait
briller l'épée du Cid. Tout est prêt, tout est disposé ; chaque soldat brûle d'être à l'aurore.

Enfin il paraît, ce grand jour, qui doit éclairer le
plus beau triomphe, la plus importante conquête
des Chrétiens sur les Musulmans ; qui doit venger
huit siècles d'affronts, rendre à l'Espagne entière
sa liberté, au vrai Dieu ses antiques temples, et
commencer cette longue suite de victoires qui
remplit du nom castillan les trois parties du monde
connu, et le monde nouveau qu'ils découvrirent.

Gonzalve, le premier armé, appelle, excite ses
compagnons. A pied comme eux, il sort de la ville,
et les range dans la plaine. Impatient du signal, il
accuse Ferdinand de lenteur, retourne aux portes
de Santa-Fé, presse la marche des bataillons, leur
montre le soleil qui brille à peine, et croit déjà
le voir sur son déclin. Il va délivrer son amante,
il va punir un odieux rival, il va vaincre pour sa
patrie : amour, vengeance, vertu, tout se réunit
dans son cœur, tout l'élève au-dessus de lui-
même. Sa grande âme ne peut suffire aux transports dont elle est oppressée. Il court, il vole dans
les rangs, embrasse chaque guerrier, agite dans

ses mains sa terrible épée, et regarde les murs de
Grenade, comme un voyageur, au milieu des déserts, tourmenté d'une soif brûlante, regarde un
ruisseau qu'il découvre, et dont il ne peut encore
approcher.

Le sage Medina contient son ardeur; il lui
montre de loin Ferdinand disposant les Aragonais;
Isabelle, au haut d'une tour, à genoux et les bras
tendus, implorant le Dieu des armées; le brave
Lara, le jeune Cortez, à la tête de leurs colonnes;
les Maures, sur leurs remparts, l'arc tendu, la
flèche à la main, attendant fièrement l'attaque.
Boabdil n'est point avec eux : ses blessures et sa
mollesse le retiennent dans l'Alhambra; mais le
féroce Alamar, armé d'une masse de fer, se distingue au milieu des Zégris. Alamar, instruit par
le dernier assaut, redoutant une seconde entreprise, a détourné dans les fossés les eaux rapides
du Darro. Il a pris soin de préparer des vases remplis de bitume, de salpêtre, d'huile bouillante, des
flèches, des traits enflammés. Il a rassemblé des
quartiers de roc. Toutes les ressources du désespoir, de la rage, de la terreur, Alamar les a em-
ployées; il n'a rien négligé; et tant de machines
mortelles menacent surtout Gonzalve.

Le roi d'Aragon commande. Bientôt deux corps
de cavalerie, qui volent chargés de fascines, et vont

combler deux portions des fossés. Ils achèvent leur entreprise à travers les traits ennemis. L'armée s'ébranle alors, mais d'un pas lent et tranquille. Alamar envoie de nouveaux renforts dans les deux tours où l'on se dirige. Les Maures obscurcissent l'air de leurs flèches; ils jettent d'effroyables cris. Les Espagnols marchent en silence, à l'abri de leurs boucliers. Arrivés non loin des glacis, ils s'arrêtent, baissent leurs lances, attendent le dernier signal.

Au même instant, et des deux côtés, un bruit horrible, épouvantable, éclate tout à coup dans les airs. La terre en tremble, les montagnes en sont émues, les vallons le répètent au loin. Des torrens d'une fumée épaisse cachent les remparts de Grenade, des tourbillons de poussière s'élèvent jusqu'aux cieux. Des cris d'effroi, des gémissemens, se mêlent à cet affreux bruit; et les tourbillons dissipés laissent voir les deux fortes tours déracinées de leurs fondemens, détruites, réduites en poudre, couvrant les fascines de leurs débris et des membres épars, sanglans, des infortunés qui les défendaient.

Les trompettes sonnent alors, et Gonzalve jette un cri terrible. Il se précipite le fer à la main, passe le fossé, monte sur la brèche, renverse, immole, repousse les Musulmans accourus vers

lui, appelle ses Castillans, qui volent sans pouvoir
le suivre, et, seul, sur le haut des murailles, en-
tasse les corps expirans. Les Almorades, guidés
par Abad, se réunissent contre le héros : le héros
attaque, rompt leur bataillon, sème autour de lui
les victimes, dissipe, détruit, met en fuite tout ce
qui s'oppose à ses coups ; et, rejoint enfin par les
siens, il prend l'étendard de Castille, s'élance à
travers les morts, les ruines, les débris, et l'arbore sur le rempart.

Alamar, avec les Zégris, combattait à l'autre
brèche. Alamar avait soutenu l'effort du brave
Lara ; sa terrible masse avait renversé le téméraire Cortez ; et Ferdinand, repoussé deux fois, ne
pouvait gravir le rempart. Le fier Alamar insul-
tait les Chrétiens ; il se croyait déjà vainqueur,
lorsqu'il aperçoit de loin l'étendard planté par
Gonzalve, et qu'il entend ce nom glorieux répété
par les Espagnols.

A cette vue, à ces cris de victoire, l'Africain
pâlit de fureur ; il frappe la terre de sa masse,
baisse la tête, balance un instant sur le parti qui
lui reste. Bientôt, promenant des regards farouches sur les Zégris dont il est entouré : Brave
Maäz, dit-il à leur chef, restez à cette brèche avec
vos frères ; périssez tous jusqu'au dernier, plutôt
que de l'abandonner. Je cours avec les Alabez

chasser l'ennemi du rempart ; je cours punir, ex-
terminer le détestable... Il ne peut achever ; sa
colère ne lui permet pas de prononcer le nom
qu'il abhorre. Il jette sur ses épaules sa pesante
masse, se met à la tête des Alabez, et, monté sur
la longue courtine qui joignait les deux tours détruites, il marche à grands pas vers les Castillans.

Gonzalve venait au-devant de lui ; Gonzalve,
à peine vainqueur, veut aller délivrer Zuléma :
mais, averti que son ami combat encore à l'autre
brèche, le héros change de dessein, et vole avec
les Léonais au secours du vaillant Lara. Sa voix
tonnante fait retentir le nom d'Alamar ; il l'appelle, il le défie : l'Africain l'entend et répond de
loin. Tous deux, reconnaissant leurs voix, se précipitent l'un vers l'autre ; tous deux s'aperçoivent
enfin, s'élancent au-devant de leurs troupes, et se
rencontrent au milieu du rempart.

Dieu des combats ! qui pourrait peindre la force,
la haine, la rage de ces implacables rivaux ? Qui
pourrait exprimer l'aveugle fureur, le besoin pressant de vengeance, la soif ardente de sang dont
chacun d'eux est dévoré ? Sans prendre soin de
leur vie, sans songer à leurs boucliers, Alamar
lève sa masse, Gonzalve sa tranchante épée, et,
les tenant à deux mains, ils s'abordent en se frappant. Leurs coups réunis n'en font qu'un seul ;

les échos en retentissent ; le casque de Gonzalve
est brisé, la peau de serpent est coupée : les deux
guerriers jettent du sang par la bouche et par les
narines. L'Espagnol surpris chancelle, l'Africain
tombe sur un genou ; mais se relevant aussitôt,
Alamar tire son cimeterre ; Gonzalve l'attaque de
plus près, et leur armure vole par pièces : l'airain,
les écailles tombent sous le fer. Les coups se succèdent sans s'interrompre ; on croirait que cent soldats se frappent dans le même instant. Les Léonais, les Alabez les regardent, glacés de crainte.
Tout autre combat reste suspendu ; tous les yeux,
toutes les âmes, sont attachés sur les deux guerriers.

Presque dépouillés de leurs armes, ils parent
avec le seul glaive. Fatigués, mais non moins ardens, ils se rapprochent toujours davantage ; mais
l'Espagnol pousse l'Africain jusqu'au parapet du
rempart. Alamar, qui ne peut plus fuir, se jette
alors sur son ennemi, le joint corps à corps, l'entrelace et veut l'étouffer dans ses bras nerveux. Gonzalve le reçoit, le serre, le presse sur son sein
d'acier, redouble d'efforts, l'ébranle comme un
chêne immense que retient la terre, et le renverse
sur le parapet. Il veut achever sa victoire, il le
précipite du haut des murs ; mais Alamar, qui le
tient lié, l'entraîne dans l'horrible chute. Tous

deux tombent au milieu des flots qu'ils font jaillir
dans les airs ; tous deux sont abimés sous l'onde,
et reparaissent bientôt séparés. Armés de leur terrible glaive, qu'une chaîne attache à leur bras,
ils nagent d'une main, s'attaquent de l'autre avec
une rage nouvelle, et teignent les eaux de leur
sang. Celui d'Alamar coule en abondance ; sa force
ne sert plus sa fureur. Gonzalve s'en aperçoit et
sent redoubler la sienne. Il s'abandonne sur son
ennemi, le joint, le saisit, le frappe à la gorge,
retire son glaive et l'enfonce encore. Tous deux dis-
paraissent une seconde fois : un sang noir bouillonne
au-dessus des flots ; mais au bout de quelques instans on voit Alamar, les bras étendus, flotter au
milieu des ondes rougies. Le héros vainqueur regagne la rive, marche vers la brèche sans reprendre haleine, et vole vers la prison.

Il arrive avec des flambeaux, brise les portes
d'airain, pénètre jusqu'à la princesse, qui n'attendait plus que la mort aux genoux de Mulei-
Hassem. Vous êtes libre, s'écrie Gonzalve en s'é-
lançant à ses pieds ; Alamar n'est plus, vous êtes
vengée... Et vous, respectable vieillard, vous à qui
je dois la vie, pardonnez les tristes exploits que me
prescrivait mon devoir. J'ai servi mes rois, ma
patrie : quitte envers eux, non envers vous, dis-
posez à présent de mon sort. Voulez-vous hono-

rer Ferdinand, en recevant de lui les respects que
votre vertu mérite ? Voulez-vous fuir de Grenade
captive, et vous exiler dans d'autres climats ? Je
peux tout, et je veux tout faire pour adoucir vos
malheurs, pour vous suivre comme un esclave,
pour obtenir de vous un regard d'amitié, plus
cher à mon cœur que ma gloire

Mulei l'écoute, et garde un long silence. Il lève
ses yeux vers le ciel, l'accuse au fond de son
âme, et gémit d'avoir trop vécu. Enfin, soumis
à la destinée, il serre dans ses bras sa fille, la
presse en pleurant sur son sein ; et la montrant à
Gonzalve : Protégez-la, lui dit-il, contre nos cruels
ennemis ; qu'elle vive, qu'elle soit libre... et ne
pensez pas à moi.

Ils sortent alors de l'affreux cachot ; ils marchent,
guidés par Gonzalve, vers le palais de l'Alhambra.
Ferdinand déjà l'occupait ; Ferdinand, vainqueur
aussitôt qu'Alamar eut quitté la brèche, avait envoyé Lara s'emparer du roi Boabdil. Ce faible monarque, au milieu des eunuques, attendait des
fers en tremblant, et versait d'inutiles larmes. Sa
mère Aïxa, debout près de lui, l'œil étincelant de
colère, contemplait son indigne fils. Oui, lui di-
sait-elle, tu dois pleurer comme une femme, puisque tu n'as pas su, comme un homme, défendre
le trône de tes aïeux.

Lara paraît dans ce moment ; il commande à
Boabdil de le suivre , et le conduit aux pieds de
Ferdinand. Le roi détrôné fléchit le genou. Ferdinand cache son mépris sous une feinte clémence ;
il relève ce faible ennemi , qu'il connaît trop bien
pour le craindre , et lui donne la liberté.

Enfin Grenade est partout conquise ; partout
l'Espagnol triomphant arbore les tours de Castille,
et couronne tant d'heureux exploits par son humanité pour les vaincus. Lara , Medina , tous les
chefs, font épargner un peuple qui tremble , rendent sacrés aux yeux du soldat les asiles des infortunés. Les remparts sont couverts de sang ; mais la
ville demeure paisible. Ferdinand conserve aux
Maures soumis leur culte, leur liberté, leurs biens.
Il reçoit des mains de Gonzalve le vertueux Mulei ,
la tendre Zuléma, comme une fille chérie, comme
un roi qu'il estimait depuis long-temps. Il leur
prodigue les respects qu'il doit à leur infortune, les
honneurs qu'il doit à leur rang ; et voulant donner
à Gonzalve le seul prix digne de ses exploits , il
prouve au héros sa reconnaissance par ses bienfaits
envers Zuléma.

Dès le lendemain, l'auguste Isabelle , environnée de sa cour, montée sur un coursier blanc qui
disparaît sous les pierreries, Isabelle se rend aux
portes de la ville , où Ferdinand lui présente les

clefs. Elle fait son entrée triomphale au milieu de toute l'armée, qui bénit son nom glorieux, à travers un peuple étonné de voir des vainqueurs si clémens. Calme et modeste après la victoire, elle protège les Maures, elle honore les Espagnols. Gonzalve et Lara, placés auprès d'elle, la conduisent à la grande mosquée, devenue le temple du Christ. La reine rend grâce au Dieu des armées, le supplie de veiller toujours sur l'empire qu'il lui confia, et lui demande, non d'augmenter cet empire, mais de lui donner les vertus qui peuvent rendre ses sujets heureux.

Sur ce même autel, dans ce même temple, Gonzalve, peu de jours après, reçut la main de Zuléma. Mulei, vaincu par ses vertus, consentit à le nommer son gendre, et n'en aima pas moins sa fille, quoiqu'elle suivît la foi des Chrétiens. La reine elle-même et Ferdinand furent les témoins de ces nœuds si doux. Lara, dont le bonheur peut-être égalait celui de Gonzalve, serrait son ami contre son cœur; et le plus grand des héros, le plus fidèle des amis, la plus aimable des épouses, commencèrent une longue suite de jours fortunés et glorieux.

FIN DU LIVRE DIXIÈME ET DERNIER.

TABLE DES SOMMAIRES.

LIVRE PREMIER.

LIVRE II.

LIVRE III.

LIVRE IV.

LIVRE V.

LIVRE X.

FIN DE LA TABLE DES SOMMAIRES.

IMPRIMERIE DE MOQUET ET COMP.,
rue de la Harpe, 90.

CONDITIONS DE LA SOUSCRIPTION.

Les OEuvres complètes de Florian formeront 12 volumes in-octavo, ornés d'un portrait et de 24 gravures. — La publication sera faite en 15 livraisons. — Chaque livraison se composera d'un volume de texte ou de 8 vignettes. — Il paraît une livraison le 1er et le 15 de chaque mois depuis le 1er novembre 1837. — Le prix de chaque livraison est fixé à 2 fr. 25 c. pour Paris, et à 2 fr. 50 c. pour les départements.

Les souscriptions qui seront adressées directement à M. Ménard seront expédiées *franco* : pour Paris, à la mise en vente de chaque livraison ; pour les départements, en deux envois, à trois mois de distance. On ne paiera qu'en recevant.

BIBLIOTHÈQUE ANGLAISE,
collection des meilleurs romans modernes.

100 volumes in-octavo, à 2 francs 25 c. le volume.

Conditions de la souscription :

La Bibliothèque anglaise formera environ 100 volumes in-8, imprimés en caractères neufs, sur beau papier. — On pourra souscrire pour la collection entière ou pour chaque auteur séparément. — Les premières livraisons se composeront des œuvres du capitaine Marryat, qui formeront environ 24 volumes.

Il paraît un volume le 1er et le 15 de chaque mois, depuis le 1er décembre 1837. — Le prix de chaque volume est fixé, pour les souscripteurs, à 2 fr. 25 c. pour Paris, et à 2 fr. 50 c. pour les départements. Tous les ouvrages d'un auteur se vendront séparément à raison de 2 fr. 50 c. par volume.

ŒUVRES DE WALTER SCOTT,
TRADUCTION DE M. ALBERT MONTÉMONT.

Nouvelle édition, revue et corrigée d'après la dernière publiée à Édimbourg.

30 volumes in-octavo, papier satiné.

1 fr. 80 le volume, ou 54 fr. l'ouvrage complet.

On souscrit pour l'ouvrage complet, formant trente volumes in-8. — Il paraît un volume le 1er et le 15 de chaque mois, depuis le 15 février 1837. — Le prix de chaque volume est fixé à 1 fr. 80 c. — Tous les ouvrages se vendent séparément. — 27 volumes sont en vente (15 mars 1838). — Les souscriptions des départements qui seront adressées directement à M. Ménard, seront expédiées *franco* en deux envois : le premier de suite, le second le 1er mai 1838.

ŒUVRES COMPLÈTES DE VOLTAIRE,
AVEC PRÉFACES, AVERTISSEMENTS, NOTES, ETC. ;
PAR M. BEUCHOT,
Bibliothécaire de la Chambre des Députés.

70 volumes in-8° avec 80 belles vignettes 160 fr.

CRÉDIT. — Les personnes dont la position sociale est un gage de solvabilité, et qui s'adresseront directement à M. Ménard, pourront recevoir immédiatement l'ouvrage complet en souscrivant l'engagement de payer dix francs chaque mois, ce qui divisera la somme totale en seize paiements mensuels.

www.ingramcontent.com/pod-product-compliance
Lightning Source LLC
Chambersburg PA
CBHW050205030726
47505CB00005B/1533